言葉の降る日

言葉の降る日

加藤典洋

KATO, Norihiro

岩波書店

目　次

0．死が死として集まる。そういう場所……1

1．吉本さんと鶴見さん……7

吉本隆明

此岸に立ち続けた思想――吉本さん追悼　9
「誤り」と「遅れ」――吉本隆明さんの死　12
森が賑わう前に　15
言葉について――『定本　言語にとって美とはなにかⅠ』　18
『アフリカ的段階について』の英訳についての走り書的感想　25
腕まくりして話す人　28
うつむき加減で、言葉少なの　29

鶴見俊輔

「空気投げ」のような教え——鶴見俊輔さんを悼む　33
鶴見さんのいない日　36
少しずつ、形が消えていくこと　43
後はやぶれかぶれ——『源流から未来へ——『思想の科学』五十年』　47
火の用心——文章の心得について　53
書く人　鶴見俊輔　63

2. 太宰、井伏、坂口……99

太宰治、底板にふれる——『太宰と井伏』再説　101
老熟から遠く——井伏鱒二『神屋宗湛の残した日記』　127
『黒い雨』とつながる二つの気層——井伏鱒二『鞆ノ津茶会記』　141
安吾と戦後——「安吾巷談体」の転回　157

3. いまはいない人たち……193

多田道太郎さんの仕事 195

ひとりぼっちのアメリカ――江藤淳『アメリカと私』 197

「生の本」の手触り――三島由紀夫『三島由紀夫文学論集Ⅲ』 211

くわいの味――佐藤真監督の「阿賀に生きる」 227

そこにフローしているもの――河合隼雄『こころの読書教室』 231

歯車と小道――松元寛さんのことなど 239

水野先生、さようなら。――水野忠夫さんのこと 247

上野延代という人――『蒲公英 一〇一歳――叛骨の生涯』によせて 249

まだ終わらないもの――小高賢さんのこと 253

弔辞――鷲尾賢也さんへ 257

4. 言葉の降る日……263

死に臨んで彼が考えたこと――三年後のソクラテス考 265

私の秘密――「10・8 山崎博昭プロジェクト」に 306

宮澤賢治のことば　308
あとがき　309

装丁＝桂川　潤

0．死が死として集まる。そういう場所

七〇年前の五月、戦争が終わろうというとき、日本で、柳田国男がこんなことを考えています。彼は、一九四五年の春から夏にかけて『先祖の話』という文章を書きました。故郷から遠く離れ、南の海などで非業の死をとげている若者の魂はどうなるだろう、と、空襲の下で、考えたのです。

彼によれば、日本の祖先信仰では、死んだ人間は、故郷の近くの山の上に集まります。そしてそこから生者を見守ります。それらは、当初「あらみたま」として存在しますが、やがて子孫に敬い、弔われることで、自ずから鎮まり、祖先の御霊に合体していきます。でも、日本は、新しい戦争で、遠い異国に若者を兵士として派遣し、そこで彼らは死にます。彼らには子孫がいない。ふるさとの山もない。異国の地で死んだ魂はどうなるのか、とひとり後ろを振り返ったのです。

そこで、政治家は理解しないだろうが、国に残った縁あるモット若い人たちが、海の藻屑となったり、ジャングルの奥で野ざらしになった死者の養子となることで、彼らを先祖にし、その子孫となり、彼らを敬い、弔うようにしてはどうか、という政策を地味なかたちで、提案しました。

「新たに国難に身を捧げた者を初祖とした家が、数多く出来るということも、もう一度この固有の生死観を振作せしめる一つの機会であるかも知れぬ」。

そんな言い方で。

この文章は翌年、一九四六年に世に出ますが、私の考えでは、この破天荒とも突飛ともいうべき柳田の提案は、当時、ほとんど誰からも受けとめられずに、スルーされました。戦争で死んだ若い兵士の遺族の家に養子として入る運動？　それどころじゃないよ、なんなんだこれは、ということであったでしょう。でもいま、この柳田の提案が、かなり大きな意味をもつものだったのではないかと、思います。一つには、こう考えるから。

もし、戦争が終わったとき、こういう運動ないし動きが起こったとすれば、どうだったか。それは、——そういうモット若い人の「スペア」がこのとき日本にあったかどうかとは別に——、死者をもつ家にとっては、その動きが起こるというそのことが、そのことで、一つの深い慰めになったでしょう。そういう人々の心には、深いとてつもない穴が開いていたでしょうから、もし誰かがそのとき、そのことに心を向けたら、その穴のうつろを、それらの気持ちは少しなりと埋めただろうことが考えられます。

また、もう一つ、こういうこともあります。戦後、こういう仕方が作りだされたら、それが、靖国神社の国家神道のもとでの「英霊」信仰を深く無力化し、これにとどめをさす一撃にもなったことでしょう。少なくとも死んだ人間を、どう弔うか、という問題は、まったく違った展開をもった可能性があります。

なにしろ、「戦争の死者」たちが、死後、国の英霊として、また靖国で再会するというのは、男同士のマッチョな物語にすぎません。戦友は懐かしい、でもそれって、学校文化じゃありませんか。その当時の学校制度は、男女別で、兵士も正規の形では男子と決まっていましたから、それは、日本の文化のなかでは一部を占めるにすぎない男子校の「同窓会」に似た文化を基礎としています。

しかし、学友、戦友以上に、一人一人の死者が会いたかったのは、また戻りたかったのは、靖国などではなく、それぞれの故郷であり、家族のもとだったはずです。一人一人が、その愛する家族の元に帰る、というもっと小ぶりの物語が、「英霊」の物語に取って代わり、生まれなければなりませんでした。そして、こちらのほうが、もっと深く、家ごと、郷里ごと、一人一人のもとに死者を呼び戻す、日本古来の仕方に近かったに違いありません。

もっといえば、彼らがそのもとに帰りたかったのは、家族であるとともに、恋人のもとにでもあったはずです。その多くが壮年の男子だった日本の兵士にとって、家族とは、もはや大家族ではなく小家族でした。天皇家ですら、大正天皇以来、「家庭」というものをもつように、小さくなろうとしていました。その小家族の核は、結婚した相手だったでしょう。

柳田の提案は、このように、そのなかにこの提案自体を破って出てくるものをも含んでいます。そのことによって、それは、根本的な靖国の戦争の死者の弔い方に対する批判に道をひらくものでした。いまはむろん、この思いはとだえかかっています。でもそれは、同じくこの破れ目の可能性をへて、とても大事なことにつながっているでしょう。戦争を、震災を、日々の生活のなかでの苦しいできごとを、「死者をもつ」という経験をへて、つなぐ、細い糸として。

なぜなら、それは、どんな死も同じだという思いに、私たちを誘うから。

死が死として集まる。そういう場所を私たちがもってきていないことに、私たちを気づかせるから。

死はみんな違います。原爆で死ぬ死、戦場での殺し合いのなかで死ぬ死、空襲での死、災害による死、交通事故で死ぬ死、病気で死ぬ死。あるいは、誰からも看取られないで死ぬ死。家族に手を取られて死ぬ死。でも、その死がみんな違うということを作りだしているものは、私たちのうちの、「どんな死も同じだという思い」なのだと私は思っています。

それが、一つ一つの死に、またさまざまな死のかたちに、違う意味を与えるのです。

死が死として集まる。宗教とはそのような場所でしょう。私には宗教のことはわかりませんが、誰でも死んだ人は、キリストのもとに集まる、その前を、見守られて通り過ぎる、という「思い」が、たとえばキリスト教にはあるでしょう、これは私の言い方でいうのですが。

しかし、日本には、そのような場所がありません。ただ、先祖信仰というものがあった、それが固有な信仰としてあった、そこからの逸脱ということを考えてみなければならない、ということを、この柳田の提案は、私に考えさせます。

そこからの逸脱として、それを破って、いまがあると認めることは、もう一度、そこにできた大きな断絶の谷に吊り橋をかけて、そこととの関係を作りあげること、そういう仕方でもと来た道をたどり直すことです。

「死が死として集まる」場所がいま、ないということ。

そのことを私は、痛感しています。

私は、昔、この柳田国男の『先祖の話』を読みました。そのときは、柳田の提案が、ピンときませんでした。しかし、いま、柳田は、戦争という大きな物語の渦中で、なんという小さな物語を手放すまいとしていたのか、とそのことに驚嘆します。

この柳田の提案に欠けているものが二つあります。一つは、いま述べた、人を家から飛びだたせる力、──恋人の力です。いまなら、それは、「引きこもり」の力、ともなるでしょうか。そしてもう一つは、この日本のかつての若者たち、壮年者たち──現在の私たちを含めた──日本人が、よその国の人々を殺し、苦しめたという、このコインの裏側にあるもう一つの話の側面です。

加害の責任、それは被害の責任とも結びついています。被害の責任とは、しっかりと被害経験の上に立って加害者を批判する責任で、たとえば、日本政府が、国民たる犠牲者の尊厳を守るため、米国に、かつての原爆投下に対し、批判を行い、しっかりと抗議することを意味しています。

いまの保守派政党が日本の加害責任を認めたがらないことと、日本の被害責任をまっとうしないこととは、それ自体、一つのコインの裏と表でもあるのですが、そういうもう一枚のコインが、柳田の提案には、欠けています。

ですが、一つの大事な提案を、その欠陥を含め、その欠陥を自分がただし、補う意思をもって、受けとることは、それをただありがたい素晴らしい話として受けとるよりも、大事です。大事な提案を受けとるには、大事な仕方を考案しなければならないのです。

欠陥ももつ、この大事な話の基幹をなす小さな物語の永続性に、私はいま、少しだけ、勇気をもらいます。

（「ことばのポトラックVol.12」渋谷〈サラヴァ東京〉にて朗読、二〇一五年五月二四日。その後『すばる』二〇一五年九月号に収録。）

1. 吉本さんと鶴見さん

吉本隆明

此岸に立ち続けた思想——吉本さん追悼

吉本隆明さんが亡くなった。とそう書くと、吉本さんの思想がもう一つ別の局面に入ったことを感じる。吉本さんに「死」は似つかわしくない。それくらい、吉本さんには、どこまでも思想を「此岸」の側に立ち続けて構想しようとする意思が強固にあったと、いま思う。

ある時期、臨死体験のもつ思想的な意味にとてもこだわられたのも、その現れだったし、最晩年に福島第一の原発事故をきっかけにしたインタビューで、「人間は滅亡が近いよなと悲観したくなる中で、一つだけ奇妙に希望を持てる確かなことがあるとすれば、それは人間の平均寿命」の「伸び」が「止ま」らないことだと述べられたことも、そうだった。

私は去年(二〇一一年)、そこで言われた「平均寿命の伸び」が思想的な達成であるという考え方がうまく呑み込めず、本当にそうなのか? なぜだ、と思ったものである。しかし、いまになって考えれば、それは吉本さんがずっと前からもたれていた考え方で、吉本さんは不変なのだった。

たしか一九八〇年代末くらい、来日した脱学校論、脱病院論の思想家イヴァン・イリイチと早稲田奉仕園で対談し、イリイチの話題が病院での延命措置の非人間性、無意味さに向かったとき、吉本さんが、イリイチを制して、いやこういうことはなってみなくてはわからないですよ、家族が患者を少しでも生き延びさせたいと思うことを、否定できるでしょうかね、と述べられた。

一瞬、聴いている人の多くが白けた。そのことが思い出される。いま考えると、それはこういうことだったのではないだろうか。

家族が死んでしまうと、われわれはあのとき、悪あがきせずに父に、母に、あっさり死んでもらった方がよかったかもしれないと、反省的に思う。でもその反省が、死の間際の少しでも長く生きていてほしいと願うクモの糸にもすがる非望よりも、賢いという保証など、どこにあるだろうか。

いったんその「外」や「彼岸」に立った後の明察など、あてにならない、と吉本さんは言うのだが、その考えは、「庶民的」などと呼ばれることの多い、普通の人の不断の考え方が、そんなに浅いものではないのだぞと、私など言葉の人間の腰高さをいつも、打擲するように働くのである。

六四年には、「井の中の蛙」は外に虚像を夢見る限りは「井の中の蛙大海を知らず」のままだが、もしそのことに抵抗できて、「井の外」に虚像を見なければ、そのときには「井の中にいる」ことが「井の外」とつながっている、内にあっても「大海」に通じる思想を作ることは可能だ、という名高い主張を行った。

でもそれは、「此岸」にあっても「彼岸」に行けるということではなくて、「此岸」(国内経験)に立たない限り、「彼岸」(世界思想)には立てないぞ、ということなのだ。

いま私には、吉本さんの思想のこうした本質、此岸性の内なる彼岸性ともいうべきものが、吉本さんが終生関心を絶やさなかった親鸞の妻帯肉食の主張、非僧非俗のあり方とつながるものと感じられる。

ただならぬ非凡さとはこういうことを言う。それは非凡さなど、たいしたことではないよ、と感じさせるのだ。

三日前、何年かぶりにお会いした吉本さんは病床にあって、荒い息を吐かれていた。宮沢賢治の最後の詩、「眼にて云う」が思い出される。吉本さんは、眼を閉じられ、お静かにされていた。

吉本さんお安らかに。

こういう人と同じ時代を生きることができたことの幸運を天に向かって感謝する。

（共同通信、二〇一二年三月配信）

「誤り」と「遅れ」——吉本隆明さんの死

これまで深い影響を受けてきた思想家といえば、私にとって吉本隆明と鶴見俊輔である。そのうちの一人、かけがえのない先達である吉本隆明さんが亡くなった。亡くなられてみて、ぽっかりとした空虚がない。死とはどういうことか。そのことの意味を考えている。

私は日本の戦後は、戦後思想と呼ばれるべきものを作りだしたと考えている。それは単に戦前期の過ちへの反省に立って戦後に生まれた思想、戦後の世界思想の動向に呼応した新しい思潮（＝戦後民主主義思想）といった消極的な意味あいのものではなく、圧倒的な二〇世紀の全面的敗北のなかから、その敗北の意味を汲み上げて創造された積極的な意味あいをもつ新規の思想の型である。

誰か一人をあげよと言われれば、吉本隆明。この人がいなければ、戦後思想がいまある明瞭な姿を取ることはなかったはずだ。

その一つの特徴は「誤り」を、「正しさ」よりも深い経験だと見たことである。戦後、誰もが戦前の誤りを反省し、「正しく」軍部に抵抗した人を手本にしようとしたとき、二十代の吉本さんは、戦時中に愛読した高村光太郎という「誤った人」から眼を離さず、この深い経験をもった知識人がそれでもなぜ「誤った」のかについて考えた。誰もが沈む船から去る鼠たちのように「誤った人」を離れ、「正しかった人」に移ったとき、沈む船を動かず、そこを自分の出発点とした。余り注意されていないが、敗戦直後の著作を見ればわかる。戦後の新人批評家でこういう出発をした例は少ない。

転向論では、当時誰も頭の上がらなかった戦時中抵抗を貫いた非転向の共産党指導者たちをさして、「非転向であることなどにどんな思想的な意味もない」と全否定した。移入されたマルクス主義の正しさと、軍国主義下の日本の現実の矛盾のあわいに身を置き、そこでありうべき未知の解を探ることこそが思想の使命だ。非転向組など、そのより困難な思想の勝負から優等生的にオリたにすぎない。これは当時、驚天動地の主張で、周囲はみな、腰を抜かした。

もう一つは、この転向論の主張にも現れているように、移入思想の理解吸収を続けている限り、思想の成長はない。日本のような周辺国、後発国では圧倒的に優勢な移入思想への抵抗が、思想を生みだすカギになると言い切ったことである。その場合、何がより高度な思想への抵抗の母体となるのか。非言語の経験の核心は何か。大衆の原像という考え方がここから生まれる。別に言えば「遅れ」、後進性が意味の源泉となるということだ。日本の非西洋性、後発性に先進国家とは異なる種類の思想の生まれる可能性を見た。

この思想は、先の戦後民主主義思想への抵抗として、実は安保闘争のあった一九六〇年以降、ようやくはっきりと姿を取るようになるが、今日必ずしも「戦後思想」として明瞭に意識されているわけではない。しかしそういう抵抗の思想が存在してきた。私はその世界史的な意義をこれまでと異質なポストコロニアリズムの文脈で明らかにしたいと考えている。その中心に、吉本さんがいる。

六〇年代の言語論、共同幻想論、心的現象論などの原理的な思考、七〇年代の南島論、初期歌謡論、親鸞論。そこから八〇年代、反核運動への反対をへて、高度資本主義への社会変化をとらえた「現在」論へ。さらに九〇年代の母型論、水難事故をへて九八年の『アフリカ的段階について』へ。その思想の展開は、いまこうして振り返ると、幼児が空に手を遊ばせる自在さ、無心さを思わせる。羊の群れのなかに投じられたライオンのようでもある。

その思想を追っていくと、とんでもなく高速の飛躍とひらめきにぶつかる。ああ、この人は重厚な思想家でいるときも詩人の稟質と繊細さを失っていないと感嘆することもしばしばだった。

瞑目する吉本さんのお姿を見る。吉本さんはふすま一つ隔てた隣室に移っただけだ。ここにはいない。しかし近くにいると感じる。

もう一仕事。

はじめましょうか。

（毎日新聞、二〇一二年三月一九日夕刊）

森が賑わう前に

吉本さんに亡くなられて、われわれにとっての、また私にとっての吉本さんの存在がどういうものだったかという意味を、明らかにしなければならないという気がしている。また、この仕事がそれほど他の多くの人の理解を得られないものだろうという予感もある。

大きな木が倒れた後の森の賑わいは、一度、丸山眞男さんが亡くなった後に見ている。それからしばらくした後の静けさも。その後の森の植生の変化も。

しかしそれまで時間はまだ少しある。いまは吉本さんの思い出を頭に浮かぶまま、記してみよう。

私は吉本さんの本についてはオクテの方である。大学卒業後、一人で『言語にとって美とはなにか』に取り組んだが、本格的にその思想の魅力に捕まったのは、カナダはモントリオールでのこと。三一歳くらいだったろう。自分も参加して蔵書構成を行ったフランス語系大学の研究所図書館で、何の気なしに『擬制の終焉』を手に取り、時事的な文章群を読んだことがきっかけとなった。

お会いして、お話を伺ったのは何度くらいだったか。八六年、瀬尾育生、北川透といった人々が名古屋で主宰した吉本さんの講演会で、同じくコメンテーターで参加した橋爪大三郎が、なぜ無前提に「権力」を悪と言えるのかと尋ね、吉本さんがそれに反撃した。なかなか面白い眺めで、吉本さんも、橋爪さんも、そのときが私にとっての初見参だった。

その後のやりとりでは、こんなことが記憶にある。

たしか毎日新聞でのインタビューで。皇国少年だったあなたが、なぜ、どのようにマルクスを読むようになったのですかとお伺いした。読むにつれ、おつきあいをするにつれ、吉本という人にはまったく日本の近代の左翼の人間の「身のふるまい」がないことに気づいていたからである。答えは、英語の文献を読んでいて関心をもったとのことで、吉本さんはまずイギリス、フランスを経由してマルクスを発見していた。左翼の読書会経由ではない。戦前につながるアジア的な左翼文化をもたない、欧州近代経由の戦後最初期の、異風マルクス読みの一人なのだった。

九五年、『思想の科学』の編集担当として、橋爪大三郎、竹田青嗣という名古屋での講演会と同じ顔ぶれでの座談会を企画したとき。なぜこれまで憲法九条のことは言われてこなかったのに、急に、これを評価すると発言するようになられたのかと質問した。「九条の会」の護憲的運動とどこが違うのかと。すると、「加藤さん、あなたは文学青年だったでしょう。そうでしょう？　私もそうだったんですよ。でも、文学青年だけではダメだ、誤る、と戦争で心の底からわかったんです、それが私の出発点なんです」と声を高められた。強く叩くと、強く応える木鐸。私は、このときのやりとりへの返答のつもりで、その後、『戦後的思考』という本を書いている。

水難事故の後の文芸雑誌でのインタビューで、九・一一以後の世界をどう考えるか、という話題でお話を伺ったとき。やりとりが高揚し、突然、吉本さんの口から「存在倫理」という言葉が出た。こちらも勢いで、「吉本さん、その言葉、いま、思いついたでしょう？」と申し上げると、「はい！」と力強く答え、不敵にニヤリと笑われた（もっとも、「存在することそのものが倫理をはらむ」という言い方は以前からなされていたらしいが)。

私のような人間からすると、またとない人に先立たれた思いが強い。当初は無謬の人かと思い、敬遠したが、これほど深い可謬の人はいなかった。カリスマの毒を自ら殺す力を備えていた。

一度、これまでで最高の聞き手は誰か、とお尋ねしたことがある。そのときは、たちどころに、ある編集者の名前があがった(『Ｃｕｔ』誌の渋谷陽一氏である。――後注)。吉本さんは米沢高等工業学校(現山形大学工学部)を出ておられ、私の父祖の地は米沢という共通点があり、東北の話をよくした。昭和天皇の作った山形県民の歌というのを歌って聞かせて下さったことがある。面白く思い、吉本さんの手で書いてくれとお願いし、その紙片をいただいたが、整理が悪くて、いまはない(その後見つかった。――後注)。

(『新潮』二〇一二年五月号)

言葉について――『定本　言語にとって美とはなにかⅠ』

これまでわたしは三つの本に教えられて言葉についての自分の考え方を育ててきたと思う。一つは、中原中也の「芸術論覚え書」という文章を収めた本、もう一つはこの吉本隆明の『言語にとって美とはなにか』、そして最後がソシュールの言語学の本である。

中原中也は、詩作に関し、「言葉にならないもの」こそが言葉を書くことの淵源にあるという考え方を、わたしにくれた。彼は書いている。

「これが手だ」と、「手」といふ名辞を口にする前に感じてゐる手、その手が深く感じられてゐればよい。

また、

知れよ、面白いから笑ふので、笑ふから面白いのではない。面白い所では人は寧ろニガムシつぶしたやうな表情をする。やがてにつこりするのだが、ニガムシつぶしてゐるところが芸術世界で、笑ふ所はもう生活世界だと云へる。

こういう考えは、いまの人からは、いかにも旧套の言語観と見えるかもしれない。けれども、この考え方は、新しがり屋の時期を過ぎ、いろんなことにへこたれるようになっていた時分の私に、言葉の前に「言葉にならないもの」があり、その「言葉にならないもの」をめぐる不毛な努力のうちに、詩作の努力の核心がある、という言語観として、天啓のように響いた。それまで私は、書くことを言葉の問題と考えていた。そのまま自分がその書くことからずり落ちていくのを日々感じていた。現代詩も、深く惹かれはしたものの、大学を出てふいに人生の泥濘のなかに生きなければならなくなった自分に、破れやすい紙の袋のように感じられた。詩や小説が単に言葉の上での努力なら、いまの自分には不足だ。そう思いつつ、自分では何も読めず、何も書けない私に、中原のこうした言葉は、矢となって的中した。それはわたしに、詩は言葉のうえでの努力ではない、詩は人間が心で出会うすべてのことがらをめぐる不毛な努力の場でありうる、だから詩にはすべてがある、という不思議な詩観を授けたのである。

ところで、私は、この中原の言語観が自分のなかに場所を占めたと感じたとき、はじめて『言語にとって美とはなにか』を正面から手に取る気になった。学生になった時分、周りの学生がこの本を振り回していたが、私はマルクス主義にも学生運動にも何の興味もないただの文学好きの学生だった。自分に一つの言語観が住み着いたと感じたら、はじめて、本当にこの評判高い著者の言語観が、自分を動かすのか、中原中也を標本石に、験してみる気になったのである。

この本を読み、吟味するのに、半年くらいかかっただろうか。結果は、この本によってわたしの言語観はほんの少し、動いた。この本の著者は、先の言語観をこう組み変えさせた。曰く、詩は言葉のうえでの努力ではない、のではない、言葉のうえでの努力というものがそもそも、言葉のうえにとどまるものではないのだ。水を含んだ太古の化石がある。そのように、言葉のなかには、すでに言葉以前、言葉にならないものが、本質として、含まれている、と。

この本のなかのどういうところが、堅固な反抗心を隠した私のような読者を、動かしたのだろう。この本の言語観の核心をなすのは、よく知られている通り、言語を自己表出と指示表出の連関としてとらえる考え方である。たとえば、後にフランソワ・トリュフォーが美しい映画に仕立てる『野性の少年』の原作『アヴェロンの野生児』の話が、この本には引かれているが、その本の著者であるフランスの狼少年観察者の医師イタールは、その野生児＝狼少年に何とか「牛乳」という言葉を発語させようとする。「牛乳」といってごらん、そしたら牛乳をあげるとイタールは少年に言い聞かせる。しかし少年は「牛乳」といわない。ところが、あるとき、少年が余りにほしがるのでしょうがなしに「牛乳」をあげると、少年は、一言、「牛乳（lait）」と言う。この話は、トリュフォーの先の映画にもクライマックス・シーンとなって出てくるが、言葉の本質が、意味の伝達という実用性にあるのではなく、自分の感情の気持ちの表現という別の側面にあることを、示唆する。野性の少年は、言葉を、必要をみたすための道具としてではなく、自分の嬉しいという感情の表現として、発するのである。

さて言語についての考え方は、長いあいだ、言語を、伝達か表現か、二つの側面のいずれかを本質としてとらえるというアプローチで進んできた。つまり、労働や交通の用具といった実用性の側面

（指示表出の側面）でとらえるか、遊戯や祭式の行動といった自発的な表出の側面（自己表出の側面）でとらえるか、あるいはさらにその混淆として考えるか、してきたのである。これに対し、吉本は、言語はこの二つの側面が兼ね備えられたとき、はじめて言語になる、という。当初、「動物的な段階」では「現実的な反射」にすぎなかった人間の音声行動は、しだいに共同行動が高度化するにつれ「意識のさわり」を含むようになる。そして、やがてその音声が有節化し、「自己表出として指示機能をもつようになったとき」、はじめてそれは「言語」になる。言語を、必要のための指示の道具か、自分の感情の表現か、と問うべきではない。それは発語者の意図感情の表現として指示の機能を果たすとき、つまり自己表出と指示表出の二つの側面をあわせもつとき、はじめて言語になる、というか言語として成立している。

寒いなかで「毛布とってくれない？」と一人からもう一人に語られる言葉は、発語者の意図感情の表現であることで、指示機能を果たしている。狼少年が「ア、ア」と叫び、それを聞いて毛布が欲しいのだと私たちが思うとするなら、その場合も、私たちはこの「ア、ア」を、彼のそのような自己表出を含む指示機能の言語として受けとっている。そうでなければ、この「ア、ア」は、意味不明な音声としか、聞かれないだろう。言語を自己表出と指示表出の連関としてとらえるという吉本の考えは、xy軸の座標上の一点が必ず（x，y）と表記されるというのと、全く同じである。「ア、ア」は言語としてたとえば自己表出性に3の値をもち、指示表出性は0値だが――（3，0）――、先の場合にはその3の自己表出が0の指示表出に代わり、指示機能を発揮しているのである。

言語が自己表出と指示表出からなる座標の一点をなすというこの考え方は、私には、こう受けとられた。たとえば、サルトルは、言語には伝達の道具としての生活言語とモノとしての詩的言語があるといった。その言語観は、彼が自由のための投企といったことを語り、人間を知識人と一般大衆とに分けて考えたことに対応している。吉本のこの言語観は、これを知識人論としていうなら、ちょうど彼が、人々をたとえば前衛と民衆に分け、知識人と大衆に分け、反俗の人と通俗の人に分ける見方を、徹底的に排する、そしてむしろ両者の「異和の構造」として受けとるというのと、同じ意味だった。それは、「毛布とってくれない?」という日常ふつう私たちが使う言葉にも、「ア、ア」という狼少年の呻き声にも、「命の　全けむ人は　畳薦《たたみこも》　平群《へぐり》の山の　熊白檮《くまかし》が葉を　髻華《うず》に挿せ　その子」という古代から残る意味の判然としない記紀歌謡の言葉にも、「ひとつのこだまが投身する／村のかなしい人達のさけびが」という谷川雁の硬質な詩句にも、同じ姿勢で対応できる言語の考え方がなければ、そもそも、私たちに言語という体験は存在しないことになる、という。それは、そういう言語体験がなくては、言語を不可欠の存在として使う人間というものも理解できなくなる、と語るとても率直な声だった。この本は私に、新しい言語観を教えたというより、言語というものが自分にとってどういう存在かということを、考えさせたのである。

　その後、私はソシュールを読んだ。読者は、この吉本の言語観とそれ以後のソシュールに代表される言語学的考察の達成との関係は、どうなのか、と聞くだろうか。それについて私はこう考える。

　たしかに吉本は、言語をコト（表現）という様相で見ようとしたため、言語のモノ（構造）としての問題領域を不問に付した。そのため、たとえばソシュール言語学の達成が従来の「言語名称目録説」（事物の秩序が言語の秩序とは独立に、それに先行して存在し、言葉はその名称にすぎないという言語観)を打破したところにあることに、十分に立ち止まらなかった。その結果、世界の言語学的関心と彼の言語学的達成との関係づけという仕事は放置された。たぶん、ソシュールの言語学を出発地とするデリダの言語観からは、吉本の表出論は、表出作用のなかにある主体と言語の切断の契機を等閑に付した音声中心主義的な言語観として、一刀両断のもとに切り捨てられるに違いない。しかし、ソシュールの言語学では逆に、言語のコトとしての方面を不問に付しているため、なぜ共時的な言語の構造(ラング)が時代をふるにつれ人々の言語活動を通じて変化していくかという問いが、解かれない謎として残る。デリダの言語観でも、言語の「意味」は、それがどういう構造をもち、様相を呈しているかはいいえても(たとえばそれはシステムの差異の戯れとして存在する)、それがどこから来るか、それが何なのかは、言い当てられないまま、残るのである。

『言語にとって美とはなにか』が刊行されてほどなく、ポストモダンの形式化の思想の時代がやってきて、この吉本の最初のライフワークは暗黙のうちに時代遅れと目されるようになった。しかし、その新しいとされた言語学的な考察も、二〇年の席捲の時期をへて、その難点を誰の眼にも明らかな形で露わにしつつある。いま、私たちは、ようやくこの吉本の言語表現の原理論に五分五分の立場で向かいあえるところに身をおいている。この著作が書かれたのは一九六〇年代前半のことである。それは、日本の文学が一時的に新しい世界性を帯びた例外的な時期だった。安部公房の『砂の女』、大江健三郎の『個人的な体験』、三島由紀夫の『午後の曳航』などが書かれ、都市的な感性に裏打ちされた脱戦後文学的な作品が次から次へと現れて、その後、またその流れが弱まっていった。『言語にとって美とはなにか』は、そういう時期の戦後日本の自発的な都市化と世界化の動きを、たぶん最も深い形で体現している。それは批評として、過去に類例のない新しい質の企てである。吉本は明らかに戦後で最も独創的な思想家だが、この本における独創の深さはただごとではない。読者には、一個の批評作品として、心ゆくまでその世界に開かれた海の深さを、楽しんでもらいたいと思う。

（吉本隆明『定本　言語にとって美とはなにか　I』角川文庫、二〇〇一年九月）

『アフリカ的段階について』の英訳についての走り書的感想

同僚のSさん（榊原理智早稲田大学教授――後記）に教えてもらって吉本隆明の『アフリカ的段階について』の英訳（試訳）があるのを知った。今夜、コピーついでに冒頭を読んでみて、あれっと思って確かめてみたが、その誤訳のすさまじさに息を呑んだので走り書で一言述べておく。

英訳『アフリカ的段階について』（*The African Stage of World History*, translated by Janet Goff）の冒頭は、こうである。

> Hegel produced the first philosophy of history on a universal scale. To put it in readily understood terms, *he viewed* history as the sum of all human thoughts and actions in the world at the present moment. Accordingly, history comes to resemble the photograph of an individual.（イタリック、引用者）

訳せば、「ヘーゲルは初の世界規模の歴史哲学をつくりあげた。誰にも納得できる言葉でいえば、彼は歴史をその（現）時点の世界におけるすべての人間の思想と行動の総和と見た。すると歴史は個人の肖像写真に似てくる」（傍点、引用者）となる。しかし、吉本は、ヘーゲルの歴史哲学に対して、ここに「歴史をその（現）時点の世界におけるすべての人間の思想と行動の総和」と見る見方を対置している。ヘーゲルは、逆に、歴史をその時点における特定の人間の特定の思想と行動――山脈でいえば、その突端の稜線のライン――の集合の軌跡として描こうとした。これに対し、この本で吉本は、それでは「外在史（文明史）」にしかならない、それはごく一部の歴史にすぎないと述べて反対している。読んだ人なら誰もわかるはずだが、その最初の立ち位置の表明場面が、この冒頭の個所である。吉本の「ヘーゲルとは異なる」歴史観の最初の提示にあたる部分なのだ。ちなみにこのような歴史の定義は独創的、画期的といってよい。この本の土台をなす。引いてみよう。

ヘーゲルは歴史についてはじめて世界的な規模の哲学をつくりあげてみせた。十九世紀の前半のころだ。（しかし――引用者）歴史は誰にも納得できるようにいえば、（ヘーゲルの理解とは異なり――同前）もともとある現在の瞬間に世界中のすべての人間が、何をかんがえ、どんな行為をしているか、その総和を意味している。すると歴史の貌は個人の肖像写真に似てくる。

（吉本隆明『アフリカ的段階について――史観の拡張』一五頁）

文の脱落、ニュアンスの取り落としなどはこの際、大目に見よう。でも右のごとき誤訳は、ほとんど理解の域を超えている。このことは訳者が、そもそも吉本のこの論考の基本的な趣旨をまったく理解できていないことを示しているからだ。いったいどのような新しい見地がここに現れていると思って、訳者はこれを訳出しようとしたのか。それとも編集人に依頼されて、一介の訳者として、訳を試みたにすぎないとでもいうことなのだろうか。

私がショックを受けるのは、このような想念とも関わって、これが『iichiko』という思想誌の吉本隆明特集の巻頭に掲載されているからである。この雑誌の編集責任者は哲学・思想史の専門家の山本哲士氏である。彼には吉本へのインタビューも、吉本論もある。また彼は十分複数の語学に通じた達意の学者でもある。そういう編集人の統括する雑誌に目玉として載っている吉本の重要な作品の英訳の根幹をなす部分が完全に誤訳されている。それも冒頭部分が。そこでこうしたまったき誤訳が見逃されているとは、どういうことなのだろう。

ことによれば、こういうことは、もう誰かが指摘していてそれへの応答もなされているかもしれない。知らないのは例によって迂闊な私くらいなのかもしれない。しかしもしそうでなければこれは控えめにいっても、思想的なスキャンダルである。私はそんな感想をもつ。

いまは時間がないので、これだけを書く。この件について知っている人がいれば教えを乞いたい。また機会があったらこの英訳の全貌についていても述べてみる。先を読みすすめるのが少し怖いが。

ちなみに出典は『iichiko』二〇〇〇年冬号、通号六五号、八頁。この英訳のすぐ後には橋爪大三郎の『アフリカ的段階について』の論、「なぜ「アフリカ的段階」なのか」も掲載されている。このような訳が野放しになって、英語の読者がこれを吉本の晩年の著作の主張であると受けとるかと思うとそら恐ろしい。意味不明なので。こういう訳ならないほうが数等、ましだと思う。

(『加藤ゼミノート』一〇巻一五号、通号一四六号、二〇一三年一月一一日。なお二〇一六年一月、収録に際し、語句を一部修正した。)

腕まくりして話す人

これまで何度か吉本さんの講演を聴いている。吉本さんの講演はほかのどの人の講演の印象とも違っていた。場馴れの感じがない。一回一回よく準備してあり、それまでに誰もいわなかったことをいおうという気概が底にある。しかも話が始まると熱を帯びて、その準備からも逸脱して話が進む気配が濃厚となる。最初に聴いたのは、一九六〇年代後半の東大三鷹寮でのもの。たしか二五時間目をもて、という話で、質問の時間となり、私の友人が講演とはまったく関係のない、テロについてどう思うか、というかなり挑発的な――バカな――質問をした。質問があいつぎ、質疑が長びき、主催者が吉本さんに送迎のタクシーが到着したことを告げたが頓着せず、延々と一時間以上、タクシーを待たせ、応対が続いた。終業ベルで終わる授業とは違う。大学の先生ではない。上着のまま、腕まくり。偉ぶったところがまったくない、市井の人。学生がこの人に夢中になったのも無理はないといまなら私も納得する。

（『吉本隆明〈未収録〉講演集』内容案内、筑摩書房、二〇一四年）

うつむき加減で、言葉少なの

亡くなられてみてまた知ることになる吉本さんがいました。ああ、自分には吉本さんという人はわからない人だったのだという思いが浮かんできたのです。

そもそも、吉本さんには普通の人についていえるような「ともだち」とか友人は、いたのでしょうか。いたとしても、それは、みんな戦争などで死んでしまった若いときの人だったような気がします。生きている人で、友達といえるような人はいなかったのではないか。家族の人たちくらいだったのではないか。いや家族の人たちだってわからなかったかもしれない。

とっても孤独の深い人だった、隔絶していた、そんな感想が浮かんでくるのです。

いま、吉本さんについて考えてみると、やってくるのは思想の佇まいというようなことで、それが私にとっては、吉本さんが戦後を代表する思想家であることの意味の、最後の最後の像に重なってきます。

少し説明が必要かもしれません。

私も吉本さんのことをいま思うと、戦後という時代を考えるのに、吉本さんの七〇年を超える仕事をもってしないと見えてこないものがある、というようなことを考えます。戦後という大きな河に橋を架けるにはそれよりも長い橋桁が必要だが、そのような最長不倒距離を一本物でもっているのは吉本さんというものさしくらいなのかもしれない。皇国少年としての戦争体験、大衆、孤立したマルクス体験、革命、戦争責任から、時代変化、高度消費社会、後進性論＝近代化論、自然論、さらに宗教、言語、共同幻想論、心的現象論、国家、古層、世界史論まで。吉本さんは、そういうことを一人で、ある一貫性のもとに考えていました。その一貫性をささえたのが、「大衆の大多数が向いていく方向に」「それと緊張関係にあって対決しながら、どこまでもくっついていく」という思想観、そして吉本さんの作りだした、その変容のさまに読者を立ち会わせるパフォーマティブな読者への著者としての自分の差しだし方だったはずです。

あるいは私にとっては発見だった、思想家の流儀ということも考えます。私が吉本さんにほんとうの意味でぶつかったのは、カナダのモントリオールでです。図書館員として、自分で作った日本関係蔵書コレクションの一冊として、『擬制の終焉』『自立の思想的拠点』という安保闘争前後に書かれた文章を集めた本を手に取り、読んで、ほんとうの思想家というのは、けっして時代を鳥瞰しないし俯瞰しない、その逆にいま自分がぶつかっているささいな、面倒な問題をもとに、くだらない論争などを通じて大きな仕事をしていくのだ、ということを知りました。一九七九年のこと。地球の裏側で、一人書架のあいだで、頁を繰り、その切実さと迫力とに衝たれたのです。

それまで言語論なども読んで、大きく影響を受けていたのですが、そのとき、はじめて、この人が自分にとっては大事な、かけがえのない思想家だと思ったのでした。

また、吉本さんが亡くなって、吉本さんという人が未知の相貌で浮かんでくるということもありました。この人はお母さんに愛されなかった人――少なくとも自分ではそのように思っていた人――だったのかもしれない、などという、それまでは考えもしなかった像が、長女の多子さんに教えていただいた勢古浩爾さんの『最後の吉本隆明』などを読んでいるうち、やってきたのです。そういうことが、太宰、宮澤などへの吉本さんの親炙と重なるようでした。

しかし、ここでは、これらと違うことをいいたいと思って、書いています。そういう実のあることではない、もうすこしぼんやりしたことをいおうと思うのです。

思想の佇まい。

私は、もし吉本さんの思想が英語やフランス語で読まれるとしたら、何が一番わかりにくいものとして浮かびあがることになるのだろう、というようなことを考えて、こういってみようとしています。いったい、吉本とはどういう思想家なのか。どこがえらいのか。どういう面白いことをいっているのか。深遠なことをいっているのか。

そういう問いがありうるでしょう。

問いをおいてみると、たしかに吉本さんはえらいし、面白いこと、深遠なことをいっているのですが、それを答えるのだけでは、面白くない、という気がしてきます。

そういうことじゃないんだよ、といってみたくなるのです。そうではありませんか。

まったく違う考え方がある。

まったく違う接近を促す、まったく異質の力があるのだと。

こういって私が念頭に浮かべるのは、たとえば、ガンジーです。ガンジーは国家権力に対する非暴力の抵抗というまったく新しい考え方を政治の世界にもたらしました。最初は誰もが、なんだ、仏教伝来の考え方か? ナーンセンス、くらいに思ったでしょう。しかし、いま、それはマーチン・ルーサー・キングの黒人非暴力抵抗運動、ネルソン・マンデラの達成、さらに、リナックスなど若い人々の一方的な贈与をテコとする新しい行動様式の源流になっています。そのように、吉本は大衆の原像、つまり「知」に対する非「知」の抵抗という原理を、ここに提出しているのではないか。

ローレンス・オルソンというアメリカ人の異数の観察者は、吉本にインタビューし、絶望が足りない、などという思想家をどう理解したらよいのか、と書いているのですが(『アンビヴァレント・モダーンズ』)、たとえば第一回配本の第六巻に収録された「もっと深く絶望せよ」というこの言葉のもとになった文章を読むと、それは吉本さんの、若き小説家大江健三郎に向けた励ましの言葉でした。大江よ、もっと深く絶望すれば、きみの認識も黒田寛一や姫岡玲治の新左翼的な重層的な把握まで達することができるはずだ、そうなるときみの『われらの時代』の登場人物ももっと魅力的になるゾ、といっているのでした。

思想の佇まい。うつむき加減で、言葉少なの。

そういうものも存在しうる。まだその意味が知られていないだけだ、という感じを、私は最後に、吉本さんから受けています。

(『吉本隆明全集7』月報2、晶文社、二〇一四年六月)

鶴見俊輔

「空気投げ」のような教え——鶴見俊輔さんを悼む

三五年前、最初に鶴見さんとカナダでお会いしたとき、私は三一歳で、人生をどこかでナメていたのだと思う。世界に背を向けて生きているつもりだったが、鶴見さんを見て、こんな人もいるのなら、人生は捨てたものではないのかもしれないと反省した。

鶴見さんは電話をするとただ「ツルミです」とだけいう。別れると、けっして振り返らない。私は鶴見さんの赴任したカナダの大学の贋学生にしてもらったのだが、毎週授業が終わると何人かで喫店に行く。ケーキとコーヒーのお金を鶴見さんが出す。そうして私は教育を受けた。

そのとき、受講させてもらっていた大学での講義が『戦時期日本の精神史』『戦後日本の大衆文化史』になった。

鶴見さんには、三〇センチのものさしをもらった、と私は思っている。三〇センチのものさしがあれば、人は自分と世界のあいだの距離を測ることもできるし、地球と月のあいだの距離だって計測できる。行こうと思えば、月にも行けるのだ。

ものを考えることは楽しい。この世界を生きることは楽しい。苦しめることは、楽しい。鶴見さんには楽しむこと、どのように苦しいことがあっても、それを楽しむことを教えられた気がしているが、鶴見さんは、そのようなことは、一言もいっていない。鶴見さんに教えられたことは、すべて私が自分で勝手に鶴見さんに教えられたと思いこんでいるものばかりなのだと、いま気づいている。

しかし、それ以上の教えがあるだろうか。それは柔道の達人三船十段の空気投げのようなものである。

帰国して、最初に書いた「アメリカの影」という評論のコピーを鶴見さんにお送りし、友人二人と一緒に京都に伺ったとき、はじめて、書いたものをほめられ、もう一つ、これと同じくらいのものを書いたら本になりますねといわれ、うれしかった。人にほめられるということが、こんなにありがたいことであるかと、この人にほめられてみてわかった。そこで私は文芸評論をはじめた。

一番、読んだのは『北米体験再考』で、最後の発見は第一作『アメリカ哲学』である。昨年、大学をやめるとき、最終講義の代わりに最後のゼミを小さな教室でやった。そのときにはこの『北米体験再考』を読んだ。

思い出は多い。小学生の息子が多動症気味で京都のうなぎ屋の座敷で寝転がったりしていたら、鶴見さんが、自分の腕をまくり、多くの傷跡を息子に見せて、「こんなところを何度切っても死にやしないんだよ」といった。そしたら息子が水をさされたパスタの鍋のように、静かになった。

ラブレー『ガルガンチュア物語』のテレームの僧院の銘は、「欲するを行え」だが、「飲め」でよいのだという説もある。鶴見さんのテレームの僧院は、『思想の科学』だったが、そこに掲げられていた銘は、「笑え」だった。羊羹をナイフで切ると、断面が現れる。鶴見さんのばあいは、その断面がほほえんでいるのだった。

（毎日新聞、二〇一五年七月二八日夕刊）

鶴見さんのいない日

鶴見さんが亡くなってからも、私はいろんなことを思っている。なぜ私のような人間が鶴見さんと知り合いになれたのかということも、私にとっては鶴見さんを考えるうえで、大きなことである。

私が学生の頃、私の所属する学部で停学処分があり、それを不当だとして、ほかの学部の不当処分への抗議に合流する形でストライキが打たれた。一九六八年のことだと思う。その処分の理由は、一人の学生が教官といいあいになり、そのとき、なんだと、とばかり(なのだろう)、教官のネクタイに摑みかかったということだった。

なぜそれが「停学処分」になるのか、というのがそのときの学生たちの気分だったが、それはいまも私のなかで消えていない。あれから、私は幾多の曲折をへて、大学の教師にもなり、それもやめて、いまがあるのだが、この間、そういう気分についていうと、ほんの少しも変わっていない。

ほぼ同年代の米国の小説家、ポール・オースターの書いたものを読むと、彼はニューヨークにあるコロンビア大学で学生をしている時分、やはりストライキなどの盛んに行われた時期に、ある教師の温情に救われ、フランス留学を果たしている。その教師の「温情」がなければ、いまの彼はなかったと、少なくともオースターは考えていると私は読んで感じた。

できれば、そういう一人の「教師」でありたい、という気持ちが、私のなかにあるが、それと、なんだと、という気持ちは、いまもなお一緒なのだ。

私は大学も出ても、変わらず、そんなふうに海辺を遠く見る岩礁で難破したままの船だったのだが、鶴見さんが私のいる世界の海の水位をグンと五メートルもあげてくれたので、社会に出てから八年ほどたっていたが、世界に復帰することができた。

難破した船は手を貸しても動かない。無理に引っ張ろうとしたら、船底が破れ、沈んでしまう。世界中の海が、すべて五メートル水位をあげないと、水位はあがらず、そうでないと、離礁はかなわないのだが、鶴見さんと会ったら、そういうことが起こったのだった。

なぜ鶴見さんにそういう力があったのか、といえば、いくつかのことに思いあたる。

その一つは、彼がつねに「ひとり」であったこと。「ひとり」であったからこそ、ほかの人間に働きかけて、さまざまな運動のなかに身を投じる。そういう「ひとり」がありうるのだった。

それは、彼が狂気の人だったこととも無関係ではない。彼はそれをうまく隠していたが——というか、隠しすらしないほどそれを精妙に自分のなかに染みわたらせ、薄墨色の薬効へと変えていたが——、これほど激しい人間がこれほど柔和にほほえんでいられることが、私を説得した。世界は広い、と思わせられたのである。

一九七九年の秋。場所はカナダのモントリオール。こちらは研究図書館づくりを手伝うために隣のフランス語圏の大学に派遣されていた司書で、鶴見さんは二学期間を教えるためにやってきた英語の大学の客員教授で、バカな私は当初、鶴見俊輔？ 品のよいリベラルのおじさんなのだろう、くらいに思っていた。

鶴見さんは強度の抑鬱の状態に襲われて二度ほど精神科に入院している。狂気をもつ人を吸い寄せる力があったらしく、目が覚めると、精神科から抜け出してきたばかりという人が、枕元に座って見下ろしていたなどということも一度ではなかったらしい。

しかし、その狂気の一番健全な現れは、彼のなかで子供であることと大人であることが劃然と分岐していないということであった。子供の頃、本屋で面白い本を見つけ、しゃがんで読むうちに夢中になり、気がついたら夕暮れになっていたという話をどこかに書いている。

こういう子供が、いつまでも、八〇歳、九〇歳になっても、この人のなかにホムンクルスのように鎮座していた。そのことを私はいつも会うたび、感じたものだ。

そこに「思想の力」があった。大きくも、小さくも、強くも、弱くも、なれる力が。

うさんくさいということが、大事なことであること(うさんくさいという判断は、自分が大きな、広い側にいてくつろいでいることから生じる。くつろいでいることは悪くないが、物の見方をせばめることがあることを自覚していないといけない)。

人から後ろ指をさされるような人間が好ましいこと(何本もの矢を四方八方に射る人よりも、四方八方から何本もの矢を受ける人のほうがだいたいは正直である。そういう人は仕事をしながら学び、「力」を得る)。

そんな教えを得たような気がするが、それは、私のなかにその逆の傾向が、もともと、強くあったからだろう。鶴見さん自身が、そんなことをギョロリと目をむいて一瞬の片言寸句でいうと、あとはアハハと笑うだけなので、ここに書くことの九〇パーセントは私が勝手に自分で「復元」しただけの彼のことばである。

ほぼ三五年間おつきあいしたが、二人きりでいたことは数えるほどしかない。そのときも、一度を除いては、ほぼ黙り合っていた。しかしそれで十分だった。

私はけっして人に自分の一身上のことを相談するような人間ではないのだが、たった一度だけ、苦しさに堪えられずにそうしたことがある。一身上のことを記し、いま、自分は苦しいのだと鶴見さんに書いた。いただいたお手紙に、一言、自分には何もできません、という言葉が入っていて、私は、自分の苦しみがこの人に受けとめられたと思った。そしてそのときも救われた。

どうすればよいのかが聞きたいのではなかった(どうすることもできないことはよくわかっていた)、ただ、苦しみを誰かにわかってもらいたかったのだが、その返事から、そうであったことにはじめて気づかされ、助けられたのである。

「ひとり」であることのうちには、権威とか権力というものとの距離の遠さということもある。二七歳の若さで京都大学助教授となり、辞めたあと、東工大、同志社大をへて、四八歳からは在野の評論家、哲学者、書評家となって、仲間と『思想の科学』を編集し続けた(毎月の編集委員会には赤青鉛筆で◎とか○のついた全ページ読破の前月号をもって現れて、論評を加えた。五〇年間一つの雑誌の編集者というので、ギネスに載せたいと思ったが)。芸術院会員とか、恩賜賞とか、世間的な栄誉とは生涯、無縁だった。父鶴見祐輔の葬儀では、式場に現れた勅使に喪主として立ち上がって挨拶をしなかったため、保守党の会葬者に父への忘恩を理由に憎悪されたという。その徹底性には、十分に人に憎ませるだけのものがあったように思う。

鶴見さんがほかの人と違っていたもう一つは、「ことば」である。

私は鶴見さんが書く文章、ことばから、深く、多くのことを教えられた。「思想」というのは、考えを、言葉で説明したものだと思っている人が多い。現在の言語学はそういうことを(ソシュール以来)はっきりと否定しているので、誰も表立ってはそんなことはいわないが、そのじつ、そう身体でおぼえてしまっている人が大半である。しかし、じつは言葉というのはチーズにたかる蛆虫のようなもので、自分でいおうと思っていることが言葉になってみるとまったく別物になっている。チーズがいつのまにかおびただしい蛆虫にかわる。分解作用、それが書くということである。

鶴見さんが最初に書いた「言葉のお守り的使用法について」というのは、そういう言葉の力を全部殺して、蛆虫を駆除する殺菌剤のように用いる戦前の使い方について論じたものだが、ああ、その日本語のぎこちなさ! ぎこちない日本語というものの可能性、ぎこちない日本語で書かれるときに思想がもつひろがりをも、ソレは教えるものだった。

端的に私は、鶴見さんの日本語、ことばが心にすっと入ってきたので、この人は信用できると思ったのだ。いや、何年も世間の風にふれず、こちこちになっていた私のなかの「うさんくさいもの」を識別する思想のチーズが、蛆虫になったツルミのことばに、みるみる武装解除されていくのを感じた。『北米体験再考』からはじめて、次から次へと読み、なんて面白いんだろうと思い、ものを考えることと、ひととのつながり、知らない世界を知ることとの喜びをもう一度、ゼロから、教えられた。

中学校一年生の時に、友達が

「日本人ならばみんな大和魂を持っているから」

と言った。

「ぼくには、みつからない」

と言うと、その友達はやや心外な顔をして
「君には、ないかもしれない」

と言った。私はその友達と親しかったし、その友達が文章がうまいので好きだったから、私にとっても、大和魂についての彼の考えが、とても心外だった。これは、お互いに心外なことだった。

(「日本思想の可能性」)


ん? というところがあって、やっぱり、面白い。

このたび、鶴見さんが亡くなった後に書かれた文章では、いまカリフォルニアに住む米国人の室謙二が述べた、「俊輔の晩年の政治的立場については、それは私とほとんど同じものだし私たちを鼓舞するものだったが、政治的折衷主義が少なくなった分、単調なものだったように思える。これは批判ではなくて、彼の晩年以前の政治的な立場と、彼の晩年での政治的な立場の比較である」という指摘が、もっとも心に残った(「鶴見俊輔さん追悼――四九年後の別れ」〈WEBRONZA〉、二〇一五年八月六日)。

このような――自分への批判を含んで――批判的精神の生動を喜ぶ気持ちが、鶴見俊輔を鶴見俊輔にしていた。

むろん自分のダイナミズムに自信があったからだ。

鶴見さんは一度、転向研究を米国、ヨーロッパ、アジアを含む世界規模で試み、それを博士論文として世界に問おうという気持ちをもったが、それよりは若い人々と共同研究するほうが意味があると思い、そちらに舵を切った。

それも、マイナーなものがよいと思ったというよりは、自分の学問に自信があったからである。

その志の淵源は、米国の南北戦争の戦後思想であるプラグマチズムの母体となったボストン郊外でのジェイムズ、パース、ウェンデル・ホウムズ・ジュニアらの私的な集まり、仲間とのやりとり、にあったはずである。

（『世界』二〇一五年一〇月号）

少しずつ、形が消えていくこと

以前、もう一五年くらい前に、タイの一三世紀あたりに栄えたという古都スコータイの遺跡公園を訪れたことがある。王朝が衰退した後は、廃墟となり、二〇世紀後半までは密林に覆われていたのを、タイ政府がユネスコなど国際機関の援助を得て、木々を伐採し、遺跡を発掘し、整備した。いまは世界遺産に登録されて広大な遺跡公園となって開放されている。歩いていくと、平坦な地にどこまでもいろんな形の廃墟が続く。ところどころ、崩れ残って一部、長方形で立つだけの壁がある。見ると、繊細このうえない仏像、女神像が一部浮き彫りとなって残り、姿をなかば没し、崩れかかり、もはや原形をとどめないまでに損傷した痕跡をさらしている。そういう壁の残骸が一つ、また一つと、人影のように現れてくる。

指でなぞると凹凸がかすかに伝わる。もはやその輪郭はないに等しい。それらいわば損壊した遺跡の浮き彫りの摩耗の激しさ、しかし時の浸食に洗われた形骸のその美しさにも、胸を衝かれた。

損傷が進み、失われたものが、一定の度合いを超えると、遺跡はもう遺跡ではない。何かわからないものの痕跡になる。けれども、そうして、人々の関心から見放され、解放され、それらは、また別の生を生きるようになる、と思った。それらのほぼのっぺらぼうとなった壁から、不思議な開放感も、受けとったのだった。

去年はだいぶ荒々しく時間がすぎた。自民党の安倍政権がメディアの報道する国民の高い支持率を背景に、横暴さを増し、強引な仕方で安保法制関連の法案を国会で通した。

私は、その動きを横目で見ながら、ほぼ一年がかりで、戦後に関係する著作の執筆を続けたものである。

ときどきは、部屋から抜け出して雨のなかを国会議事堂前まで行ったが、誰と会うわけでも、声をあげるわけでもない。おろおろと歩き、人々の列のなかから国会議事堂を眺め、周囲を一巡り、あるいは、半分ほど巡って、肩を丸めて帰ってきた。

そんなとき、七月に、鶴見俊輔さんが死んだ。なぜだかわからないが、あるとき以降、私が深くおつきあいすることになる年長者たち、多田道太郎さん(一九二四年生まれ)、吉本隆明さん(一九二四年生まれ)、鶴見さん(一九二二年生まれ)、さらにいえば大学時代に親しくつきあい、世話になった恩師が、『ランボオからサルトルへ』という著書をもつ平井啓之先生(一九二一年生まれ)で、みんな奇しくも、一九二〇年代前半に生まれたいわゆる戦中世代の人々だった。そういう人々が、鶴見俊輔さんを最後に、みんな私の前から、姿を消したのだった。

なかで鶴見さんが、もっともおつきあいが長い。その人と会わなかったらまったく自分の人生は違っていただろう、というようなことが、鶴見さんについてなら、言えそうである。

一二月には友達に誘われて、一週間近くを京都に仮寓して過ごした。ああ、この町にもう鶴見さんはおられないのかと思ったら、京都が一回り小さな場所、淋しい場所になったように感じた。

京都では、仮寓先の何でもない路地をよく歩いた。そういう場所が、人通りもなくて、気持ちに合った。

親しくしている市中のT寺(徳正寺——後記)にお邪魔し、奥の部屋に案内されると、鶴見さんの揮毫した扇子が軸になってかかっている。もう二〇年近く前、現代風俗研究会の再出発の会がここで催されたとき、書いてもらった。それを後日、軸に直したものだという。この人には珍しいこと。かつ、この人にしてはしっかりと読める丁寧な字で書いてある。

今
ここにいる
他に
なにを
望もうか
七月二十日
T寺にて　鶴見俊輔

鶴見さんの子息のTさんがこれを見て、驚かれたという話もあった。七月二〇日はちょうど、鶴見さんの亡くなった日にあたる。

鶴見さんとは、一九七九年の秋にモントリオールでお会いしたのだが、そのとき私は三一歳だった。鶴見さんは、いま考えるとメロディにつつまれていたし、物語の雲を周囲に漂わせていた。そしてそれらは、深い虚無と絶望の穴を源泉として、そこからこんこんと湧き出てきているのだった。

むろん深い虚無も絶望も、そのとき五七歳だった鶴見さんには遠い存在となっていた。ただそれは、大きな創傷の痕跡となって鶴見さんの人となりに現れていた。地形でいえば、大きな砲弾の炸裂した痕が大きな窪地を作った。次に、そのえぐられた先から、泉がこんこんと湧いて出ている。

多くの人がその地形に集まったのは、そこに深い苦しみがあることがわかったからである。森の動物が具合が悪くなると奇特な温泉の湧く場所に身を浸しにくるのと、事情は似ていた。

大きな凹みが泉になったのが鶴見さんだったのだが、その鶴見さんも死に、泉は水を湧き出さなくなり、地形は徐々に風化にさらされ、今後、人が訪れてもそこがここだとはわからなくなるだろう。

その言われた言葉の意味も拡散し、あるいはその意味あいを変えていく。しかし、それも一つの開放であり、解放なのだと、鶴見さんなら、いいそうな気がしている。


（『うえの』二〇一六年二月号）

後はやぶれかぶれ――『源流から未来へ――『思想の科学』五十年』

私がこの雑誌の編集に関係したのは、一九八五年前後から九六年五月の休刊にいたる約一〇年間ほどのことである。編集に関係したといっても当初は編集委員会に顔を出して雑談を楽しむ程度。それが徐々に編集委員会の話にも加わるようになり、編集委員になったのが八〇年代の後半。幾分なりと力を入れて編集に参加するようになったのが、八〇年代の終わり近くだったと思う。

この雑誌の五一年間の軌跡のうちの最後の五分の一の経験で一番大きなできごとは、雑誌の休刊である。それに次いで、休刊にいたる雑誌編集、刊行の動きということになる。

この雑誌は九六年五月、休刊した。ちょうど満五一年目を期しての休刊である。

これに関しては、最近、鶴見俊輔の埴谷雄高論の解説を書かせてもらって気づいたこと、思ったことがある。

鶴見は、一九九〇年代の半ばになって大きな病気をしてからは当分、長い文章を書かないといった。しかし数年後には無理をおして七〇枚に及ぶ本格的な『死霊』論を書いた。その後、二度、本格的な埴谷および『死霊』についての論を書いている。

『死霊』は一九四五年一二月末刊の『近代文学』の創刊号に連載を開始され、四九年、四章で中断、七五年七月に二六年ぶりに五章「夢魔の世界」を発表した後、その二〇年後、九五年一一月に九章を発表したところで、未完のまま擱筆された。途中、五〇年代に死を覚悟するほどの病臥と療養の時期があったが、五一年間、埴谷は執筆の意思をとぎれさせなかった。鶴見の論には九七年の死に先立つこと二年、九五年に、埴谷が九章をこれで終わりと思い切り、未完のまま渡したことが記されている。気づいたのは、そうすると、埴谷の『死霊』が戦後の著作としては唯一、『思想の科学』に併走する長尺の作品だったのだな、という事実である。

『思想の科学』は四六年五月に創刊、その間編集委員をさまざまに変え、雑誌も第八次までを数えながら、とにもかくにも五一年間続いて、九六年五月、休刊を迎えている。しかし詳細に見るならこの間、五〇年代に二度の数年間の中断をはさんだり、天皇制特集号の問題で揺れたり、さまざまな波乱を乗りこえている。その五一年の『思想の科学』の持続を体現しているのは、この間ぶっつづけで雑誌編集を担い続けた編集者兼書き手としての鶴見俊輔だが、その鶴見の場所から見るとき、四六年の創刊から九六年の休刊までの最長不倒の飛行ということでは、埴谷の、それも『死霊』が唯一の戦友である。鶴見の『思想の科学』と埴谷の『死霊』はこの長い戦後、ともにいわば「五一年の孤独」を味わった老友なのである。

なぜ鶴見は、最後、身体をふるい立たせてまで埴谷の『死霊』について書こうとしたのだろう。

私が思ったことを記すと、時がたつにつれて両者のあいだに相互的な相手の再発見ともいうべき契機が生じることになったにせよ、もし『死霊』が未完でなかったら、鶴見がここまですることは、なかったのではないだろうか。

鶴見の論を読んでいて思うのは、『死霊』が未完のままうち捨てられている姿に、鶴見をつかんで離さないものがあったということだ。鶴見は、このまま放っておけないと思った。つまり『死霊』の未完の姿に、埴谷の、鶴見自身の、そしてまた彼らの戦後の可能性があることを、見たのである。

この思いはぐるりと回って『思想の科学』に帰ってくる。

『思想の科学』の可能性も、その終わり方、中断のぎざぎざの断面というところに顔を見せている。

私は一つの場面を思い出すが、当初、やや本格的にこの雑誌に関与したころ、売り上げ部数の低減が気にかかり、もっと売れる雑誌を考えた方がよいのではないかと提案して編集委員会の面々の顔を曇らせたことがある。この雑誌は、そういう雑誌ではなかった。「ただ売れる雑誌をめざすのなら、雑誌をやる意味がないじゃないか!」実際に鶴見はこんなことはいわなかったが、いま私には、彼が顔を輝かして、人をのぞき込むようにして、そう元気よく語る様子が目に浮かぶ。率直にいって『思想の科学』というのはよくも悪くも鶴見俊輔の続けてきた雑誌なのだ。鶴見と何らかの形で影響しあい、呼応し、賛同し、親炙してきた人々、また鶴見の考え方に賛同した読者の集団、さらに鶴見が自分から接近して働きかけることから、それに呼応して形をとることになったさまざまな言葉の書き手と読み手たちが、この雑誌をささえてきた。『思想の科学』の休刊がもつ可能性とは、そういう『思想の科学』のもつ変則的なひろがりがさらに拡張されること、またそういう『思想の科学』の変則的な狭さが打破されてもっと広くなること、その二つを意味する。そんな気がする。

いったいこの雑誌は何を実現してきたのか。「有名になりたい」「彼女がほしい」「お金がほしい」という若い編集者から発案のあった〝欲望三部作〟特集を連発したときには(一九九三年七月号—九月号)、思想の科学研究会のメンバーからさすがに非難囂々、とまではいかないが近頃の『思想の科学』

はどうなってしまったのだ、という苦言、疑問の声が多く寄せられた。私はこの会に所属していないこともありこれらの声が気にかかった。しかし鶴見は一言、「いや、『思想の科学』は思想の科学研究会の機関誌じゃない、思想の科学研究会が『思想の科学』の執筆者・読者の会から生まれているんだから、気にしないでいい！」、こういうときの鶴見の口調はへんにドスの効いたものになる。なぜこの雑誌が五一年間ものあいだ、硬直に陥ることなく、かなり幅のある人間を牽引し続け、しかも内と外とにおいて自由な気風を保てたか。戦後の創世期の気風がこのへんちくりんな「ワンマン」を通じて個人の形で半世紀を生き延びた。けっして形骸に落ちない元気とユーモアへの渇望がこの雑誌を育て、そしてまたその気風にふれて多くの人間が育った。育ったなかに書き手だけでない、よき読み手が、多く含まれる。

元ユーゴスラビア代表監督で現在J1チーム（ジェフ・ユナイテッド市原）の監督イビチャ・オシムがいう。「例えば、複数選手をトップへ送ったが同世代では無冠のユースチームがいる。反対に、全国大会で優勝したが、トップへは選手を送り出せなかったユースチームもある。どちらが「いいユース」に値するのか？／いくらタイトルを獲得しても、トップで通用する選手を育てられなければ、役割を果たしていない。私なら、そう考える」（「オシムの提言」『朝日新聞』二〇〇五年一月一八日）。

「ただ売れる雑誌をめざすのなら、雑誌をやる意味がないじゃないか！」という鶴見も雑誌観を私なりに受けとめれば、鶴見の考えは、このオシムの考えに近いことになる。それを延長すれば雑誌はそもそもA代表かユースチームかという話にもなる。私は鶴見に倣い、A代表つまりそこが最終目標という雑誌作りは、つまらない、と考える。『思想の科学』はそんなには売れなかった。赤字が続いた。しかし、信念という大リーグギプスをつけて雑誌を出し続けることで人を育てた。読み手も書き手も、たくさん。特に自分の雑誌以外のところに、時代の流行に負けない種子を幅広く〝散種〟した。そういう意味では希有な雑誌だったといってよい。

しかし、このことの結果はむろんよいことだけではない。一九七二年、八月、ちっぽけなちっぽけな雑誌が出来ている。

その標題誌はいう。「我々は現在のロック・ジャーナリズムに対して一切の希望をもたないし、直対応的な怒りも持たない。ただあるのは冷たくさめた視点だけである。／四〇数ページのオフセット印刷のこの小雑誌が、そのさめた視点のささやかな結果であり、一つの我々が投げうる石つぶてである。／掲載されている**原稿は全て基本的には投稿**という性格を持つものである。そして読者すなわち参加者という性格を持つ雑誌である。／文章の長短、内容、そして技術は一切問わない。ただの感想文でない、自分を語りそしてロックを語った文章であれば経済的条件が許すかぎりのせていきます。／また**金銭的、技術的、労働参加的、販売的協力を強く希望します**。／まず定期購読と、投稿を。／最後に創刊号にかかわらず広告という形で協力していただいたロック喫茶各位に御礼いたします」。奥付の隣には、「なお創刊号時の同人は主に新宿の〝サブマリン〟に居ます。——渋谷——」という断り。

渋谷とは渋谷陽一。雑誌のタイトルは、「ロッキング・オン」。

創刊号では松村雄策のビートルズ断章「アビイ・ロードへの裏通り」がいい。渋谷陽一の「アリス・クーパー試論」もいい。アリス・クーパーなんて、知らないのだが。

この年の二月とか三月とかに連合赤軍事件があり、これがどういう時期だったかを知っている人間から見ると、この時期とこの声との取り合わせには心を動かすものがある。その声はゼロからの出発である。渋谷は、リヤカーで創刊号を運んだ、ともどこかに書いている。雑誌は売れなきゃダメだ、とも書いている。

後は野となれ、山となれ。

終わったものが、その後野となり、山となったらどんなに素敵か。

休刊により『思想の科学』も、「冷たくさめた」ゼロの地点は確保している。

（鶴見俊輔編、『思想の科学』五十年史の会『源流から未来へ――『思想の科学』五十年』思想の科学社、二〇〇五年九月）

火の用心――文章の心得について

1

総じて私はずいぶんと鶴見俊輔さんの本に助けられてきた。もう少しいうと、「救われてきた」のだが、文章について書かれたこの本も、そんなふうに私を救ってくれた本のなかの一冊である。

三十代もなかばになって、はじめて大学で教えることになったのだが、大学にいったら、学生に文章を書かせるという授業が一つ用意してあった。講義名を言語表現法という。ついぞ聞いたことのない授業名なので、何ですかこれは、何を教えればいいんですか、と尋ねたところ、それを準備した多田道太郎さんが、あんたのために作ったんや、自分で考えて、と答えた。一九八五年くらいのことである。

一九七六年に、京都で現代風俗研究会というグループが作られている。風俗という時代と社会の表層に浮かぶ現れを面白がり、現代風俗を広くゆったりと考えてみようという人々の集まりで、桑原武夫、多田道太郎、鶴見俊輔、橋本峰雄といった風変わりな学者と、京都を中心に、関西、中京圏一円の好奇心旺盛な町の人々を中心に発足した。その背景には、明治・大正以来の歴史を「風俗」と「世相」でとらえようとした民俗学者柳田国男の試みと、中里介山の『大菩薩峠』に代表される縄文文化まで届く非純文学的なもの、非近代的なものへの関心、そして、それまでのフランス革命や明治維新の研究など、京大人文研が行ってきた自由で闊達な専門領域横断的な研究の蓄積があった。

一九七九年、そこに集まってきた人々を中心に生徒を募り、この研究会を発想した右の学者たちが先生となって、一人三回くらいずつ、美容院の一室を教室に、生徒に文章をどう書くかについて教えるという企画が実行された。この本は、このときの鶴見さんの三回の授業の記録をもとに作られている。先生と生徒のあいだに、どこか、不思議な気持ちの重なりが感じられるのは、そのためである。

特に学者ともいえない私のためにそういう授業を発想してくださったときの多田さんの頭に、ご自分も参加したこのときの経験があったのだとすると、二、三年の試行錯誤の後、結局私が、学生に文章を書かせ、それを自分で読み、添削し、時に自分のよいと思う文章を学生に読ませるだけで授業を作ろうと思い切ることになったのは、一種の先祖返りで、自然のなりゆきだったかもしれない。

そういう踏ん切りをつけるきっかけになったのが、この本である。

私が、最終的に、自分の授業も文章教室でいいと思えるようになったのは、鶴見さんがこの本で、文章を書くということを、広く考えていたからである。鶴見さんは一時若くして外国に一人で過ごしたことがあり、日本語で書くことに苦手意識をもっていた。そしてそのことを自分の文章の経験の出発点においていた。まえがきに、子供の頃から作ってきたという書き抜き帖の話が出てくる。その後、おつきあいが生じてから、いちど見せていただいたことがあるが、それは文房具店で売っている、中学生が使っているような、ごくふつうの並製ノートだった。「日本の名文家のように日本語を書こうという理想にしばられなくなった」「人間の持っている様々な表現手段を、つぎはぎしていろいろに使って、自分の言いたいことを言おうというところに気分が落ち着いた」。文章を書くということの軸足が、文章を書くことの外側にはみ出ている。そのぐらぐらした足場に立っている感じ、よろけた感じからくる元気が、私の背中を押したのである。

この本で鶴見さんは、文章をどう書けばよいのか、という問いには立っていない。聞こえてくるのは、私はこんなふうに文章を書いてきました、という物語のなかの登場人物ふうの声である。その声がまたときどき、私は、こんなふうに生きてきました、とも聞こえてくる。

何年か前に、車で国有林らしい山林のなかに延びる道を上がっていったことがある。かなり辺鄙なところまで来てしまったなと思ったら、もう五〇年くらい前のものと思われる看板が立っていて、「火の用心」と書いてあった。文字は古び、緋色にかすれている。あっと思ったのは、それまでに道ばたに何度か見てきた近年のものらしい、それよりも新しい看板には、「火気注意」とあったからである。

「用心」と「注意」という言葉は、だいぶ違う。

用心というのは、心を用いることで、注意というのは、意識を向けて、気をつけることだ。何だ、同じじゃないかと思うかもしれないが、やはり違う。それは、提灯で照らすことと、懐中電灯で照らすことのように違うのである。

提灯は、四方八方を照らす。懐中電灯は、前方だけ照らす。用心というのは、ほかのことにも心を向けながらあることに気をつけることで、もう少しいうと、心を色んなものに用いる仕方で、あることと対する。すると、余計なものが目に入ってくるだろう。そこに見えてくるのは、白から黒まで、その大部分が灰色からなる明度の幅で、「どっちつかず」のものが多くなる。そこが、一つのものを念頭に、それが、「あるか」「ないか」と白と黒とで見ていくことになりやすい注意と、違うのである。

むかし世の人々は「火の用心」といって拍子木を叩いて町を歩いたが、そのように、鶴見さんのこの本は、文章を書くことへの夜道を、提灯を下げて歩いている。それは、文章を書くことを照らしているが、その光は四方にぼおっと光っていて、そこにさまざまなエピソードが浮き沈みしている。そこでは、文章を書くことは、うーんと考え込む時間を含んでいる。文章を書くことが、文章を書いていない時間とつながっている。

いま私たちは、「火気注意」といいあう。明確な応答を必要とする。ぼんやりした光と、鋭い光。どちらにも長所はある。でも私は、この提灯式のぼんやりした光に救われたのである。

それまで私は、自分で文章の書き方を教えなければならなくなって、さまざまな文章教室めいた本、文章読本めいた本を読んでみていた。また自分でも文章読本のイデオロギーなど難しいことを考え、授業でも話してみた。でも、一年、二年やるうちにダメだということがわかった(学生が寝たので)。教え、教えられるという関係が、文章を書くという経験の幅を、狭く切り取っていると思った。それでどうにも、話していると、元気がなくなった。また、文章をどう書くかという具体的な話に入っていくと、技法的な話になる。これが文章を書くということの初心から切り離される感じで、貧しい気がした。

鶴見さんのこの本では、文章のことが書いてあり、文章の指導もされているのだが、それが色んなふうに読める。また色んなことが書いてある。また、よく注意してみていると、色んなことが、少ししかいわれていない。深追いされていない。

そういう仕方で、穴がぽつりぽつりとあいている自由さのうちに、文章のことと考えることと生きることがひとつながりで話せるのなら、教師の素人としてやってみる元気がでるし、またこれまで何もしてこなかった素人の学生たちにも、ちょっと書いてみようかな、くらいの元気が出てくるのではないか。

用心は必要だ。でも注意はいらない、むしろ不注意くらいがいい。塗り残しが多くあること。双方にとって、目新しいことをやれば、元気がでると、そのときは、そういうことばではなかったけれども、考えることにした。

教える方もよろけているくらい。それくらいがよいのだ。そのほうが、教えられる方は元気がでる。すき間のある本が、読んでみたら、ちょっと自分も書いてみたくなる、よい文章の本なのだと、この本のもつ鼓動のようなものから、その間合いを教えられたのである。

2

この本に引かれている文例には二つの種類がある。一つは、自分がよいと思う文章、ないし自分のばあい、もう一つが、生徒の人たちが書いた文章である。

今回、十数年ぶりくらいに読んで、自分の見方がこの間、以前と変わってきていることにも気づかされた。三回で文章のことを話そうと思ったとき、鶴見さんは何を話すことにしたのか。そんなことに目が向かったが、以前は、そういうようには考えなかった。

鶴見さんは、ここで生徒の人たちに三つの文章を書かせている。まず、「書評」、つぎに「自分の見聞」に発することがら、最後が、ある程度長い文章を書くばあいの目論見書としての「タイトルと目次」である。

一つ目の書評では、目的のはっきりした文章を書くとき、気をつけなければならないことを話している。そこで必要なのは、平明に、簡単に書くことである。それがはっきり、ということにつながる。「ゆっくり歩く」。それよりは「歩く」のほうが平明。簡単で、はっきりしている。そこで避けなければならないのは、紋切り型だという。型を意識せよ。例として文献目録が取りあげられるが、書評の目的もこれに近い。「其の書の特質を標出すること」。「その本はどういう本か。その特徴をパッととらえる。数行でとらえる」とあって、自分がけなされたときのこと、それに納得したしだいが語られている。

そこに脱獄逃走中の高野長英が四国の宇和島でかくまわれ、藩主の蔵書である洋書をことごとく読んで、これがどういう本かを短冊に記す仕事をした、という話が出てくる。書評の神髄は、その短冊の数行にある、という。その話が、長英の生き方としてドン、と私の背中を押す。

文献解題と脱獄と人生の短さを、提灯が同時に照らして、そう、生徒を鼓舞する。物語がこの本の深いところを流れているのだ。

二つ目は、自分の見たこと、聞いたことについて。そこでは、「いわないこと」、「いえないこと」も大事だ、ということがいわれている。なぜ、私の課題が、いちばん悲しかったこと、いやだったこと、うれしかったことではないのか。

たとえば、私は自分がいちばんいやだったことは覚えています。しかし、言いたくないし、書きたくもない。

(「絵の具になる体験」)

自分にとって大事なことは、ことばにならないものだ、いわないほうがいい、するといわれないことは「体験を解釈する一種のカギ」になって、その人の意味の根源のようなもの、原体験に育つだろう。

文章を書かせる教室で、書かれないこと、いわれないことも、大事だ、というようなことが書かれているケースはあまり見かけないが、こういうことがいわれると、私なんかは、ほっとする。みなさんはどうだろう。

どう書くか、どのように説得力あるように書くか、ということを一生懸命に教える人が往々にして忘れているのは、書かなくとも人は生きていけるということである。書くことは大事だ、でもそんなには意味はない。そういってもらったほうがありがたい。そういう中途半端な場所に一人置かれて、はじめて書くことは、ふらふら立ち上がり、よちよちと、歩きだすのだという気がする。

三つ目には、目論見書というものが取りあげられている。そのことを私は今回、何度目かで読むまで、忘れていた。私の大学での生活も終わりかかっているので、もう機会はないだろうが、これもぜひやってみるべきだったかなといま思う。ここにあるのは、ほんとうは、失敗の妙味だからだ。私の経験からいえば、文書を書く前にプランを作って、それがその通りに進んだとしたら、予想外の展開が生じなかったということだから、それは失敗である。といって、そのプランが人を執筆に駆り立てる力をもたなければ、そもそも目論見書として失格なので、それも失敗だということになる。だから、目論見書の力とは、人を執筆に駆り立て、しかも執筆によって今度は自分が追い越されることなのだ。そういうことは、この本には書かれていない(深追いはしないので)。ただ、人を執筆に駆り立てるのがどういう「力」であるのかが、串刺しにされた団子の「落書き」によって、鶴見さんの手で、示されている。また、生徒たちの書いてくる目次とタイトルに、どのように「駆り立てる力」があるか、ないかが評されている。

自分のなかの紋切り型とぶつかること、自分の体験の底にあるものに気づくこと、失敗に向かって駆りたてられること。

書くことのはじまりの面白さが、三つの形で示されていた。

3

それらのことが、生徒の人たちの書く合計一四の文と目論見書についていわれているのだが、私はそこに、えもいわれないものを感じる。これもかつては思わなかったことである。崖がある。下から生徒たちが上ってくる。上から鶴見さんが手をさしのべる。下から伸ばされる生徒たちの手と、上からさしのべられる鶴見さんの手は、でも、つながっていない。まだ三〇センチくらいの差がある。でも、そこで鶴見さんのコメントは、終わっている。

私は、大学で授業をしていて、いつもそのへだたり、落差ということを考えないではいられなかった。もっと努力して這い上がってきなさい、と相手を叱咤すべきなのか、自分がもっと下まで降りていって手を摑み、引き揚げるべきなのか。なにごとかをいう。それが相手に通じていないと思われるときに、どこまでわかりやすくいえばいいのか。そのことに思いまどったのである。

そういうところで、鶴見さんは、何もいわない。そしてその距離をじっと見ている。それから目を離し、次の人に行く。

その空白の見放し方、見切り方に、私は元気を受けとる。

この本には、そういう仕方で、見切る者にも、見切られる者にも、勇気を与えるものがあるのではないだろうか。

私は一九八〇年代半ばから九六年の休刊にいたるあいだ、『思想の科学』の編集委員として鶴見さんとおつきあいさせていただいた。その間、書き手として個人的に、鶴見さんにこれを読め、そしてこれについて書け、といわれた本が二冊ある。一つは中村きい子の『女と刀』、もう一つは、仁木靖武の『戦塵』である。ともにそれほど名高いものではない。特に後者は私家版の戦記。なぜということはいわれなかったし、聞かなかった。この二つの本は、読んで書くのが大変だった。ごろごろと石だらけの土地を開墾し、耕作地に変えて、それから種を播き、収穫するような難儀さがあった。

これが私の場合の崖上りだった。

究極的にいい文章というのは、重大な問題を抱えてあがいているというか、そのあがきをよく伝えているのが、いい文章なのではないかと思います。きれいに割り切れているというものは、かならずしもいい文章ではないのです。

（「あがきを伝える文章」）

動いていくボールは、まん丸ではなくて、ある種のひずみをもっている。評論は、（答案と違い——引用者）自分がある方向にむかって駆け抜けていくということですから、明らかにひずみがあっていい。こういうことは書く、こういうことは書かないという、そういうものであったほうがよい。

（「答案のような構成」）

私がこの本から受けとるのは、この人が文章について語るときこの人の顔に浮かんでいる笑いのようなものである。何もいわない厳しさがあるが、柔和だ。文章の心得は、「火の用心」と似ている。ふくらみのある一言や、二言で、人は当分、元気にやっていけるものなのである。

（鶴見俊輔『文章心得帖』ちくま文庫、二〇一三年一一月）

書く人　鶴見俊輔

はじめに

二つの光源から

ここでは、鶴見俊輔という人を、もう一人のパネラーである黒川創さんとともに二つの側面から考えるということを行おうとしています。一つは、「行動する」という側面から、もう一つは、「書く」という側面から。全体のタイトルは、「考える人　鶴見俊輔」。私の話は、このうち、「書く」という側面から鶴見俊輔に接近するというものです。

ここにいう「行動すること」と「書くこと」というのは、私の理解では、棲み分けられた二つの領域ということではありません。また「考えること」というのは、その二つを含み、その「二つ」からなる全体というのでもありません。人の生きることのうちには、「感じること」も、「眠ること」もあります。「考える」ことを含んで、またそれを越えて存在する鶴見さんの全思想と全生活を、「行動する」ことと「書く」ことを二つの光源に、そこから照らし見ようという試みです。棲み分けというように考えると、「行動する」ことと「書く」ことのあいだで、胴上げされた「考える」ことが落下して背中を痛める、ということが起こります。ですから、ここでは、「行動すること」を光源に行われる黒川さんのお話と話題が重なるかもしれないことは、恐れずに、「書くこと」を手がかりに、鶴見さんの「考えること」を、思想と文化と社会の全領域をカバーするつもりで、話してみます。

ホムンクルスとしての「書く人」

鶴見俊輔という人の一つの本質は、「考える人」であることの内奥に、「書く人」がいることではないか、というのが、きょうお話してみたいことです。ホムンクルスという存在がいますね。錬金術のなかから出てきた考え方というか、存在で、とても小さな形をした人工人間、人造人間ですが、「考える人　鶴見俊輔」の中心近く、心臓のあたりに、この小さなホムンクルスが棲んでいて、それは「書く人　鶴見俊輔」である、ということです。

では、書くこととは、鶴見にとって、どういう意味でしょうか。それをもっともよく示すと思われる詩句が、鶴見さんの書いた詩のなかにあるので、それを紹介しましょう。

嘘と私

自分のことを書こう
正直に
——書けるかな

まず心にうつして見る
それがそのまま
紙の上の字になるとして

書かれたことは
いくぶんか嘘になる
という法則がある

人間の歴史をつらぬく
この法則から
どの文章も自由ではない

そしておそらく
書かれたことに嘘がある
という法則の故に

私にとってある
この自由

これは鶴見さんの書いた詩で、鶴見さんの唯一の詩集である『もうろくの春　鶴見俊輔詩集』のなかにあります。黒川創さんがやっている最小出版社編集グループSUREから出ていて、編集は黒川さんです。詩集に初出が出ていないので、いつどこに書かれた詩であるかは、後で、黒川さんに聞けば、わかるかもしれません。

ここに言われているのは、「心にうつして見る」ことが「そのまま紙の上の字になる」としても、そこには「偏差」、ズレがある、ということです。それをどうしてもそこには「嘘」が入り、書かれたものは「いくぶんか嘘になる」といっています。しかもそれは「人間の歴史をつらぬく法則」だというのです。「書くこと」の奥底にズレがある、偏差があること。ズレを生み、偏差を作りだす原動力があること。そこから私の自由が生まれる、といわれています。

「書くこと」のうち、どうしてもそこに「嘘」が入ってしまうことのズレのうちに、私の自由が生きている、というのです。

きょう、お話してみたいことは、鶴見俊輔という人が私にとってどういう「考える人」であるかということです。そのことを、鶴見さんにおける「書くこと」と「書かれたもの」を手がかりに、お話するのですが、それには、はじめに、私が鶴見さんと知りあうことになったきっかけからお話するのがよいかと思います。

1　鶴見さんと私

最初の出会い

私は一九七九年の秋にはじめて鶴見俊輔さんをお見かけしました。場所は、カナダのモントリオールの空港です。当時、勤務していた国会図書館から派遣されてカナダ、ケベック州にあるフランス語圏の大学であるモントリオール大学の小さな東アジア研究所の図書館作りを任されていたのですが、隣の英語圏大学であるマッギル大学に客員教授としてやってきた鶴見さんご家族を、友人で招聘者であるマッギル大学の准教授をしていた太田雄三さんらと出迎えに行ったのです。

いま考えるなら、その時鶴見さんは五七歳で、私は三一歳です。

私について言うと、もう若いというのではない年齢で、しかも図書館員をしていたのですが、むしろん鶴見さんのことは知っていたものの、そのときまで、その著作は数えるほどしか読んでいませんでした。それというのも、私は学生時代に全共闘運動というものを経験した年代です。ベ平連の運動には関与していません。その既成の知識人予備軍的なところ、お行儀のよいところが、あまり自分の好みと合わずに、どちらかといえば敬遠していました。ですから、鶴見さんはその当時の私には、品のよい、おだやかで、頭のよい、典型的なリベラル知識人というイメージで存在していました。

鶴見さんはそのマッギル大学で、秋学期、春学期と二度の授業を行っています。それに、マッギル大学の学生が、五、六名、准教授の太田さん、それからモントリオール大学から博士課程に所属し、アメリカから非常勤講師としてやってきている研究者や、院生、それに偽学生一名（これが私ですが）などが聴講生として参加して、総勢一二名くらいの受講者がありました。いまスローライフの提唱などで知られている辻信一も、そのときの学生の一人です。私は、フランス語系の大学に勤めていて、英語はなかなかついていくのが大変だったのですが、何とか欠席せずに聴講を続けました。英語にわからないところが多くとも、授業が面白かったからです。また、授業が終わると、三、四名が、いつも坂をくだったところにある喫茶店で、ケーキとコーヒーをご馳走になりながら、その日の講義をめぐって雑談を交わす、そういう機会を鶴見さんが作ってくださっていました。

私は、なかで、だいぶ懐疑的な偽学生として、その話の輪のなかにいたと思います。吉本隆明の書いたものに、自分なりにカナダで深く傾倒しはじめていたこともあり、最初は鶴見さんの嫌がるような質問を差し向けたりしていたと思います。高野長英というのは、鶴見さんの縁戚なんですよね、とか。そんななかで会を重ねるうちに、一つの発見がありました。それは、この人は、リベラルだが、けっして「品のよい、おだやかで、頭のよい」だけの人間ではない、ということです。非常に「おだやかでない」、「頭がよすぎて、少し壊れそうなところもある」、そういう人物らしい、という発見でした。

狂気を沈めたリベラル

この発見は、私にとってかなり重大なものでした。

それは、ある意味で私とリベラルであることのあいだをつないだからです。

そしてその「つながり」は、私と世界とを橋渡しするものでもあったからです。まず、それまで私は、一部の文学者などを除くと、それまで、社会的な領域で、自分よりも年上の、しかも著作などで名高い人というものを、一人たりと、本当に信頼し、尊敬することができない、という質の人間でした。たとえば、それまでに名高い知識人などに紹介してあげるというような親切心を、元の大学の先生から示されたようなときも、いや、会ってもがっかりするだけでしょうから、けっこうです、などと生意気なことを言って、お断りしたりしていたのです。何しろ、一九六〇年代末の全共闘の学生というのは、そういう自己増長した知的自負心をもつ偏狭な人間を少なからず含んでいました。そういう馬鹿な学生の一人であった私が、三一歳で、はじめて、へえ、こういう人がいるんだ、また、この人のこういうところには敵わないかも、というような存在にぶつかった。そして、リベラルであることと、極端であることは、一人の人間のなかに共存しうるんだ、と教えられた。鶴見さんと出会って私は、人間は、世の中を馬鹿にしてはいけないこと、世の中には、本当にすぐれた人間が存在しうること、そして、そういう人間に出会うことは、三〇センチの物差しをもらうということに等しいことを、学んだのです。

三〇センチの物差しを得るというのは、自分と世界、世の中のあいだに関係ができて、それを共通の尺度で計る、計測の手がかりが、手に入るということです。

世の中の大きさ、狭さ、広さが、そこから以前よりも正確に摑めるようになりました。何より、自分と世の中のあいだに、はっきりとした距離関係が作れるようになりました。

学生時代、私のなかには「過激なもの」がありました。「それは正しさの過激な欲求」でもあれば

「盲目的な現状への反発」でも「純粋精神への観念的な希求」でもあったと思います。そして、世の中に「過激」な受け皿があるときには、その「過激さ」はその受け皿に受けとめられていれば済んだのです。それが、私にとっての全共闘運動だったと思います。しかし、それは一瞬、ひととき、存在しただけの「皿」でした。それ以後、そういう受け皿を失って、私の「過激さ」は行き所を失い、それを否定しなければ、世の中に生きられない、しかし、それを否定したくない、というので、私と世の中のあいだに、うまく関係が取れなくなっていたわけです。

私は二年留年した後、当時、何とか拾ってもらった国会図書館で出納業務などの単純作業にあけくれていたわけですが、完全に世の中から「孤立」していました。その果てに、カナダに来ていた、というところがあります。そこに、私以上の「過激さ」をひめてしかも「穏やか」な「リベラル」でいられるという実例が現れた。私にとって、そういう「おだやかでない、極端なものを秘めたリベラル」なら、自分もアクセス可能だな、と思えるところがありました。私と、世間に生きることのあいだに、また、私と、リベラルであることのあいだに、回路が作られたのです。後から考えると、エアバックのようなものが自分の顔面を受けとめてくれている、という感じだったと思います。「過激さ」以上の強さをもてば、自分がその「過激さ」の「穏やか」な受け皿になれるのだ、「強く」なれば「リベラル」になれるのだ、ということを教えられたのだと思います。

その発見について、私は、あるところで、ああ、この人は「気狂い」めいたところをもっている人だ、狂気の人なんだ、と思ったと書いていています。でも、いま、もう少し正確に言えば、この人は、狂気の人でかつリベラルという、希少な存在なのだ、と思ったことになるでしょう。

そしてそれが、きょうの話で言うと、「書く人」ということと関わります。私にそれは、過激なものをホムンクルスとして中核に蔵した、一見穏やかな人鶴見俊輔という像を与えたからです。

鶴見さんのなかの「おだやかでないもの」

私がなぜ、鶴見さんに「おだやかでないもの」を感じたか、その感じ方も、人に理解されにくいかもしれません。というのも、この話をしても、わかってもらえることは、少ないので。でも、お話してみれば、たとえばこういうことがあります。

授業が終わった後。鶴見さんと受講者四名ほどが、鶴見さんを囲んで、授業に出てきた話などから展開したある話題について話しているとします。鶴見さんが何か言う。そして、話がさらに盛り上がる。その面白さに、息せき切って、私などが、それは……と言いかかると、そこで、急に鶴見さんがさっと立ち上がり、「帰ります」と言うのです。「これから夕食の準備がありますから」と。

何でもないことのようですが、こういうことがあるたび、私は気づかずにビルの入り口で大きく透明なガラス扉に額をひどくぶつけたときのような、ガーンという衝撃を、感じたものです。学生運動の時代を過ごしていますので、気狂いじみた人々は、少なからず知っています。でも、気狂いじみた人々も、それなりにみんな文法のもとにあるものです。ラジカルであったり、エクセントリックであったり、という文法です。でも、これまで、こういう——文法にない——立ち居振る舞いをする人に、出会ったことがありませんでした。

それはこういうことです。ふつうは四時三〇分に帰らなければ、と思っていると、人は、ときどき時計を見るようなしぐさをしたり、あるいは、そうでなくとも、話がそのあたりで落ち着くような、飛行機でいうと、これから着陸態勢に入ります、といった「低減・着地モード」にどこかで入るものです。そして、お互いにその気配が伝わるかどうかというあたりで、「じゃあ、きょうは、このへんで」という落着具合を見せるのですが、その当時の鶴見さんには、そういうものがまったくなかった。みんなであははは……と笑っていると、ふいにお風呂のなかで立ち上がって、すたすた帰っていく、とでもいうように唐突に、その話を打ち切る。そして、唖然とする私たちを尻目に、にこやかに、では次回……と言いつつ、立ち去るのです。少なくとも私にはそう見えました。私は、面白い「話題」というものが胴上げにあっていて、その後、支え手を失い、どしん、と地上に落下し、いててて……と腰に手を当てる様子を、思い浮かべたものです。この人は、みんなと夢中になって話に興じている、その一方で、その感情をすぱっと切って、家事をするために家に帰ることができる。どこか「壊れた」というか、「分裂」したものを抱えている、しかも、それでいて「おだやかな外見」を失わない。どういう人なんだろう、そういう印象が、ここから生まれました。

もう少し、わかりやすい話を持ちだせば、たとえば、こういうこともありました。

これは私が直接に鶴見さんから聞いた話ではなく、鶴見さんを招聘したマッギル大学の太田雄三さんから聞いた話です。鶴見さんが太田さんに、話したようです。それによると、鶴見さんは御尊父鶴見祐輔氏の政治家仲間からは憎悪されているということでした。というのも、鶴見祐輔氏の葬儀に天皇からの勅使のような人が香典のようなものを持参して登場した際、会場の全員が起立して、この使者を迎えたのですが、キリスト教の礼式次第が進んでいるところだったので、鶴見さんだけが腰を下ろしたまま立ち上がらなかったからだそうです。隣の鶴見和子さんが、鶴見さんの肘を肘で合図して立ち上がりなさいと暗に促したのに、鶴見さんは動かなかった。それで祐輔氏の議員仲間は、父の晴れの場で父に泥を塗った、とこの愚息に対し怒りを発した、というのです。

この頑固さというか、頑迷さも、私のなかでは、先の「帰ります」に通じます。海でいうと、海上はおだやかなのですが、どこまでも深い海溝を秘めた海域で、やはりどこか、極端なのです。

2 「考えること」と「書くこと」のあいだ

書くことの不自然さ

このことが「書くこと」と、どう関わるか、というと、「書くこと」は、そもそもが自然のことがらではなくて、不自然なことであるのに加えて、鶴見さんの場合には、その「不自然さ」がより過激に生きられているからです。

「書くこと」は「考えること」とそのままにつながらない。切断をもったまま、そこに含まれます。鶴見さんのなかで、「書くこと」と「考えること」の関係は、私が述べた極端なものとリベラルなものの共存の関係、ホムンクルスと人間の関係に似ているというだけでなく、そのダイナミックな関係を、生き生きと保つ、賦活する原動力ともなっているのではないか、と思うのです。

書くことが自然のことでないとは、どういうことかというと、たとえば、『変身』などの小説で知られる小説家フランツ・カフカが、自分は不幸の極にある人間が、ペンをもって紙の上に「私は不幸だ」と書けるということが、どうしても理解できない、本当に不幸な人間は、「私は不幸だ」とは書けないし、書かないだろう、という意味のことを言っています。

鶴見さんの詩にあるように、「自分のことを」「正直に」は書けない、書かれたことはいくぶんか嘘になる、人間の歴史にはそういう法則が貫かれているのです。

でも、ある意味では、不幸な人間は、「私は不幸だ」という以外のことは書けないのではないでしょうか。ですから、書くということは、不自然なことだとして、それで書くのをやめればよいのですが、それでも書くことをやめないとすると、そこには「いくぶんか嘘が含まれる」。そこで、「私とは不幸だ」と書かないで、その代わりに、カフカは、小説を書いた、ということになるのかもしれませんが、小説を書かないと、小説を書かない人間は、どうなるか。書くことを通じて、人は別の形で「いくぶんかの嘘」を生きることになります。

ところが、鶴見は、小説を書かないで、その「いくぶんかの嘘」、本当とのあいだの溝に落ち込むのですが、そこで転んでもただで起きないで、そこから、私の自由が生まれる、と言う。私は「書く人　鶴見俊輔」の本質を、そこに見たい。自然さ、本当らしさからのズレ、不自然さ、わざとらしさのうちにある真実、がそれにあたるだろうと思います。

そのことでは、こんなことが思い浮かびます。

モントリオールから帰ってすぐに、国会図書館内の小さなグループの出したメディアに書いた文章に、その頃私は、モントリオールで学んだこととして、こう書いた記憶があります。それまで自分は、どうしてもうさんくさい人、わざとらしい人を信用できない、信頼しない、という心の傾向があったように思うが、三年半近く、カナダにいて、考えが変わった。本当にさまざまな場所から、色んな人間が集まってきていて、偏見や差別や騙し合いや、親切や、思いやりのやりとりをしている。うさんくさい人、わざとらしい人もいて、彼らには、ときどきどこか歪みがあったりするのだが、そこにその人の面白みと真実がある場合が多い、と思うようになった。「うさんくさい」のは、いい、面白い、と思えるようになったことが、外国に住んでおぼえたことだ、と。

この学習を私にもたらした第一因は、鶴見俊輔と出会ったことです。

鶴見さんが、上流階級出のインテリとして、庶民の文化、大衆芸能などを高く評価しながらも、本当の庶民感覚に疎いのではないか、ということでは、名高い話があります。丸山眞男さんと対談したおり、「庶民」が話題になって、丸山さんが、でも、鶴見君には、庶民感情ってよくわからないんじゃないかな、私の方がずっとわかるよ、と言い、庶民の感じ方に関し、簡単な問いを出すと、うまく鶴見さんが答えられない、で、言ったとおりでしょう、と丸山さんにぎゃふんと凹まされるというエピソードです。

たしか鶴見さんの『語りつぐ戦後史』での丸山眞男さんとの対談に出てくると思いますが、面白いことに、はじめて私が吉本隆明さんにお会いしたときに、私が受けた鶴見さんへの寸評も、これと類したことでした。もう正確な言い方は忘れたのですが、私が鶴見さんに私淑していることを知っている吉本さんが、でも鶴見さんって、ちょっと、ズレてるところがないですか、というようなことを言ったのに、私は、「でも、そこが面白いんじゃないかと思うんです」とお答えしたことをおぼえています。

うさんくさい、わざとらしい、不自然。

そういうものがいい。

私の勤めていた国会図書館の標語は、「真理がわれらを自由にする」なのですが、それとは逆に、「うさんくさい、わざとらしい、不自然である」、それらのことが、私には、自由の湧き出てくる泉のように感じじられるようになった。「そこにどうしても入ってしまう不自然さ、それがわたしを自由にする」。それが、私が鶴見さんからもらった個人用の標語だったと思います。

書くことは、不自然に考えること

一言で言うと、それは、「不自然であること」は、「自然であること」よりもほんの少し、深くて広い、ということです。「不自然に考えること」は「自然に考えること」よりもほんの少し深くて広い。そして「書くこと」とは、鶴見さんの詩にあるように、「不自然に考えること」なのです。

そのことは、書くことと考えることの差としてはっきりと存在しています。

「考える」ということと、「書く」こととは、だいたい重なりますが、書くことのほうが、ほんの少し範囲が広い。それは、人は考えることをふだんは文字を使わないで頭のなかで言葉を転がして行っているのですが、文字を使わないで用いられる言葉を話し言葉、文字を使って用いられる言葉を書き言葉と区別してみると、話し言葉よりも書き言葉のほうが、ほんの少し、広いからです。

書き言葉ではできるが、話し言葉ではできない表現というものがあります。一番名高いのは、ジャック・デリダが『声と現象』という本のエピグラムに用いていますが、「私は死んでいる」という言葉です。死んだ人間は、言葉を発することができない。ですから、「私は死んでいる」という表現はありえません。しかし、書き言葉でなら、そういう存在を、作ることはできる。エドガー・アラン・ポーが「ヴァルデマール氏の病相」という短編で、そういう物語を作り、そこで登場人物が、そのままではないが、そういう意味のことを叫びます。その科白を、ジャック・デリダが、書き言葉の不思議さを示す例として、あげているのです。

こんな話です。語り手の私が、瀕死の知人ヴァルデマール氏に頼まれ、死の寸前に催眠術をかける。術をかけられたヴァルデマール氏は、そこで凍結されてしまう。生きているのでもない、死んでいるのでもない、という中間地帯で、催眠術にかかる。そしてそのまま、眠り続ける。半年後、調査に訪れた医師団を前に、私が間違って、術を一部、解いてしまう。すると、ヴァルデマール氏の青黒い苔で覆われた舌が動きだし、顔が動き、「私は死んでいるのでも、生きているのでもない。どちらかにしてくれ……」と叫ぶ。我を失って私が術を全部解いてしまうと、あっというまに死体が腐乱し、肉汁が溶け落ち、最後、白骨死体だけがベッドの上に残った、というのです。

そこでは、登場人物が、「私は死んでいる」と言いうる状態におかれる。しかし、それが可能なのは、これが書き言葉だからだとわかります。

それを、「書く」ことには、「考える」ことを逸脱する動きがあるんだ、そしてそれが「書くこと」の本質なんだ、と考えてみましょう。そうすると、二つの話がつながります。

私は、鶴見さんの授業に出席し、その謦咳に接するようになってはじめて、ああ、この人は、かなり「おだやかでない」もの――狂気のようなもの――を身中に蔵した人だと、思ったのですが、この「狂気」の印象は、鶴見さんの「書くもの」のなかに、はっきりとして痕跡を残しているし、それだけでなく、「書くこと」と深く結びついているのです。

どういうことか。

ふつう、知識人と言われるような人は、「考える」ことの延長で、「書き」ます。ですから、そこに書かれることは、だいたい世の中に関係することで、社会的なことです。書かれるものが、その人の知識人としての活動をはみ出るということは、余りありません。たとえば、社会科学者、自然科学者の書かれるものには、そういうものが多いと思います。なかには、丸山眞男のように狂気をひめた社会科学者もいるでしょうし、都留重人のように類い希な文才をひめた社会科学者もいます。しかし、たとえば丸山眞男が詩を書いたかどうかはわからない。都留さんについても同じです。鶴見俊輔の書くものは、そういう意味では、異彩を放っています。なぜなら、鶴見さんは、だいぶ以前から、勝手に、誰に頼まれたわけでもないのに、「詩」のようなものを書いてきたからです。それらをリトル・マガジンに書いたりしていて、しかも、誰もあまり注目しなかっただろうに、自分ではそのことに大きな意味を見出していた。しかし、それだけではありません。このあり方は、その「書くもの」のジャンルが広いというだけでなく、ふつうに書かれるものの内容が社会的なことがらを大きく、深くはみ出る広がりをもっているというように現れもすれば、たとえ社会的なことがら、政治的なことがらを扱っていても、そこでの扱われ方が社会的なこと、政治的なことを深く抜け出ている、というようにも現れています。「書くこと」がホムンクルスのように「考えること」の内奥に住まっていることが、鶴見さんの「考えること」の一つの特徴であり、本質でもあると見えてくるのです。

「なれなかったもの」

そういう意味で、昨年、鶴見さんは一つ、面白い文章を書かれました。

三・一一以後、八九歳になって、鶴見さんは、一つの告白をされたのかもしれません。それが、やはり黒川創さんらが編集して今年出た『日本人は状況から何をまなぶか』という本に収録されています。「なれなかったもの」という二〇一一年七月一四日の京都新聞の夕刊に載った文章がそれです。

そこには「自分がなれなかったもの」「なろうとしなかったもの」について記されています。そして、こう書かれています。自分がなれなかったものは何かと考えていくと、自分が(なろうとして)やめたものにたどり着く。そして「それが自分の根拠をつくっ」ていることに気づく、と。

なり得なかったものをひとつひとつ確かめてゆくと、自分でやめたことにゆきつく。それが自分の根拠をつくった。

戦争中、ジャワとシンガポールにいて、敵側の短波放送をきいて自分ひとりで新聞をつくり、太平洋上の艦隊の司令官と参謀に送る仕事を続け、胸部カリエスで内地に送還されてから、しばらくの自宅療養の期間を得て、二つ小説を書いた。

「戦中の記」、「滝壺近く」の二つ。

(「なれなかったもの」)

その二つの小説の底に、ともに、人を殺したくない、ということがあった。しかし、「一五歳から一九歳の終わりまで英語で生きていて、急に日本語に切り替えたので、二〇歳に達して」そのとき、書く言葉になじめなかった。『脳髄の機能』という英語の本の日本語訳を読んでも「読めはするが」「脳髄」と書けない。「ブレイン」と書いてメモをつくるほかなかった」。

こういう日本語で書きあげた長編二つは、読み返してみると私自身もよいと思えるものではなかった。戦争の続くあいだは人の目に触れないように隠し通した。しかし、敗戦後になっても、発表しなかった自分の決断に、私は納得する。その後、私の書いたものは、論文を含め、このとき地中に埋めた二つの小説から生え出た。（同前）

鶴見さんは八〇歳を越えたあたりからいくつもの回顧を含む談話や聞き書きや座談を発表していますことによれば、そのどこかで、このことは語られていて、それを私が知らないだけかもしれないのですが、私は、この話を、この短文で、はじめて知りました。興味深い鶴見さんの告白、感想として読みました。さりげない形で語られていますが、ことによれば、重大な告白かもしれません。つまり、ここで鶴見さんは、自分にとって「書くこと」は「考えること」よりも深い。また先行していた、と言っています。「自分の書いてきたもの」つまり「考えてきたこと」は、古事記でスサノオに殺された神から五穀が出てくるのと同じく、地中に埋められた「書くこと」の遺骸の上に生え出た、五穀のようなものだった、と言うのです。

ここで大事なことは、鶴見さんが戦時中、日本語で論文を発表する前に、内地に送還された療養中に、小説を二編書いたことがある、ということではありません。そういうことなら、若い頃に小説を書こうとした人は社会科学者、言論人のうちにたくさんいるはずで、これは鶴見さんに限ったことではないからです。大事なのは、八九歳になって、鶴見さんのうちに、自分のすべての「考えること」の根源に「書くこと」があったと、いま、見えていることでしょう。

しかし、どう考えても、自分の書いた論文、エッセイ、それらが、誰にも見せなかった二編の小説から「生え出た」と思っている、と晩年に書く思想家は、そんなにはいないといわなければなりません。

3　書くことの広がりのなかで

詩、エッセイ、読書、編集

そして、事実、いったんそのような「考えること」の一歩手前にある「書くこと」の深さ、広がり、ということを念頭に鶴見さんのこれまで書かれてきたもの、考えられてきたことを見渡すと、鶴見さんが言うように、そこには、他の言論人、知識人には見られない特徴のあることに気づきます。

わかりやすいほうから言うと、それは、知識人、言論人であるほかに、詩人ではないのに、詩を書く人であること、エッセイストではないのに、不思議な文章、エッセイとしか言いようのないものを書く人、また、ありとあらゆる領域の本を楽しんで読む人、さらに言えば、たぶんギネスブックに載るくらい本当は長い期間、編集人であり続けた人だということです。

たとえば、戦後思想という範疇があるとすれば、そこにはどう考えても鶴見俊輔さんは入ります。その中核を占めます。しかし、吉本隆明、鶴見俊輔を中心に、竹内好、埴谷雄高、大岡昇平、武田泰淳から、左は大西巨人、中野重治、花田清輝、右は江藤淳、福田恆存まで、ざっとそこに戦後思想の担い手をあげていくと、これらの人々がすべて文学者で、なかで例外が、鶴見一人であることがわかります。これに対し、丸山眞男、日高六郎、久野収、大塚久雄、桑原武夫、川島武宜、武谷三男、加藤周一といった近代主義的な観点を多く含む知識人を置いてみると、桑原が例外として浮かび出てくる。京大人文研に鶴見を招聘したのが所長桑原武夫ですが、両者の領域横断性というものが見えてくるのも、面白いところです。文学者ではないのに、文学にまで偏差し、ズレてきているのが鶴見で、社会科学者ではなく文学者なのに、近代合理主義まで偏差し、ズレてきているのが、桑原なのです。

詩のようなもの

さて、「書くこと」は鶴見の「考えること」にどのような力を与えているのでしょうか。ここでは、手がかりに、まず、「詩」を取りあげてみます。先に述べたように、鶴見がところどころに出来てしまったものを載せる形で発表したものに注目して、黒川さんが集めて作った詩集が、二〇〇三年の『もうろくの春　鶴見俊輔詩集』で、これは三〇〇部限定で出版されています。その後、増刷されたかもしれませんが。また、ほかに、思潮社から「詩の森文庫」の一冊として、『詩と自由　恋と革命』と題する詩文に詩人論を加えたものが出ています。俳人で編集者でもある齋藤愼爾さんの編集ですが、他にはわずかに埴谷雄高がいるだけで、ほかのコレクションの書き手はすべて詩人です。これも、「考える人　鶴見俊輔」の特異な一面を示すものでしょう。

私が鶴見さんの詩を読んだ最初の機会は、一九六八年に文藝春秋から出た「人と思想」というシリーズのうちの一冊、『不定形の思想』というものです。これは、この時代の主要な知識人、言論人から何人かをえりすぐったコレクションらしく、ほかに石田英一郎、伊藤整、臼井吉見、江藤淳、岡本太郎、小田実などの名が見えます。江藤淳の本には「気鋭の批評家江藤淳がこの二十年の業績を問う社会評論集!」とあり、小田実の本には、「小田実の内面をダイナミックにたどる。エッセイ代表選集」、岡本太郎の本には「問題提起の論集」とあり、編集にはかなりの幅があることがわかりますが、鶴見さんの本は、それにしてもなかでかなり異色な編集ぶりだったろうと思うのです。

というのも、この鶴見俊輔アンソロジーは、第一部が「言語哲学」、第二部が「日本の思想問題」をめぐる論考を集めた後、第三部として、「私の本」と「詩」に分け、「かるた」「苔のある日記」「退行計画」のような心の奥底のつぶやきのような書き物、それから「くわいの歌」「KAKI NO KI」といった詩を載せているからです。この第三部が「書く人　鶴見俊輔」の場所になっています。「かるた」は一九五一年六月号の『文藝』、「退行計画」は一九六八年三月が初出。「かるた」はその前々年からの鬱病発症の産物だったかもしれません。詩のほうは、五〇年代に書かれた三編と六六年に書かれた三編の計六編。すべて『今日』とか『ゲリラ』とか私には未知のタイトルの小さな雑誌に載ったもので、たぶん一般読者は、このアンソロジーではじめて、鶴見俊輔がこんな奇妙な「詩のようなもの」を書いていることに気づいたはずです。「詩」というのは、例をあげれば、たとえばこういうもののです。

らくだの葬式

らくだの馬さんが
なくなって
くず屋の背なかに
おぶわせられた
——此処から墓地までだいぶある

くず屋があるけば
馬さんもあるく
ひょこたん　ひょこたん
——やりきれないね

くず屋があるけば
馬さんも歩く
ひょこたん　ひょこたん

——でも仕方がないよ

馬さんがあるけば
くず屋もあるく
ひょこたん　ひょこたん

らくだの馬さんって何なのか、それがくず屋におぶさる。なんだか、第一次世界大戦後の表現主義の絵を見ているような、手足がバラバラにされたうえでもう一度つなぎ合わされた身体を見ているような、不思議な図柄です。

あるいは、

KAKI NO KI

Kaki no ki wa
Kaki no ki de aru
Koto ni yotte
Basserarete iru no ni

Naze sono kaki no ki ni
Kizu o tsuke yo to
Suru no daro

Kaki no ki no kawa ni
Tsume ato ga nokore ba
Utsukusiku naru to omotte iru no ka

Basserareru koto ni yotte
Yoku naru to demo omotte iru no ka

最初の詩から行くと、これは、よい詩を書く、とか、詩というものがどういうものか、というような専門的な詩のレベルのほうが、ずいぶんと気楽なもんだなあ、教室内での論議だなあ、と思えるような詩ですね。そういうレベルからすっかり脱落した、教室の外、学校敷地外の地べたで、これしか言葉が出てこないというようにして書かれた「ただの言葉」、「ボロ切れみたいな言葉」でできた詩という感じがします。

もう何十年も前、大麻だったかを持参した西ドイツの若者が、逮捕、収監され、刑務所で独房の壁によりかかったところ、そのことまでを看守に禁止され、最後、絶望して自殺するという事件が起こったことがあります。その事件を報道した朝日新聞の記事に、この若者について「自称詩人」と書いてあるのを読んで、しかし、「詩人」というのは、ほんらい、「自称」することが本当の職業なのではないだろうか、と思ったことをおぼえています。ソ連からの亡命詩人ヨシフ・ブロツキーのノーベル賞受賞講演は「私人」と題されていて、「詩人」を自称したため、拘束され、収監され、その後、亡命して英語で詩を書くようになった経緯が語られていますが、「詩人」の中核には、「私人」(私的な存在)がある、と述べています。そのあたりのことまで、一気に考えさせる、ごくごく私的な詩なのです。

ボロ切れのような言葉で、詩の世界では、何ら評価されないかもしれないが、蟷螂の斧のようなことの言葉の固まり一つで、専門的な詩の世界の全体と向き合っています。そして、何が書かれているかというと、なくなって死んだ人と、その人を運ぶ人が、ひと組になって、仲間になって、主客が逆になるような境地がうたわれています。だんだん力がなくなっていくと、生きていることと死んでいることの区別がつかなくなる。どちらが死人でどちらが運搬人かごっちゃになってくる。すると、死んでいることにも少し、力がわいてくる、ひょこたん、ひょこたん、と。みたいな、不思議な詩ですね。

後の詩は、ローマ字で、柿の木のことが書いてあります。柿の木というのは、親に痛めつけられた子供なのでしょう。柿の木は柿の木であることで——人は人であることで、つまり生まれてきたということだけで——、既に罰せられている。それなのに、なぜそれにさらに傷をつけようとするのだろう。皮に爪痕が付くと美しくなると思っているのか、罰せられることでよくなるとでも思っているのか、と言うのです。

この詩が面白いのは、誰が、これを言っているのだろう、という問いが、最後に、浮かんでくるところでしょう。柿の木がそう思っているのかもしれない。あるいは、その柿の木を鏡のなかに見ている誰かが、ということは、柿の木自身かもしれないのですが、そういう柿の木の「自分」が、自分を見て、そう呟いているのかもしれない。でも、柿の木よりも強い場所から、高い場所から、これを言っているのではないし、柿の木のある場所が低い位置になるような関係で、高い場所に向かって、これはおかしいゾ、と言っているのでもない。これはおかしいゾと、おかしい目にあっている柿の木と同じ低さ、同じ高さで、このことが言われているので、それは、たとえば子供を抑圧する母親に対する、そびえ立つ母親への子供からの抗議というものにはならないで、「そういうもの」を横に見て、子供が一人、人間の世界について考えている。その呟きというように聞こえます。何か、はっきりとした関係がない、ばらばらになったままつながっている。そういう世界ですね。

この二つの詩の、そのいずれでも、言葉の出所が、とても深い。言葉が、家の暗がりの闇、人の暗がりの闇、そこでの苦しさ、につながっています。私的な苦しみと、人類の苦しみが、隣り合っています。

時に人はこういう形で、ぼそっと呟くようにしか――その結果、一部を「書くこと」でしか――、そこに触れられないし、また時にその苦しさは、「書くこと」でしか、和らげられないのかもしれません。

根こそぎの経験

ではその言葉の出所とは何なのか、ということになりますが、私の考えはこうです。

鶴見さんとおつきあいしていて感じたことの一つは、この人は、一度、根こそぎにされた人だな、ということでした。家族関係からも、家からも、国からも、言葉からも、一度根こそぎにされている。そういう根こぎにされた子供、という存在がその言葉の根源にいるものです。鶴見さん同様に、鶴見さんに紹介され、フランス語系の私の勤める大学にその後、多田道太郎さんに来ていただいたのですが、多田さんは、根が京都、関西につながった人、という意味で、根生いの子、これに対し、鶴見さんは根こぎの子だな、とお二人を比較して、考えてみたことがあります(事実、鶴見さんは、東京に生まれたのですが、もう長いあいだ、京都に住み続けています)。

そのときの発見は、鶴見さんにどう考えても似合わないのは、「しみじみ」という情感だ、それに違いない、ということでした。鶴見さんは、「しみじみ」という情感を一度も感じたことがないかもしれない、私は「しみじみ」という情感にひたっている鶴見俊輔を想像することができません。そう言えば、私が、この人を「狂気の人」だと思った、ということの中身が、少しわかってもらえるのではないかとも思います。

こうして、いずれにしても、社会のことが、社会から考えられるのではない。その一歩手前、人間の場所から考えられている。人間のことが人間から考えられるのではない。その一歩手前、生き物の場所から考えられている。生き物のことが生き物の場所から考えられているのではない。その一歩手前、モノの場所から考えられている、というような「一歩手前の広がり」を、鶴見さんの書くもの、考えられることがらが、つねに私たちに感じさせるということが起こってきます。

その底にあるのは、どういう力なのでしょうか。

4　退行すること

「退行計画」

たとえば、鶴見さんの書くもののなかでは、五歳と四五歳と八九歳が、とだえることなくつながっています。もちろん、経験は人を鍛え、学ばせ、変えるのですが、子供の頃は純粋だったとか、大人になって変わった、というようなことは、一度根こそぎにされた存在である鶴見俊輔のなかに、起こっていないのです。二歳から八九歳まで、一人の人間が、つながっています。それこそ、ホムンクルスのように、小さな人が、鶴見さんのなかに、ずうっと生きているのです。

先に、鶴見俊輔は、ギネスブックに載ってもよいくらいの長期間にわたる編集者だったという話をしました。それは、一九四六年五月から一九九六年五月まで、まる五〇年間、『思想の科学』の第一線の実質的な編集者であり続けたという事実をさしています。でも、それより、もっと長い記録がある、と私はひそかに思っています。鶴見俊輔は、二歳から九〇歳まで、鶴見俊輔であり続けている。そういう意味でも、ギネスものなのではないか、と思うのです。

そのことをもっともよく示す文章の一つに、「退行計画」があります。これは、一九六八年三月号に雑誌『展望』に載った文章ですが、翌月、四月には、先の『不定形の思想』に収録されています。鶴見にとって、特別な文章であることがそこからも窺えるのですが、断片を並べただけの、不思議な文章で、なかに、たとえば、こんな断章があります。

こどものころ、何かの目的をもって道を歩くのにあきて、道ばたにすわってしまうことが、よくあった。

やはり、そういう時、夏のさかりだったと思うが、あぶが、はいが、そばをぶんぶん音をたてて飛んでいた。

道ばたの草のなかにすわっていて、ふと、このあぶの羽音も、はいの羽音も、それをきいているいまの自分の気もちも、書きしるされることなく過ぎていってしまうのだな、と思った。その時のへんな淋しさを、何度も、そのあとで思いだした。

今ふりかえると、八月の草いきれ、あぶとはいの羽音は、四十年ちかくも前とおなじようにはっきりとあらわれてくるが、それと一緒にあった感情は、もうない。書き残されず、知られずにおわることがあるとして、それが人間にとって何か。自分にとって何か。

(「退行計画」)

「はい」というのが面白い。書いているのは四五歳の鶴見さんなのですが、そのなかに五歳の幼児がそのまま生きている。その幼児が、「蠅」ではなく「はい」と言っているかのようです。筑摩書房の『展望』の校正、文藝春秋の校正をへて、この「はい」が残っているのは、「蠅」という指摘を、書き手が、無視して、二度まで「イキ」としたせいかもしれません。続けて、記録されるとして、また知られるとしても、それじしんがつかのまのことに過ぎないし、神によって確実に知られるとしても、それが自分にとって何か。

むしろ、神によってさえ知られないということのうちに、かけがえのない、ひそかなたのしみがある。（同前）

あるいは、

二歳の時には、その半年まえのことをはっきりとおぼえていた。三歳になると、あのことを、一年前までは、はっきりとおぼえていたのだがな、という記憶の記憶に変わってしまう。枯れ葉の山のようなその代理記憶の集積。

時代区分というのは、へんなものだな。二歳の時には、それまでの自分の生涯についての時代区分があった。三歳の時には、もう前の時代区分は薄れて、別の時代区分になった。（同前）

ところで、この文章について、京大人文研の同年生まれの同僚で、哲学者でありながら法然院の貫首ともなった橋本峰雄さんが、面白いことを書いていています。

「鶴見さんは私にとってつねに見上げる存在である」というのが著作集月報に載ったその文章の冒頭です。同年代で、敬意を抱く思想家は数多いが、「見上げる」という気持ちにならされるのは、鶴見以外にない。それは結核のため、自分が人文研助手の採用内定を取り消されたとき、所長の桑原武夫がそれを病床に言いにきた。そのとき、病臥する自分からは見上げる姿勢で、今度来る新しい助教授鶴見の「優秀さ」を延々と聞かされた。そのときからの、自分のなかに刷り込まれてしまったへたりの印象かもしれない。しかし、それにしても、京大人文研では、鶴見は特別の存在であった。所長の桑原武夫が、秀才揃いの所員中、鶴見だけを「鶴見君」ではなく「俊ちゃん」と呼んでいた、という話になります。なぜ、桑原さんは鶴見さんをそれほど特別扱いするのか。そう書いて、橋本は、桑原が、鶴見の著作集の推薦文に、自分に及ばないところが鶴見にはある、それは、鶴見の宗教性だ、と書いているのに触れ、こういうのです。それはそうかもしれない。桑原さんは鶴見さんに、自分よりも深いものがあると感じ、それを尊重した、それが「俊ちゃん」になったのだろう。しかし、自分はその種の宗教性にそうたやすく納得はしない、と。これは奇妙に骨のある、反桑原、反鶴見の文章なのです。

そして、こう続く。鶴見さんは家庭的には「母親」、社会的には「アメリカ」への抵抗を起点に思想を培ってきたようだ。そこから他者への献身も生まれてきたのだろう。しかし、そういう宗教性めいた「厭世観」も、結局、鶴見さんの「毛並みのよさだけのかなしさ」じゃないだろうか、自分はそう考えてきた。しかし、その考えが、この「退行計画」を読んで、ひっくりかえった、とこう続く。

それが鶴見さんのエッセイ「退行計画」でほんとにびっくりしてしまった。これじゃあ、まったく仏教じゃないか。こういう「死との和解」に俊才・鶴見さんの宗教性があったことになる。それは「死者らしい寛大さ」でものを幾重にも「誤解」することである。（「鶴見さんの宗教性」）

ここで言われている橋本峰雄の指摘が、素晴らしいと思います。橋本は、続けます。鶴見の仕事は、「クリアでないなかからクリアなものを作り出す」という方向よりも「クリアだとされているもろもろのことに切り込んで、一見クリアであるものをクリアでないところに引き下ろし、解体することであった」。

「批判」のすえに、「退行計画」のいい方によるような「空」がある。仏教的でなくてなんであろうか。そして、「色即是空」から「空即是色」へと、アナキズム的世界像を説教するところまではゆかないで「退行」である。（同前）

こう書いて、こういう「宗教性」において「やっと私は鶴見さんへのおびえをいくらか薄められる」、「見上げる気持の性質がいくらか変容する」、そう書き終えているのです。

「死者らしい寛大さ」でものを幾重にも「誤解」すること

どういうことか。簡単に言えば、自分の見方は師の桑原武夫とは違う。鶴見の宗教性とは何か。それを自分は、「人々の幸福増進のための献身性」という上向性にではなく、むしろその「退行」の深さに見る、と言うのです。

その退行することの深さが、「「死者らしい寛大さ」でものを幾重にも「誤解」する」という見事な言葉で、示されている、と感じます。

ここは、吉本さんの場合だと、往相と還相になりますね。道元のような大秀才、学の天才が山に登って密教仏教を極める、これは難行であり、往相なのですが、すると、その後に出てきた法然が、やはり大秀才、天才でありつつ、今度は、山に登って学んで、学びにあきたらず、里に下りてくる。そして、親鸞にいたり、ただ、南無阿弥陀仏と唱えればよいのだ、をさらに徹底した非僧非俗の易行になる。吉本さんは、黙っていたら上に上向するエレヴェーターを下に降りるようなあり方が「知」には必要だと言った。これが、吉本さんの言う還相で、その下方の根源に、「大衆の原像」がある、という。でも、鶴見さんは、気がついたら、山の上にいたので、そこから、退行する。知的に物心がついてからは、「退行」だけ、そこに自由がひらけてくる、というあり方なのです。

どこまでも「退行していくこと」は、何度か深い鬱病に悩まされ、苦しんだ鶴見さんには親しい精神の道行きであったろうと思います。いまの言葉で言えば、「ひきこもり」にもつながる。鶴見さんは、これまでの生涯に二度、鬱病で病院に入院されているはずです。退行し、退行し、退行する。その果てに、脱力の果ての「死とのとりまぜ」がある。あの、ひょこたん、ひょこたん、の境地です。しかし、「死者らしい寛大さ」とは、何と素晴らしい言葉でしょうか。死者であることが、そこで寛大でありうることと、とらえられているだろうし、寛大をどこまでも負っていくと、その寛大の持ち主＝主体は、自分を薄くして薄くして、最後、ほぼ透明みたいな存在になってしまうのか、とも思われてきます。そういう「死者らしい寛大さ」で、もの――考える相手でしょうか――、これを幾重にも「誤解」すること、それが「退行計画」に現れている宗教性だというのです。

その意味が何かは、皆さんに、この言葉を転がして、わからないままに味わっていただきたいと思います。イヤ、私にも、ああ、いい言葉だなあ、という以上にはわからないのです。ただ、ここまでくると、わからないでいいのだ、ということがわかるように思えるのです。

さて、一つはっきりしているのは、この「退行」が、考えることによっては遂行できない、遂行が不可能だということです。「考える」ことは人を前に運びます。人は「書くこと」によってしか、いよいよかよわく、ふらふらと、虫けらのようになる道、退行する道をたどることはできません。私にはそう感じられます。書くことの力とは、何なのか。それは、「退行」を人に許すことでしょう。私はそう思います。そしてそれが、鶴見俊輔という思想家が、ほかの誰とも違う、ある深さと、ある「強さ」をもっていることの秘密だろうと思うのです。

そのことは、鶴見さんの考えることが、そのうちに、正規のあり方で考えることからズレ、はみでるものを、本質として抱えているということです。しかし、そうであればこそ、鶴見さんのうちには、リベラルであり、穏やかでありつつ、その内奥に、つねにそこから偏差し、ズレていく極端なものへの運動、傾向が内蔵されているのでしょう。このあり方が、鶴見さんの「書くこと」を通じて、「考えること」のうちに、それ自体がズレ、逸脱であるような一つの自由、うさんくさいことの自由として、生きていると思います。

終わりに

うさんくささ、根こそぎ、退行

ここに述べたことは、鶴見俊輔のもっている意味、可能性のごく一部にすぎません。本当は、もっと大事なたくさんのことについて、お話すべきだったかもわかりません。しかし、私には、三十代のはじめ、鶴見さんに出会い、なにごとかを学び、助けられたという気持ちがあります。きょうはそのことを、お話したいと思いました。

いったい私はなぜ、何を学んで、鶴見に助けられたのでしょうか。

一つは、自分と世界のあいだをつなぐ手がかりを与えられました。具体的に言えば、私は学生の頃にもっていたラディカルな思いというものを捨て去りがたく、そのため、時代が変わった後、これに代わるリベラルというあり方を自分に許すことができなかったのですが、もしリベラルというあり方を強くできれば、「非常におだやかでない」ものを抱え、ある意味で「気狂いじみたこと」を抱えながらも、「リベラル」であることはできるという実例を鶴見に示されたということになります。それは、別に言えば、自分を二つにもつ、ということです。自分のなかに、二人の自分をもてば、自分は揺らぎ、そこからリズムも生まれる。生きることは可能になる、という感じです。

もう一つは、それを別にいうことかもしれませんが、うさんくさいもの、不自然なもの、信用のならないもののなかで、真実は、切実に生きている、ということです。信頼に足るもののなかで、真実は、しっかり生きているのですが、うさんくさいもの、不自然なもの、のなかでは、真実は、おっと、というように、ふらふらと、足をよろめかしながら、しかし、切実に、生彩をもって生きています。その様相をとらえよ。それが、自分から、はみでていくコツだ。

ここでは、この二つを、鶴見さんから私が教えられたこと、鶴見さんからのギフトだったと申し上げたいと思います。

「書く人　鶴見俊輔」のなかには根こそぎになったものがあって、それが鶴見さんのなかの退行をゆったりした流れにしています。私がいつも、鶴見さんの書くものの底に感じるのは、その緩徐調の退行のリズムです。

（『考える人・鶴見俊輔』弦書房、二〇一三年三月）

2. 太宰、井伏、坂口

太宰治、底板にふれる——『太宰と井伏』再説

はじめに

二〇〇七年に、『太宰と井伏——ふたつの戦後』（以下『太宰と井伏』）に書いたことを、もう一度考えてみたい。あれから六年を経過して、いまそこに書いたことの重要度の凹凸が、時間の風化作用をへて、私のなかで新たな意味をもってきている。昨年（二〇一二年）、この『太宰と井伏』を再読する機会があり、この新たな凹凸の意味について考えた。そのことを、いまの私の気持ちに沿って、頭に浮かぶままに述べてみたい。

いま、私は太宰治の作品とその生涯を見渡すとき、一個の経験として、なかで最も重大なものを描いた作品の一つは、短編「姥捨」なのではないかと思っている。

すると、そこから一つの問いが生まれてくるが、それは、私にとって、もう一つの太宰論の地平を切り開くものであるかもしれない。

とはいえ、そのもう一つの太宰論の地平もまた、その大もとは『太宰と井伏』に書いたことにある。『太宰と井伏』に書いたことを、ここに繰り返し、そこから改めて、先へと進むことを許してもらいたいと思う。

人は自分の底板にふれる経験をすることがある。「底板にふれる」とはあまり目にしない言葉かもしれない。株価の話で、「底を打つ」という表現がある。株価が下がる、さらに下がる。どこまで下がるかと見ていると、あるところまで来て、上昇に転じる。それを見て、そこで株価が「底を打った」というのだが、その底板は、以前にあったわけではない。動きが先にあり、どこまでも下がり、あ、ここだ、という地点で、上昇に転じる。すると事後的に、そこに、「底板」というものが現れる。

人もまた、どこまでも落ちていって、その動きがとまる場所にいたる。そのとき、あ、ここだ、と感じる。ここが、自分の最低の場所だ。これより下には行かない、と。誰にも、生きていると、そのようなことがありうる。それを私はここで、「底板にふれる」、その経験、と呼んでおきたい。

「底板」がそのようなものである限り、それはさらに大きなできごとによって、「破られる」ことがありうる。人は新たに、その先で、さらに「底板にふれる」という経験をするということがありうる。そこでは「底板」が踏み破られることが、「底板」にふれることである。ここでは、そのような意味で、この「底板にふれる」という経験に目を向ける。

太宰は、その「底板」に、「姥捨」に書かれた第四回目の心中未遂のさなか、あるいは、それから一年半後、そのときの体験を「姥捨」という小説に書いているさなかに、ふれている。また、ふれたことに気づいている、と思う。

いま新たに考えることは、それが、どのように他の経験とは異なる働きをしたか、そしてそれをその後、さらに踏み破るものがあるとすれば、それはどのようなことがらなのか、というようなことである。

1　自殺未遂と心中未遂の前史

はじめに、『太宰と井伏』に述べたことをふりかえり、この問題を考えるうえでの基本的な事項の整理を行う。

ここに取りあげる「姥捨」のモデルとなった心中未遂事件は、太宰にとって四度目のものだ。彼は生涯で、四度、自殺未遂を試みている。そして、五度目の試みが、未遂に終わらなかったため、一九四八年に死んでいる。一九〇九年の生まれなので、数えで四〇歳で死んだことになる。

それを一覧にしてみる。

1．一九二九年一二月、弘前でのカルモチン嚥下による自殺未遂事件。
2．一九三〇年一一月、鎌倉でのカルモチン嚥下による心中未遂事件(相手は死亡)。
3．一九三五年三月、鎌倉で縊死をはかり、未遂に終わる。
4．一九三七年三月、水上の谷川温泉で心中を図り、未遂に終わる。
5．一九四八年六月、玉川上水に入水。心中。

それぞれの期間の差は、一年、四年四か月、二年、一一年三か月である。これを見ても、最初の戦前の四回の自殺未遂と最後の戦後の自殺を、同じ性格のものとしてみてよいのか、という疑問が出てくる。また、戦前の一連の自殺未遂、心中未遂のできごとにいったん終止符を打った、最後、四度目の水上での心中未遂に特別な意味があるらしいことにも、自ずと、目が行く。

詳しく見よう。

第一は一九二九年一二月、弘前でのカルモチン嚥下による自殺未遂事件で、第二は一九三〇年一一月、鎌倉でのカルモチン嚥下による心中未遂事件（相手は死亡）。これらはそれぞれ、太宰二〇歳のとき、二一歳のときのできごとである。

理由は、ある程度はっきりしている。第一回目の自殺未遂は、弘前高校の校長排斥運動以後、官憲の左翼学生弾圧が厳しさを増すなか、家からの圧迫と左翼運動周辺の仲間への気兼ねの感情の板挟みになった太宰が、富裕な階級の出身者であることの後ろめたさの感情に追いつめられ、自殺を試みた。一二月一〇日深夜、露悪的な習作「地主一代」を同人誌主宰者に手渡した直後、この自殺未遂は起こっている。自罰的に自分の一族の悪行の暴露を行い、その返す刀で自殺を図っている。

二度目はこうである。その後、校長排斥運動の関係者九名が逮捕され、三月、そのうち四名が退学処分、総計一七名が処分されるが、太宰は一人、それを無傷のまま免れ、四月、東京帝国大学文学部仏蘭西文学科に入学する。その罪障感に押されるように、入学後、四月か五月ころから、左翼活動に手を染め、九月には弘前の芸妓紅子（小山初代）を上京させ、一緒に暮らしはじめる。ここまでは、先の特別待遇による進学への後ろめたさとその反動で説明できる。相手の小山初代は、一九一二年生まれ、このとき、一八歳。太宰は、家との断絶、分家除籍を条件に、大学卒業まで毎月一二〇円の生活費の仕送りを受けるという取りきめを兄文治とのあいだに行う。初代は、いったん文治と弘前に帰り、一一月一九日に上京する。このとき、一つのサイクルが終わっている。太宰は思う。いわば自分はすべてを失ってここまできた。左翼運動に関わり、芸妓の初代との生活を得た。しかし、踊り場まで階段を駆け下りてきて、振り返ってみれば、初代はそのことの重大さを全く理解しない。この後、どう生きていけばよいのか。太宰は初代への失望に加え、これからの生活に不安をおぼえ、行き場を失ったと感じ、ほぼ行きずりの銀座のカフェの女給と心中未遂を起こす。

そのときの心境は、これら一切の自分の過去を回顧する心境に到った後、一一年後に書かれた「東京八景」（一九四一年）にやや詳しく描かれている。

女は、始終ぼんやりしていた。ただいま無事に家に着きました、という事務的な堅い口調の手紙が一通来たきりで、その後は、女から、何の便りもなかった。女は、ひどく安心してしまっているらしかった。私には、それが不平であった。こちらが、すべての肉親を仰天させ、母には地獄の苦しみを嘗めさせて迄、戦っているのに、おまえ一人、無智な自信でぐったりしているのは、みっとも無い事である、と思った。毎日でも私に手紙を寄こすべきである、と思った。私を、もっともっと好いてくれてもいい、と思った。けれども女は、手紙を書きたがらない人であった。私は、絶望した。

（「東京八景」）

心中の相手は広島県出身の田辺あつみ（田部シメ子）。初代と同年。一一月二八日、鎌倉の腰越、小動ケ崎《こゆるぎがざき》で、両人、カルモチンを嚥下、田辺は吐瀉物を喉に詰まらせたか、窒息して死亡、太宰だけが助かる。この第二のケースでは、実家から絶縁を言い渡されたうえでの小山初代との生活に対する不安など、実生活上の不如意が、彼を自殺（心中）へと促す原因である。

さらに四年四か月後、三五年三月の第三の自殺未遂は、次のように起こる。心中未遂をへた翌年の三一年の長兄文治との取りきめでは、大学卒業まで生活費を支給されることになっていた。しかし、二年後の三二年、五・一五事件を機に、警察の問い合わせが来て、東京での太宰の左翼活動に手を染めずに勉学にいそしむという条件で、大学卒業まで生活費を支給されることになっていた。

さらに四年四か月後、三五年三月の第三の自殺未遂は、次のように起こる。心中未遂をへた翌年の三一年の長兄文治との取りきめでは、左翼活動に手を染めずに勉学にいそしむという条件で、大学卒業まで生活費を支給されることになっていた。しかし、二年後の三二年、五・一五事件を機に、警察の問い合わせが来て、東京での太宰の左翼活動への関与が文治の知るところとなる。この頃、年譜には「六月、同棲以前の初代の過失を知りショックを受ける」とあるが、左翼関係の学友から、初代が青森ですでにかなり多くの男性と交情を交わすことで名高かったことを仄めかされた件がこれにあたっている。小山初代という女性は、若いときから貞節の観念に乏しかった。知らないのは太宰だけ、というような状況があったのである。このことの衝撃もあり、三二年の七月、太宰はひそかに青森に帰り、警察署に自首、一か月間拘留され、左翼運動からの離脱の誓約書を提出している。そして三二年末、左翼運動が壊滅すると、左翼運動への関与をやめ、文学に集中するようになる。

三三年、太宰治の筆名で、「列車」を発表。また、この頃、第二の自殺未遂、田辺あつみを死なせた鎌倉の海辺での心中未遂事件を題材に、「道化の華」を執筆している(未発表)。その後、同人誌に「魚服記」を発表。三四年、「青い花」に参加。「葉」「ロマネスク」などを発表。

しかし、三五年二月、初の商業誌『文藝』に「逆行」を発表したあたりで、行き詰まる。生活費支給の最後の年を迎え、就職をめざすが失敗し、金銭的な後ろ盾がなくなるのが理由である。生活の不安から、三月一六日、やはり第二回の心中未遂と同じ土地である鎌倉で縊死をはかり、未遂に終わる。これが三度目の自殺未遂事件で、このとき、太宰は二五歳である。

さて、「姥捨」につながる第四の自殺未遂は、このときからちょうど二年後に起こっている。これは、これまでの自殺未遂とは異なり、妻初代との関係から、具体的には初代の不倫がもとで生じている。これに先立つ二年間、三五年三月から三七年三月まで、二つの自殺未遂、心中未遂をつなぐ期間が、太宰の生涯で、もっとも自己破壊的な時期にあたっている。

一九三五年三月の鎌倉での自殺未遂の後、太宰は東大を中退する。家との断絶の関係は、決定的となり、あとは文学で、身を立て、名をあげるしかない。しかし、四月盲腸炎で入院、その後、鎮痛の注射がきっかけで劇薬指定の麻酔薬パビナールの中毒となる。五月、第二回の心中事件について書いていた「道化の華」を雑誌発表、八月、二月発表の「逆行」で第一回芥川賞候補。落選。その後、三六年、『晩年』を刊行。八月、第三回芥川賞落選で打撃を受け(一度候補者となった小説家は対象外とするとの内規が作られた)、身体の衰弱激しく、錯乱の様相を示すようになり、井伏鱒二などの薦めもあり、一〇月、そのことを伏せられたまま突然江古田の武蔵野病院の閉鎖病棟に入れられ、激甚なショックを受けるが、その後、加療によって一か月の入院で、パビナール中毒を根治する。しかし、この入院のあいだに、内縁の妻初代が、太宰が実の弟同様につきあっていた姉の夫の弟の画学生、小館善四郎とのあいだに、不倫を犯すというできごとが生じていた。

その後、偶然からそのことを知った太宰が、衝撃を受け、妻初代を問いつめ、白状させたうえで、三七年三月、ともに死のうと水上の谷川温泉で心中を図り、最後、未遂に終わる。これがくだんの第四の心中未遂事件である。

これについて書かれた「姥捨」の冒頭には、後に示すように、この間の両者の関係がよく浮かび出ている。これまでは、すべて自殺未遂は実家との関係で生じていた。最初こそ、その出自の後ろめたさと左翼運動のあいだの板挟みと社会的な背景をもっているが、第二、第三の自殺未遂は、実家との関係の杜絶、実家からの生活費の支給の杜絶への不安が理由で、いずれも実生活上の不如意が引き金となっている。しかし、第四の自殺未遂は、結婚相手の不実への絶望という、それとは異なる理由に基づく。それは彼に人間観、というより自分に対する認識の根底的な改変を迫る。

2　底板にふれるという経験

ここで、一つ問いをおきたい。

人にとって、底板をなすできごととは、どのような経験をさすのだろうか。

たぶん太宰にとって、それまでの最大の経験は、一九三〇年一一月、二一歳という若さで、一人の女性を死に至らしめる心中事件を起こしたことだったはずである。自分は助かった。しかし相手は死んだ。それについて、太宰が書くのは、三年後のことだが(「道化の華」一九三三年秋頃脱稿)、これを発表するのは、四年半後、三五年五月、上に見たように、同じ鎌倉で三月、もう一度自殺を図った後のことである。

これに次ぐ、第二の最大の試練が、三六年末の、退院後、妻の不実を知らされるというできごとであり、またそこからともに心中へと向かう経験だった。

生涯の最後に書かれる『人間失格』を読むと、この二つが、そこに描かれる少なくとも二十代終わりまでの太宰にとっての最深の経験であったことがわかる。

まず、タイトルの「人間失格」にこの第四の自殺未遂のきっかけをなした武蔵野病院からの退院の直後に書かれた「HUMAN LOST」が形を変えて使われている。また作中の主人公の最大の試練として、このときの経験をもとにしたのだろう、彼の内縁の妻ヨシ子の陵辱が、潤色を施されたうえで、描きこまれている。

一方、主人公の名前は、第二の心中(未遂)事件をもとに書かれ、三五年五月に発表される先の「道化の華」からくる。「道化の華」は、「人間失格」をつらぬき、さらにその先にまで痕跡をとどめる。そこでの主人公の名前は大庭葉蔵である。また、葉蔵が死なせた女性の名前は、園という。それは、名前からはじまる。

「ここを過ぎて悲しみの市《まち》。」

友はみな、僕からはなれ、かなしき眼もて僕を眺める。友よ、僕と語れ、僕を笑へ。ああ、友はむなしく顔をそむける。友よ、僕に問へ。僕はなんでも知らせよう。僕はこの手もて、園を水にしづめた。僕は悪魔の傲慢さもて、われよみがへるとも園は死ね、と願つたのだ。もつと言はうか。ああ、けれども友は、ただかなしき眼もて僕を眺める。

大庭葉蔵はベツドのうへに坐つて、沖を見てゐた。沖は雨でけむつてゐた。

夢より醒め、僕はこの數行を讀みかへし、その醜さといやらしさに、消えもいりたい思ひをする。やれやれ、大仰きはまつたり。だいいち、大庭葉藏とはなにごとであらう。酒でない、ほかのもつと強烈なものに醉ひしれつつ、僕はこの大庭葉藏に手を拍つた。この姓名は、僕の主人公にぴつたり合つた。大庭は、主人公のただならぬ氣魄を象徴してあますところがない。葉藏はまた、何となく新鮮である。古めかしさの底から湧き出るほんたうの新しさが感ぜられる。しかも、大庭葉藏とかう四字ならべたこの快い調和。この姓名からして、すでに劃期的ではないか。その大庭葉藏が、ベツドに坐り雨にけむる沖を眺めてゐるのだ。いよいよ劃期的ではないか。（中略）

一九二九年、十二月のをはり、この青松園といふ海濱の療養院は、葉藏の入院で、すこし騒いだ。（中略）その前夜、袂ヶ浦で心中があつた。一緒に身を投げたのに、男は、歸帆の漁船に引きあげられ、命をとりとめた。けれども女のからだは、見つからぬのであつた。（中略）あけがたになつて、女の死體が袂ヶ浦の浪打際で發見された。短く刈りあげた髪がつやつや光つて、顔は白くむくんでゐた。

葉藏は園の死んだのを知つてゐた。漁船でゆらゆら運ばれてゐたとき、すでに知つたのである。星空のしたでわれにかへり、女は死にましたか、とまづ尋ねた。漁夫のひとりは、死なねえ、死なねえ、心配しねえがええずら、と答へた。なにやら慈悲ぶかい口調であつた。死んだのだな、とうつつに考へて、また意識を失つた。ふたたび眼ざめたときには、療養院のなかにゐた。

（「道化の華」）

このとき、つけられた名前、大庭葉蔵と、園という名前は、終生太宰から離れない。一九四一年、彼が最初の子を得たとき、その子に与えた名前は、園子と名づけられる。それはその後彼の短編にも作中の「私」の長女の名前として出てくる（「十二月八日」）。またたぶんそのことを受けてだろう、『斜陽』のモデル太田静子の書く『あわれわが歌』（一九五〇年）の主人公の名前も、園子となる。もっといえば、『人間失格』を意識して書かれただろう三島由紀夫の『仮面の告白』でも、女主人公の名前は「園子」なのだ。その『仮面の告白』には、「大庭」なる登場人物も一瞬、顔を見せる。「道化の華」は、戦前から戦後をつらぬき、戦後の三島の『仮面の告白』にまで余塵を及ぼしている。『人間失格』を書いて、ほどなく、四八年六月、太宰は第五回目の自殺をまたもや心中という形で試み、今度はそれに成功して、死ぬのだが、その太宰の心中に震撼され、大蔵省をやめて筆一本で生きようとする三島が、『人間失格』の向こうを張って書くのが、翌年に発表される『仮面の告白』である。

なぜ太宰は、戦争をへて、文学界の中心に位置する人気作家となり、ある種の安定を得ながら、先の場所から一〇年以上を経過したいま、再び、自殺を試みるのだろうか。

これは、一一年も前のこの場所に、彼を立ち帰らせる新しい事情が再び現れたことを、語るものではないだろうか。

その新しい要因を、私は、先に二〇〇七年、『太宰と井伏』で考えようとした。しかし、そこに示したと同じ材料をもとにしながら、いま考えてみたいのは、もう少し違うことである。

出発点は同じ。そのための手がかりは、前回と同じく、まず、この第四の心中未遂をめぐって書かれた一九三八年の「姥捨」という短編である。

3 「姥捨」をめぐって

三七年三月のこの水上の心中未遂事件のあと、太宰は、しばらく書くことから遠ざかる。年譜によれば、「この年から翌年にかけ、時折エッセイ等を書くほか、ほとんど筆を絶」った状態となった。つまり、三七年四月以後、エッセイとして、「檀君の近業について」(八月一三日頃までに脱稿)、「思案の敗北」(一〇月二七日頃までに脱稿)、「創作余談」(一二月六日脱稿)のほか、短編「灯籠」(八月二三—二四日頃までに脱稿)が書かれるが、この年、ほかの執筆はなされていない。この断筆に近い期間は、三七年四月から三八年七月まで、一年三か月にわたって続く。三八年に入ってからも、前期は、「「晩年」に就いて」(一月一一日脱稿)、「一日の労苦」(一月二二日頃脱稿)、「多頭蛇哲学」(四月上旬脱稿)、「答案落第」(五月下旬脱稿)、「緒方氏を殺した者」(六月下旬脱稿)、「一歩前進二歩退却」(七月上旬脱稿)と、エッセイ執筆だけで過ぎる。その数も多くない。そして、回復の兆しを覗かせる作品として、ようやく書かれるのが、明るい色彩をもつ「満願」(七月下旬脱稿)であり、ついで書かれるのが、水上での心中未遂をもろに扱う、「姥捨」(八月一三—一四日頃脱稿)なのである。

「満願」はよく知られた短編で、四年前伊豆で怪我をした際知り合った気持ちのよい医師夫妻との交流とのあいだに得られた(のだろう)見聞を素材に、夫が肺病であるために性交を禁じられていた患者の若い妻が、その禁止を解かれ、パラソルを回して帰っていく日のことを描いている。再読してみると気づくが、全部で一五〇〇字と少し、原稿四枚にみたない掌編である。しかし、回復期のほのあたたかな、何かを見守っているような、あるいは何かに見守られているような気配が、その短さからは考えにくい広がりをもって、ただよう。

このとき、何が起こっているのか。

できごとを、年譜からたどってみると、こうなる。

三七年三月、心中未遂の後、太宰は山を下りて単身帰郷し、初代は水上から叔父に電報を打ち、伴われる形で、別々に帰京する。初代はその後、一時井伏鱒二宅に身を寄せ、復縁の機会を窺うが、太宰は結局気持ちを変えない。一方、この年の五月、青森県で衆議院選挙に当選した長兄文治が選挙違反に問われ、議員当選を辞退、公職から一切身を引く。さらに、「罰金二千円、十年間の公民権停止」を科せられる。彼の生家の家運が傾きはじめる。太宰は、このとき、はじめて、富裕階級の出自という「後ろめたさ」から、解放されようとしている。また、それまで彼を捉えていた「撰ばれてあるもの」としての自意識からも、解き放たれようとしている。太宰は、そのまま、初代を離縁する。いったん「苦界からすくいあげた」女を・棄てる。そのときの心境もまた、後の「東京八景」に記されている。

何の転機で、そうなったろう。私は、生きなければならぬと思った。故郷の家の不幸が、私にその当然の力を与えたのか。（中略）私は、故郷の家の大きさに、はにかんでいたのだ。不当に恵まれているという、いやな恐怖感が、幼時から、私を卑屈にし、厭世的にしていた。金持の子供は金持の子供らしく大地獄に落ちなければならぬという信仰を持っていた。逃げるのは卑怯だ。

立派に、悪業の子として死にたいと努めた。けれども、一夜、気が附いてみると、私は金持の子供どころか、着て出る着物さえ無い賤民であった。（中略）しかも私の生れて育った故郷の家も、いまは不仕合わせの底にある。もはや、私には人に恐縮しなければならぬような生得の特権が、何も無い。かえってマイナスだけである。

（「東京八景」）

このくだりは一九四一年に書かれている。彼は書く、「何の転機」でそうなったのか、「私は、生きなければならぬと思った」と。

転機は何だったのか。

年が明けて、三八年、夏あたりから、井伏は太宰に頼まれ、新しい結婚の仲人を引き受けようとしている。なぜ太宰は、そのような気持ちになるのか。年譜は、「七月、ようやく沈滞から脱し「姥捨」を書き始める」と記す。彼が心中未遂から一年三か月の「沈滞」をへて、どのような心境にいたったのか。「沈滞」を脱する手始めとして、それを太宰は、こともあろうに、その心中未遂を題材に取り、書いてみようとするのである。

なみなみならぬことというべきではないだろうか。

他方、結婚話の相手の女性石原美知子は、東北から北海道への旅に出て、八月七日、青森で前の年の六月に出ていた『虚構の彷徨』を見つけ、購入、連絡船のなかで読んでいる。『虚構の彷徨』には「道化の華」が収録されている。一読、彼女は、この作家の稟質に魅せられ、結婚しようと考える。彼女が、そのような感性と知性をもつ女性であることが、太宰の幸運であった。ほぼ同じ頃、太宰は、

「満願」をすでに脱稿し、「姥捨」に着手、その二週間後には擱筆しようとしている。

「姥捨」とはどういう小説か。

『太宰と井伏』に書いたことを、ここで繰り返してみる。

つけ加えれば、このたび、私はこの本の初出の雑誌発表の論考である「太宰と井伏」（『群像』二〇〇六年一一月号）を久方ぶりに読んで、そこに「姥捨」が出てこないことに気づいている。最初の論考では、このくだりはなかった。これを書いた後、単行本にするため、さらに考えている途上で、第四回の心中未遂について書かれた――また、同じく小山初代を描く井伏の「薬屋の雛女房」と同時に発表されていた――、この作品に気づき、初出論考の力点を少し、変えていたのである。

しかし、いま読み返すと、この新しくつけ加えられたくだりこそが、『太宰と井伏』で最も重要な個所だったのではないかと思えてくる。私はこう書いている。長いがそのまま引用する。

ここで、この作品「姥捨」についての筆者の考えを述べておこう。

この作品は、表題が示すごとく、太宰の分身と目される主人公の「嘉七」が内縁の妻とおぼしい「かず枝」を「捨てる」話である。かず枝はそれとははっきり語られてはいないが、嘉七も知る男と不倫を犯している。嘉七は、「妻をそのやうな行為にまで追ひやるほど、それほど日常の生活を荒廃させてしまつた」自分の過失を思い、死んで自分の身の「始末」をするというかず枝に、「死のうか。一緒に死なう」と心中をもちかける。二人は、手持ちの生活費と借銭によって得た三十円を手に、東京でささやかな散財をした後、水上温泉に向かう。（中略）しかし、作品の核心は、疑いなく、催眠薬を多量に嚥み、抜かりなく縊首の手配さえしながら、気がつくと死ぬことに失敗している嘉七が、心中未遂の果てに逢着する、次のような心境の吐露の場面にある。

彼は、自分が自殺に失敗し、まだ生きていることに気づくと、すぐ、かず枝はどうか、生きていてくれ、と思う。かず枝は、しばらく離れたところにいた。「小さい犬ころのやうにも見えた」。「その脚をつかんでみると、冷たかつた。死んだか？　自分の手のひらを、かず枝の口に軽く当てて、呼吸をしらべた。無かつた。ばか！　死にやがつた。わがままなやつだ。異様な憤怒で、かつとなつた。あらあらしく手首をつかんで脈をしらべた。かすかに脈拍が感じられた。生きてゐる。生きてゐる。胸に手を入れてみた。温かつた。なあんだ。ばかなやつ。生きてゐやがる。偉いぞ、偉いぞ。ずゐぶん、いとしく思われた。」

やがて、突然、かず枝が叫びはじめる。「をばさん。いたいよう。胸が、いたいよう。」、「をばさん、寒いよう。火燵もつて来てよう。」近寄ってみると、かず枝は、髪はほどけ、山姥の髪のように、「荒く大きく乱れ」、「もはや、人の姿ではなかつた」。「しつかりしなければ。おれだけでも、しつかりしなければ。」嘉七は、「よろよろ立ち上がつて、かず枝を抱きかかへ、また杉林のはうへ引きかへさうと努めた。つんのめり、這ひあがり、ずり落ち、木の根にすがり、土を搔き搔き、少しづつかず枝のからだを林の奥へ引きずりあげた。何時間、そのやうな、虫の努力をつづけてゐたらう。」ふいに、嘉七に一つの思いがこみあげてくる。

ああ、もういやだ。この女は、おれには重すぎる。いいひとだが、おれの手にあまる。おれは、無力の人間だ。おれは一生、このひとのために、こんな苦労をしなければ、ならぬのか。いやだ、もういやだ。わかれよう。おれは、おれのちからで、尽せるところまで尽した。

そのとき、はっきり決心がついた。

この女は、だめだ。おれにだけ、無際限にたよつてゐる。ひとから、なんと言われたつていい。おれは、この女とわかれる。

（「姥捨」傍点引用者）

彼は思う。「単純になろう。単純にならう。男らしさ、といふこの言葉の単純性を笑ふまい。人間は、素朴に生きるより、他に、生きかたがないものだ」。「もう、いい。おれは、愛しながら遠ざかり得る、何かしら強さを得た。生きて行くためには、愛をさへ犠牲にしなければならぬ」。

（『太宰と井伏』）

こうして最終的に、彼は、

世間の人は、みんなそうして生きている。あたりまえに生きるのだ。生きてゆくには、それよりほかに仕方がない。おれは、天才でない。気ちがいじゃない。

（「姥捨」）

と思う。

以上が、単行本化するにあたり、私の新たにつけ加えた部分である。ここに、私の考える太宰の文学者、人間としての底板がある。彼はそれに、ふれている。自分は、天才でも、気ちがいでもなく、ただの人間だと、いっているのだ。

太宰は、「撰ばれてあることの／恍惚と不安と／二つわれにあり」というヴェルレーヌの言葉からはじめた。それは彼一流の韜晦と尊大の表現だったろうが、彼の偽らざる自己認識でもあっただろう。彼は、そこから一九二九年、二〇歳で、文学のキャリアをはじめたのである。そういう人間が、三八年、二九歳で、「おれは、天才でも、気ちがいでもない、ただの人間だ」というところまで突き落とされる。そこではじめて、そこからもう一度生きてみたい、ただの人間として、と考えるにいたるのである。

4　一つの回心

ここで、私が言いたいことは、二つある。

一つ、太宰は、四度の自殺未遂をへたあと、そのようにして、再び、生の世界に戻ってくる。自分の文学者としての自己像が微塵に壊される経験が、彼を底板に立たせる。ここにもう一つの、太宰の小説家としての誕生がある。その後、彼は小説家として、再生する。石原美知子と結婚し、戦時下、他に例のない程の高水準で多産な執筆活動が、そこからはじまる。

二つ、しかし、だとしたら、なぜ、その彼に、戦後再び、自己破壊的、自罰的な動きと死への歩みが、訪れるのだろうか。

先に私は、それへの答えを、戦争の死者への後ろめたさ(「純白」の心)と、このとき水上の雪上で摑まれた「人間は生きていさえすればよいのだ」という実存的ともいうべき確信(「汚れた」心)のせめぎあいが、井伏鱒二とのあいだの葛藤をきっかけに、均衡を崩し、戦争の死者への後ろめたさに、実存的な確信が敗れる形で、自罰の感情に太宰が押し流されたためではないかと考えた。その内容はここで繰り返さない。それについては『太宰と井伏』を読んでもらうのがよい。いまも、大もと、その考えは変わらない。とはいえ、そこでの力点に変化がある。私は、この解釈のラインは、今回の話の展開に、あったほうがよいが、なくても、論の骨格は成り立つ、つまり、いま私の考える新しい論の柱は、「純白」の心への敗北にではなく、単行本にするおり新しくつけ加えた、この「姥捨」の実存的ともいうべき確信(「汚れた」心)の側のほうにあると、考えている。しかし、その意味は同じではない「姥捨」の実存感情が戦争の死者たちへの「後ろめたさ」を打ち負かすのではなく、逆に、その「底板」が、別のものに踏み破られているのである。

このときといまの私の力点の違いを述べるなら、いま私は、その「純白」の心(戦争の死者への後ろめたさ)と「汚れた」心(「生きていさえすればよいのだ」という「ヴィヨンの妻」の語り手の述べる実存的な感情)との戦いで、勝ち負けを決定づけたものは、太宰と井伏との一九四七年末の葛藤というより、それを契機にやってきた、太宰への小山初代の蘇り＝再来だったのではないかと思っている。初代の中国での酷薄な死の知らせが、戦後、彼の「後ろめたさ」を一段と深めている。たしかに『太宰と井伏』にも、そう書いたことは書いているのだが、その程度は、そこに書いたよりも、もっとはるかに決定的なものだったのではないか。そこが、そのときといまの違いなのである。

太宰は「未帰還の友へ」という戦後の短編に、戦時中「散華」に書いた若い友人が兵士として戦場に向かった後、還ってこないと嘆いている。そこにははっきりと、後ろめたさの感情を読みとることができる。しかし、それと、そこに書かれることのない小山初代への後ろめたさとは違っている。死んだ若い友人がもし生き返って戻ってきたら、太宰は驚喜し、さあさあ、と誘い、酒を酌み交わすだろう。しかし、死んだ小山初代が生き返って戻ってきたら、……そのとき彼は、一散にそこから逃れようとするだろう。逃げ出さざるをえないからである。

実は一九四七年の一一月に、太宰はある井伏の短編を読み、激怒し、井伏とのあいだに大きな絶交状態が生じている。『太宰と井伏』ではそのことを指摘する猪瀬直樹の太宰論『ピカレスク』の所説を足がかりに、その一歩先の議論をめざして論旨を展開した。猪瀬は、川崎和啓の論文「師弟の訣れ　太宰治の井伏鱒二悪人説」を（参考文献には極小の活字で一行出してはいるものの）出典として本文には引かず、ほとんど剽窃するようにして、この事実を取りあげている。そして一方的な自分の推理により、井伏がこころない短編で太宰を傷つけ、追い込んだという主張を『ピカレスク』では行っている。

一方的というのは、なぜこの時期、十分に安定した心性を保っていた太宰がこれを読んで激怒したかの原因を、井伏の書いた短編の「悪意」、駄作ぶりに求め、太宰の側の問題に一顧も加えていないからである。しかし、実際にこの井伏の短編「薬屋の雛女房」にあたれば、これは必ずしも悪い作品ではない。狂人めいた薬物中毒の青年（太宰の分身）に振り回される若妻（初代の分身）と薬物を扱う薬屋の若女房の交渉を語りながら、「若妻」と「若女房」への書き手の同情が適度の抑制のもとに描かれている。そして、その同情は、等しく薬物中毒の青年にも及んでいる。後者にあるのは暖かな揶揄であって、嘲弄ではない。これを読んだ太宰の激怒は、むしろここに描かれた初代の姿にふれ、中国で客死した初代の面影がありありと蘇るのを覚え、虚を突かれたためとしたほうが、合理的である。そこに井伏により示された弱き者、初代への同情、共感の念に、太宰は裏切られたようにも感じたかもしれない。しかし、原因は井伏にあるというより、太宰のほうにある。「姥捨」以来の、「うしろめたさ」と「自分はただの人間だ」の均衡、戦争の死者への「純白」の心と、戦後の生者の「汚れた」実存の心のあいだの均衡が、このとき、自分のもとに出入りしていた若者への純白な「うしろめたさ」から自分が捨てた「女」への汚れた「うしろめたさ」に重なることで、限界を超え、ダムを決壊させている。問題は太宰のほうにある、それがそのときの私の考えだったのである。

井伏の「薬屋の雛女房」には、たしかに太宰をモデルとする薬物中毒の青年が、ほとんど人間の抜け殻のように描かれ、戯画化されている。猪瀬、川崎は、そのことをもって井伏を非難し、太宰の激怒を正当なものと見るのだが、私は、その読みは文学作品の受け取り方として一面的であり、浅いと思った。作品は生彩に富んでいる。むしろそこに初代が生き生きと描かれていることが、太宰に衝撃を与え、彼を激怒させたので、井伏は、べつに悪くないのではないか、と私は書いた。

その読み方はいまも変わらない。変わったのは、この初代の蘇りともいうべきものが、そのとき考えられた以上に、決定的な要因だったのではないか、という点だ。井伏との対立は、その副産物にすぎない。太宰が戦後になってこの短編を読み、愕然とし、我を失ったのは、自分が矮小に戯画化されて描かれていたからではなく、初代が、生き生きと愛情をもって描き出されていたからなのである。

意表をつく生彩ある初代の――大陸に客死したといういわば他者性に染まった――蘇りに、太宰は、自分の「純白」の心をではなく、むしろ「人間は生きていさえすればよいのだ」という実存の「底板」を、揺さぶられている。というか、踏み抜かれているのである。

　戦後、太宰から戦時下の安定を奪い、その後、「家庭の幸福」こそ諸悪の本、といわせるのは、一つには、私が『太宰と井伏』で考えたように、戦争の死者への後ろめたさだったはずである。彼の再びの破滅志向ともいいうるものは、四六年一一月、青森から上京するあたりから早くも兆しを見せはじめている。そして四七年一月に書かれる「ヴィヨンの妻」ではすでにはっきりとあの「純白」の心と「汚れた」心の葛藤の構図を取りはじめている。そして、その均衡が、四七年一一月、「薬屋の雛女房」の存在を知り、これを読むことで、破れている。そこにはもう一つの「後ろめたさ」、太宰が・捨てた・女、――小山初代への後ろめたさが加わっている。しかし、それがすべてではなかった。この小山初代の蘇りは、「純白」の心からする（戦争の死者たちへの）後ろめたさを凌駕しただけでない。「姥捨」の、人間は「生きていさえすればよいのだ」という実存の底板をも、踏み抜いている。そのことが、しっかりといわれなくてはならなかったのである。

5　小山初代という女性

　冒頭、自分で自分を始末するというかず枝の言明を聞いて、これに答える主人公の嘉七は、「姥捨」で、こう描かれている。

「それはいけない。おまえの覚悟というのは私にはわかっている。ひとりで死んでゆくつもりか、でなければ、身ひとつでやけくそに落ちてゆくか、そんなところだろうと思う。おまえには、ちゃんとした親もあれば、弟もある。私は、おまえがそんな気でいるのを、知っていながら、はいそうですかとすましてみているわけにゆかない」などと、ふんべつありげなことを言っていながら、嘉七も、ふっと死にたくなった。

「死のうか。一緒に死のう。神さまだってゆるして呉れる。」

ふたり、厳粛に身支度をはじめた。（「姥捨」）

この後、二人は心中を試み、未遂に終わる。そこで嘉七に一つの回心が訪れていることについては、先に述べた通りだ。

しかし、その後、一九三七年の心中未遂を経た後の、太宰と小山初代は、対照的な生の軌跡をたどっている。小山初代が、太宰の内縁の妻でありながら、別の男に誘われれば、つい不倫を犯してしまうことへの罪悪感をあまり強くもっていなかったことについては、いくつかの傍証がある。同棲以前の不倫的行動については、先に年譜に記載があったように、一九三二年、太宰はそのことを聞かされて知っている。そのショックで、警察に出頭、左翼運動から足を洗おうともしている。また近藤富枝の「知られざる太宰治の稚な妻」（『別冊婦人公論』一九八一年冬号）によれば、離別後一時滞在していた井伏宅に、太宰と住んだ船橋の家の大家が会いに尋ねていて、そのとき、初代が、井伏の家人に留守と言ってくれと頼んだという事実が報告されている。これも、船橋時代に、初代がすでにこの大家と不倫を犯していたという事実を語るものなのだろう。ほかに山岸外史によれば（「初代さんのこと」）、小館善四郎と初代は不倫が明らかになった後、太宰のもとに、二人を一緒にさせてくれと談判にもいっている。二人は、貞操観念なんて、太宰もたいして重視していない、と思っている。何でもないことだと考えている。太宰は、山岸に、「あいつ、それを悪だと考えていないのだ。手をつけられない」と嘆いている。これを聞いて親友格の山岸は、太宰の平生の「自信とたかぶった自尊心と放言」がここで「年貢をとられることになった」のだと考えている。小館善四郎自身は山岸に、こう言っている。

あのひとは、平生、どんなことがあっても、人間は寛大でなければならないと、トルストイのようなことをいっていたのに、まったく、意外でした。ぼくたちの告白と（ふたりを一緒にさせてくれという――引用者）お願いを聞いたら、周章狼狽して、口をもぐもぐさせたり、赧い顔をしたりして黙っていました。口ほどにない人だと、そのときぼくたちはおもいました。

（山岸外史「初代さんのこと」一九五〇年、『太宰治研究』二六〇頁）

つまり、不実など、大したことではない、許せる、人間は寛大にならなければならない、といったふうの、太宰のモラリスティックな「文学者流」が、小館と初代というまったく非文学的な「新人類」流に、いわば字義通りに受けとめられたあげく、打ちのめされている。

それは、太宰に回心を強いる。太宰は、底板にいたる。

しかし、そこで話は終わらない。小館と一緒になれないとなると、初代は一転、もう一度、下女でもいいから、太宰のもとに置いてくれと哀願する。山岸によれば、初代は山岸に、「ココロを入れ替えますから、どうか、もとのように、太宰のところに返して下さい。下女の位置でも結構です」と述べて懇願している。初代はそのように「無垢」なのだ。「無垢」には「無恥」も「無知」も含まれている。しかし、太宰は——そのようなことは先刻承知だったろうに——、最後、水上の雪のなかで、この女は無制限におれをたよりにする、だめだ、と切り捨てる。すると、小山初代は、太宰の視界から消え、どこまでも、太宰とは逆方向に「おちてゆく」のである。

小山初代は、どこに行ったか。彼女は、近藤の調査によれば、その後、北海道にわたり、九州出身の軍属と関わりをもつ。そして、この人物にともなわれ、中国にわたる。近藤は、青島で小山初代が「慰安婦だったと噂されている」とも伝えている。たぶん近藤の筆致には遠慮も配慮もある。この風評を軽く見ることはできない。事実そうだったと見るのが妥当だろう。四二年の初秋、一時、青島から青森県浅虫の生家に帰省し、また帰国する際、初代は、井伏のところに行きと帰り、それぞれ一週間ほど滞在している。そのとき、顔面神経痛を病んでいた。井伏夫妻は、もう中国に戻るなと勧めている。しかし初代はこれに従わない。そのまま、大陸に帰参し、一九四四年七月二三日、青島で死ぬ。そして骨箱に入れられて、戻ってくる。その知らせが、生母キミから井伏夫妻に知らされ、四五年四月一一日に、井伏から太宰は、そのことを聞かされている。

なぜ四七年一一月の「薬屋の雛女房」の発見は、太宰にあれほどの衝撃を与えるのだろうか。「薬屋の雛女房」は、三八年一〇月、「姥捨」と同じ月に同時に発表されている。たぶん、この年の八月に書かれた「姥捨」と、同じ時期に書かれているのだろう。なぜなら、このとき、太宰の結婚話が進んでいる。この進行が太宰に、初代との別れを書きとめ、ここから一歩を踏み出そうと思わせただろうように、仲人役の井伏にも、このとき、不憫なことよ、と初代への同情心が、こみあげてきていただろうからである。太宰は、この符合にも、ぎくりとしたかもしれない。

井伏夫妻は、初代を愛しんでいた。「薬屋の雛女房」には、その小山初代の姿が、その初々しいまでに活写されている。太宰は井伏に激怒するのだが、それは、身から出た錆である。死んだ初代が太宰の前に蘇る。そして、太宰の文学の基軸を、ぐらつかせる。文学的な戦争の死者への後ろめたさと、やはり文学的な実存感情とが、そこでは二つながら、「ただの人間」である小山初代の亡霊の再来に、脅かされている。

そこに一つの未来が顔を覗かせていないだろうか。

戦後という未来が。

そう、いまの私は考えている。

（二〇一三年二月六日、三鷹市太宰治講座・講演のための草稿。『加藤ゼミノート』一一巻一号、通号一四九号、二〇一三年二月七日。一部加筆訂正した。）

老熟から遠く——井伏鱒二『神屋宗湛の残した日記』

この本には井伏鱒二の晩年の作品中、生前単行本に収録されなかった七編が収められている。井伏は一九九三年に九五歳で亡くなったが、一九九五年、その三周忌に合わせた没後刊行の本である。生前最後の小説の単行本に、一九八六年に福武書店から出た『鞆ノ津茶会記』がある。それ以前に発表された短編中、収録にもれていたもの、それ以後文芸誌に発表された短編、ならびに、この『鞆ノ津茶会記』に先だち、その準備的作品という位置取りで同じ雑誌『海燕』に連載された「神屋宗湛の残した日記」と、生前まとめられなかったものをまとめている。

これらの収録作品を書かれた順に配列し直してみると、こうなるだろう。

「うなぎ」（一九七一年）
「一握の籾」（一九七二年）
「船津村の窯址」（一九七二年）
「質流れの島」（一九七四年）
それから、
「神屋宗湛の残した日記」（一九八二年）。
そして、「鞆ノ津日記」（後に『鞆ノ津茶会記』）が一九八三年七月から八五年八月まで『海燕』に連

載され、八六年三月、単行本として刊行された後、

「雷鳥」(一九八八年)

「普門院の和尚さん」(一九八八年)。

このうち最後の「普門院の和尚さん」は、一九四九年発表の「普門院さん」を「新たな資料によって再度」「稿を改めた」ものと「解題」にある。まとめると、七三歳から七六歳にかけての短編が四編、八四歳で企てられた連載が一つ、そして、九〇歳で発表された最晩年の短編が二編で、このうち一編が改作である。

短編のそれぞれに、井伏晩年の味わいがある。しかし、この解説では、この本の中心をなす表題作「神屋宗湛の残した日記」をもとに、井伏の晩年の関心のゆくえがどのあたりにあったかを、考えてみたい。

「神屋宗湛の残した日記」は、豊臣秀吉の時代に活躍した博多の豪商、神屋宗湛の茶会の記録『宗湛茶湯日記』を素材に、作者がかなり自由に「口語訳に書き直し」てみるという趣旨で書き始められた一種の試みの稗史小説である。九か月間雑誌連載が続いた後、「天正十五年の日記」までの分で終わる。しかし一〇か月後、同じ雑誌で新たに同じ時代の茶会記の体裁をもつ連載「鞆ノ津日記」が始まる。こちらは、フィクションだが、続けて読むと、「神屋宗湛の残した日記」の口語訳で自家薬籠中のものとした茶会の記録の知識を武器に、次の「鞆ノ津日記」により、以後、もう一つ先に出るため、フィクションへと「離陸」していった、という航跡が見えてくる。

神屋宗湛は、天文二二年(一五五三年、一説に一五五一年とも)に「博多を代表する大町人の家」に

生れた。神屋氏は室町末期から博多を拠点に海外貿易で財をなしてきた豪家で、祖父は、「厦門に神屋町という日本人町を持っていた」ほか、「二人の番頭を連れて中国奥地へ入り銀の精錬法を覚えて来て、石見の銀山を開発した」稀代の商人であった。

幼名善四郎。天正一〇年（一五八二）六月、二九歳の頃に、織田信長に呼び出され、上洛した。そのとき信長に本能寺に呼ばれ、その夜、本能寺の変に遭う。その際、眠っていた部屋の床の間にあった掛軸を「ぐるぐる巻いて腰に差し」て持ち出す。信長秘蔵の名品牧谿作「遠浦帰帆」の図である。作者は、この挿話に、「宗湛の絵を見る眼力も然りながら、急場の気転は只ならぬものがある」と、祖父譲りの独立不羈の気配を見て取っている。

四年後の天正一四年（一五八六）、石田三成の肝煎りで再び上洛。その際、大徳寺で得度を受け宗湛と号した。九州征伐が迫っていたことから、秀吉に目をかけられ、秀吉主催の茶会などにも参加。天正一五年（一五八七）の九州征伐では、秀吉を資金的に援助、多方面での庇護を受ける。その茶会記『宗湛茶湯日記』は、四大茶会記の一つに数えられるが、このときの天正一四年一〇月の再上洛にはじまり、以後、日ごと、京都、九州名護屋での秀吉をはじめとする武将、茶人らとの茶会を記録する。井伏はそのうち、天正一五年一二月までの分を記したところで、

この日記は後がまだまだ続いているが、これを現代語に直す私の仕事は、右の上巻をもって区切をつけることにする。

と述べ、連載を終えている。その連載は一九八二年一月に始まり、九月に終わっている。

さて、本文にあたればわかるように、この日記は、読んでいてそれほど面白いものではない。ほとんどその日その日の、茶会の場所、参会者のほか、部屋のしつらえ、「道具」と呼ばれる茶碗、茶入などについての描写、そこで何が誰の手で誰に点てられたかなどの細々とした記録に終始している。茶会ごとの作者による自由な注記が興趣をそそると言えなくもないが、その作者にしても、後段にくると、「茶の湯の会では、人の秘事を云わないこと、家庭の自慢をしないこと、他流の悪口を云わないこと、自流の自慢をしないこと、その他いろいろ慎しむべきことがあるとされていたのだろう」と一応の理解を示しつつも、「それにしても宗湛は秀吉についても世情についても主観を何一つ云わなさすぎる」とあきれ気味になる。そして遂には、「この日記は宗湛が書いて後から誰か書き直したものに違いない。ここに登場する人たちは、誰が読んでも迷惑のないように四方八方に心を配って書かれている」と匙を投げたふうの論断が現れ、最後、

さて、再び「宗湛日記」の本文を続けるが、聚楽第で宗湛の出席した茶の会は毎日のように続き、いちいち書くと煩らわしいので、ところどころだけ書くことにする。

と、もはや今後はどしどし手抜きすることが宣言されると、やがてさしたる未練も見せずに先に引いた一句で、一応の「区切」がつけられるのである。

なぜ作者は、晩年、このような作を試みる気になったのだろうか。当初、彼は本能寺の変で信長秘

蔵の掛軸を「ぐるぐる巻いて腰に差し」て避難し、そのまま博多に持ち帰った神屋宗湛という中世の商人にいささか関心をもって、その茶会記を手がかりに何かやってみようと思った。しかし、詳しくこれを閲し、口語訳していくうち、このやり方では不十分だと考えるようになった。そこで、これを中断し、一〇か月の後、本格的なフィクションでの茶会記の執筆へと転じる。読者は思う。楽屋裏は、そうだったのではないだろうか、と。そう考える手がかりが、およそ二つばかり、残されているように思う。

一つは、小瀬甫庵の『太閤記』である。「神屋宗湛の残した日記」の冒頭、作者は、よほど前に読んだ小瀬甫庵の「太閤記」を、今度、何十年ぶりかに吉田豊の新訳で読みなおした。と書いている。「有名な合戦場の地名、武将の名前など、疎覚《うろおぼ》えに覚えているだけで、豊臣秀次自刃後の記録はすっかり忘れていた」が、『太閤記』最後に出てくる「秀吉公遺物配分記録」の話に来て、立ち止まった。秀吉死後の形見分けが徳川家康、前田利家、小早川秀秋と続く、その筆頭は、

一、遠浦帰帆の図(牧谿作)並びに金子三百枚

で、ここに神屋宗湛がふいに顔をのぞかせてくる。なぜ、本能寺の変の際に、上洛直後、いまだ都の右も左もわからない二九歳の宗湛が持ち出した掛軸がここにあるのか。これについては秀吉が九州

征伐の折りに宗湛の茶室を訪れ、これを見せられて、この掛軸に合わせ茶室を新造せよと命じた話が残っている。その後のことはわからない。宗湛の日記に出てこないのはむろん、秀吉側の記録にもない。小瀬甫庵の『太閤記』にも出てこない。

ちょっと見ると、神屋宗湛という一癖ある豪商で茶人でもある人物に作者が関心をもった端緒を示し、同時に読者の関心をも向けさせる糸口のようにも見えるが、そうか。そうではなく、この企てのそもそもの出発点が、小瀬甫庵の『太閤記』なのではないだろうか。

そして、試みに、そのような声に促され、吉田豊訳『太閤記』全四巻を通読してみると、何よりこの時代の面白さ、いまの時代との違いということが改めて知られる。その興趣の淵源に、いわば「生首」に象徴される日々死と背中合わせに生きた当時の武士の生き様があり、その究極の像として、秀吉、さらにはその原画的存在としての信長があることがわかる。少なくとも、小瀬甫庵の『太閤記』はそう書かれている。井伏はそのように『太閤記』を読んだ。「日記」口語訳、注釈、そして『太閤記』と読んでくると、読者には、そうした感想がやってくる。曰く、『太閤記』から、すべては始まっている、と。

後では先に引いたように、その記述の過度の「主観」のなさに、これは「後から誰か書き直したものに違いない」とまで言うが、当初は、この茶会記の書き方こそが、井伏を引きつけたその当のものだったろう。開始まもなく、

宗湛は茶席で有名な武将や名匠に会うのを喜びとしていたようだ。日記に主観をいっさい入れ

ないのは、当時の心がけある人の常識ではなかったかと思われる。松尾芭蕉と奥の細道の旅をした曽良の「奥の細道随行記」も、主観を入れることはいっさい殺している。誰が見ても第三者に迷惑のかかるようなことはない。鏡に写したように冷静に書いている。

そうしたなかで、こうも言う。

宗湛は関白秀吉の口のきき方に興味を持っていたようだ。秀吉の言葉だけは、その場で聞いた通りに書いている。おそらく秀吉の口のきき方は、信長に召使われていた頃に聞き覚えた言葉使いであったろう。たいていのことは信長の真似ではないか。もともと信長も秀吉も、生れは八丁味噌を産するところであった。

『太閤記』を書いた小瀬甫庵はかつて、信長の一武将の家来である。その武将の討死後は豊臣秀次の家臣となり、秀次自決後、秀吉の譜代の家臣堀尾茂助吉晴に仕え、吉晴死後は加賀藩前田家に仕官している。徳川の世となった寛永二年(一六二五)頃、史料、当時の事跡に明るい人士からの聞き取りをもとに、この史書を書いた。歴史的事実についての不正確さ、記述の説教臭などから世の学者には軽視されているが、実は江藤淳が『近代以前』冒頭で指摘しているように、慶長五年(一六〇〇)の関ヶ原の戦い以降、六〇年にわたり文学の伝統が断絶したとされる、その空白期のさなかに書かれた異数の書であり、信長、秀吉の事跡をその同時代人が書いていることの迫真の感には、読んでみると、何物にも代え難いものがある。信長の時代、海外貿易が盛んになり、堺の町の商人を中心に茶の湯という新しい趣味が起こる。金銀の精錬法の革新にも後押しされて貿易が活発化し、南蛮人が大挙到来し、キリシタン大名が生まれる。下克上のならいのなかで、冷酷は冷酷と意識されない。なかでも秀吉は人心攪乱術にたけ、その周辺では戦のたびにねたみ、そねみ、内通、疑心、裏切りが生まれている。近臣の一人が周囲が秀吉にへつらうためわざと虚偽を弄していることを言上すると、自分を喜ばせるために周囲がそうするのであればうまく騙されてやらなければなるまいと上機嫌に受ける。そういうあたりに、秀吉の無類さがあり、それが兵糧攻め、水攻めといった戦闘の酷薄さ、あるいは切腹を命じ、鼻をそぎ、耳をそぎ、晒し首にする行動の苛烈さを含みつつ、茶室の静謐、能への耽溺と結びついている。「心にもあらぬうらみはぬれぎぬの　つまゆゑかゝる身と成にけり」(一の台様、三四歳)、「かぎりあれやなにを恨みんから衣　うつゝに来りうつゝにぞ去」(お辰御方、一九歳)。これらは秀次の妻女、側室ら二八名の辞世の歌からの抜粋。全員三条河原で斬殺。そういうところ、和歌と生首の取り合わせが、『太閤記』の描く時代の面白さである。

これに対し、茶会記には何も書かれない。書かれるのは、そこにどういう道具が使われ、どういう掛軸がかけられたか、というごく具体的なものをめぐる記述ばかり。井伏を動かしたのは、この戦乱の時代と茶室の空間の静謐の対比が、雄弁このうえない『太閤記』と主観を一切入れない「宗湛日記」の書かれ方の対比に、見事に照応している、という、この一事だったのではないだろうか。

天正一四年、宗湛は商人であり、秀吉は九州征伐にこの商人を利用しようとしている。その先には朝鮮、明への出兵が見据えられている。石田三成はその秀吉の意向を先取りする形で宗湛を京に呼び出している。宗湛はこの機に乗じて権力者の懐に入り込もうとしている。そしてそれらのことは、何一つ書かれない。たとえば、秀吉の九州征伐の触れの回るこの年一二月八日の記述は、こうである。

茶席は深三畳、新式の一尺四寸の囲炉裏。古釜を五徳に据え、瀬戸茶碗に道具仕入れて、棗、桶の水差、竹の蓋置。先に濃茶が出て、後に薄茶が出る。

井伏は、『太閤記』を読み、この時代の面白さに心動かされ、戦国時代の武将と茶会の関わりを調べるうちに、この茶会記の書法で、戦争を描いてみようと考えたのに違いない。思うに、『黒い雨』に続く、もう一つの戦争のなかの日常を書いてみようとの構想をもったのではないだろうか。そして、読んでいくうち、この宗湛日記が思ったようではないと気づき、そこからまた、これを鷗外風の史譚小説から別種のフィクションへと脱皮させることで、この構想を成就しようと考え直したのかも知れない。

そういう感想が、もう一つの手がかりである、この後に書かれた『鞆ノ津茶会記』を読むと、やってくるのだ。

「神屋宗湛の残した日記」が「主観」一つ入り込まない冷静な鏡面のような記述に終始するのに対し、『鞆ノ津茶会記』のほうはフィクションの「茶会の雑談の記録」という自在な体裁をもつ。古来風光明媚の地として知られる鞆の浦近辺を舞台に、『太閤記』中屈指の肺腑をえぐる挿話である備中高松城城主清水宗治切腹の仲介者である安国寺恵瓊を中心に、毛利一族小早川隆景らの家臣、近習の武士が、こもごも戦傷の予後を養いつつ、茶を喫し、酒を酌み交わし、肴を食らい、思うところを話す。「秀吉の切り崩しに、因幡国の尼子方の醜態はどうだ」。「近頃、豊臣秀吉が高麗国に出兵すると、頻りに吹聴してまわっておるそうな」。「千ノ利休を自刃させたという噂がある」。「あの当時までの羽柴秀吉は快活至極な中年者で、馬をとばして城門を出るとき、口笛を吹き連歌を口誦んでおったそうだ」。「豊臣秀吉が、攻めるに好都合な弱い人間と思う者がおる。大明国も高麗も鉄砲を持たないので、秀吉は高麗のことを、卵の山をつぶすようなものだと云ったそうな」。「『今や天下は、朕の一握に帰す』と書いたげな」。「鉄砲を持たないと、さまざまな戦陣の挿話、見聞、体験、噂話を点綴しつつ、この小説は秀吉没後、朝鮮出兵から帰還した武士を迎え、かつて敵味方で戦った面々がささやかに酒を飲む茶会で終わる。『太閤記』、「神屋宗湛の残した日記」と読んでここにいたると、『鞆ノ津茶会記』が、戦国期の『黒い雨』として、浮かんでくるのである。

そしてその中間に位置する「神屋宗湛の残した日記」が、作者にこうした発想と構想を育んだ、意味深い創作ノートと見えてくる。「神屋宗湛の残した日記」の最後のくだりは、やや唐突に、「朝鮮侵略は秀吉の思い通りに運ばなかったと云われている。初め秀吉は、この戦争を請負制にしていたのではないかと思われる」という注記で終わっているが、同じ指摘が、『鞆ノ津茶会記』でも、最後の茶会の一人物の発言記録に現れるのなどは、その傍証の一つだろう（福武文庫版、一七九頁）。無名の人間の場所から見上げられた上空の戦争。これが、同じく作者の故郷を舞台に戦争を描く『黒い雨』と『鞆ノ津茶会記』とに共通する、基本の構図である。

恵瓊長老の発言。
「高麗出陣の兵は、喪を秘して一同帰還することと相成った。前後七年に及ぶ戦争は終わった。思うだにむなしい戦いであった。（中略）
明兵は狼藉を極め、日本兵も狼藉を極め、後は惨憺たるものであったに違いない」
（『鞆ノ津茶会記』）

他に短編が六編あるうち、「うなぎ」、「一握の籾」、「質流れの島」など七十代の作品に老いの自在感が漂い、読んでいると無類の名酒に酩酊する感じをもつが、しかし、集中の白眉はやはり、改作された「普門院の和尚さん」である。

慶応四年（一八六八）、明治維新の際に、江戸幕府を支え、罷免後、上野国権田村に隠棲していた小栗上野介が官軍の一別働隊に捕縛され、何ら取り調べを受けることなく従者とともに斬首される。


かくして革新的な政治家は、烏合の衆二千名によって東善寺で包囲され、一言の弁明も許されずして六日の早朝斬首された。（手を下した――引用者）官軍方の原保太郎は用心棒として生き残り、山口県の県令となって、北海道長官に栄転して余生を送った。

小栗の首は青竹の先に突き刺され、河原の堤に立札を掲げて次のやうな残酷な説明を書かれた。

「小栗上野介。右之者奉対朝廷、企大逆候条明白ニ付、令蒙天誅者也。

東山道先鋒総督府吏員」

これはどう考えても無理無体な所為である。

小栗の菩提寺である大宮の普門院の住職が、小栗の名誉を回復すべく、図書館通いをして資料を調べているうち、昭和七年(一九三二)、この「小栗を斬首した男」原保太郎がまだ生きていることを知り、会いに行く。この話を作者は、四回まで書き直している。相手の原は、慶応四年には「十九歳か二十歳」、いまは「八十五の老人である」。

広い庭に風が吹き、老人が大きな声で、「やあ、やあ」と云った。こちらも驚いて、「やあ、やあ」と答え、初対面は「やあ、やあ」で始まった。まことに立派な好々爺である。

その相手に、貴方は「どうしてあれだけの、国家の功労者を斬ったのか。大事な人ではなかったのか」と詰め寄る。相手は「変だなと自分ながら感じたが、いろんなことが有りすぎるからね、すぐ忘れてしまった」ととぼけたことを言うが、最後は「甚だよろしくなかった」と答える。

和尚さんはちょっと云いすぎたと思った。

最初に書いたのは、「普門院さん」で、発表は、戦争が終わった昭和二四年(一九四九)五月。太宰治が「井伏さんは悪人です」と述べて心中した一年後のことである。二〇〇八年に『時代小説の勘どころ』を書いた元『海燕』編集長の寺田博は、この初出の「普門院さん」について、「読んだ時、同じ作者の小説として、どうもこれだけ調子が違うなあと思っていた。これが執筆された昭和二四年(一九四九)といえば、『本日休診』など、氏が戦後に活潑な創作活動を始められた時期で、ユーモラスな作風の小説が多かった」と述べている。問いただす和尚さんのモデルは三十代後半。話を書いた時、五〇を過ぎたばかりという井伏の年齢は、問詰者のほうにまだしも近い。しかし最後に改作したときは、九〇歳。作者は答える「八十五歳の老人」に近く、というよりそれよりもさらに老齢で、この戦争責任追及にも似たやりとりを、時に問詰者によりそい、時に二人の間に立ち、時に両人から遠い位置で、記している。

この本は、どういう本か。この本は、私に井伏鱒二の最晩年の意欲がどのようなものであったかを伝えてよこす。それは、井伏鱒二の風貌と姿勢から今日、想像されるよりも、もう少し硬質である。その長命ぶりから想像される大成、老熟からも遠く、見えにくく、孤立しながら、屹立している。

(井伏鱒二『神屋宗湛の残した日記』講談社文芸文庫、二〇一〇年二月)

『黒い雨』とつながる二つの気層——井伏鱒二『鞆ノ津茶会記』

1

『鞆ノ津茶会記』は、井伏鱒二生前最後の長篇小説である。雑誌に連載の後、一九八六年、著者八八歳のときに刊行された。

時は秀吉の天下統一から朝鮮出兵にいたる戦国時代末期。所は、中国地方備後の良港、鞆ノ津（現在の広島県福山市）とその周辺の村と町。ということは著者の故郷、福山市加茂町の近辺にほぼ重なるのだが、幼時からなじんだ土地を舞台に、毛利氏の恩顧を受けた武将等の「同好の士」があるいは隠棲、あるいは戦傷の予後を養いながら友の戦役からの帰還などを機に、薄茶、濃茶を喫し、土地の美味を食し、また茶碗の濁酒を酌み交わす。そうした茶席での語らいを、形式に拘泥しない架空茶会記の体裁で描いている。

一見するところ、井伏最晩年に書かれた余裕の心境小説のようにも見える。でも、そのように読み進む読者も、後段、従軍の後、帰国した武将の口から朝鮮侵略の細部が語られ、秀吉の誇大妄想ぶりが紹介され、その大愚行への批判の予先が何やら「不正」への憤りの熱を帯びてくるに及んで一種異様な感慨をこの作品におぼえざるをえないことになる。

結論から先に言えば、この作品は、同じく著者の故郷広島を舞台に原爆を描く一九六六年の作、『黒い雨』と似ている。『黒い雨』が、原爆投下になぎ倒された戦争という「大きな物語」のなかにありつつ、片隅の「小さな世界」で変わらない生命の希望を浮かびあがらせるように、この作品は、天下統一、朝鮮侵略をへて関ヶ原にいたる戦国時代の天上暴風の「大きな物語」のもと、同様にぼんやりと「位低く」光ることをやめない、何やら変わらぬ「正しさ」のありか、その「小さな」平地の地温を伝える。そう見えるところが、私に二作の類縁を感じさせるのである。

2

この作品には前史がある。

井伏は一九八一年、小瀬甫庵『太閤記』を吉田豊の新訳で読む。「何十年ぶりか」の再読であった。なぜ、八三歳になり、そのような気になったのかはわからない。河上徹太郎が井伏の戦後第一作と呼ぶ(『黒い雨』新潮文庫解説)「二つの話」が秀吉に関わるSF仕立ての短篇であったことが思い出されるが、井伏においては、秀吉が何やら彼の経験した戦争、原爆投下で終わった二〇世紀の戦さと、結びついているのかもしれない。

再読では、集中の最後、「秀吉公遺物配分記録」なる個所で、秀吉からの形見分けの筆頭、徳川家康への遺贈として牧谿筆「遠浦帰帆の図」があげられている一行が、井伏の注意をひいた。

これについては同じ文芸文庫に入っている『神屋宗湛の残した日記』の拙文解説を見ていただきた

いが、この「遠浦帰帆の図」はそもそも、織田信長の愛蔵であったところ、当時まだ二十代でたまたま本能寺の変に際会した博多の豪商神屋宗湛の咄嗟の機転から、持ち出され、焼失を免れている。それが後年、博多を訪れた秀吉に宗湛の邸で披露され、この画にこの床の間は狭すぎる、画に合わせて「床を仕替え候え」と秀吉が命じたことが、宗湛の日記に出てくる。

その『遠浦帰帆』がどこをどう巡ったか、家康のところへ秀吉の形見として行った。

私は「宗湛日記」を口語訳に書き直すことを思いついた。

と、井伏は書いている。

こうして、まず一九八二年の一月から九月まで、「神屋宗湛の残した日記」が連載され、これが、天正一四年(一五八六)の宗湛二度目の上洛から翌天正一五年(一五八七)一二月の博多帰着まで、茶会記録の前半を追ったところで終えられると、次に、ほぼ一年後、新たな連載が始まる。それが、この度は厳格な形式を度外視し、自由に談論を記す架空の茶会記の試みであるこの作、『鞆ノ津茶会記』なのである。

新しい企ては、ちょうど「神屋宗湛の残した日記」の後を襲う形で、秀吉の九州征伐の一年後である天正一六年(一五八八)三月に始まり、小田原攻め、二度の朝鮮侵略、秀吉の死をへて、関ヶ原の前年である慶長四年(一五九九)五月までを描く。

しかし誰しも読めば、いぶかる。なぜ井伏は、晩年、このような作品を書いたのか、と。彼はここで、どんな作品を書いたことになるのだろうか。

3

『太閤記』については、かつて江藤淳がこう述べていたのを思い出す(『近代以前』)。曰く、最近、慶長五年(一六〇〇)の関ヶ原の戦いからおよそ六〇年間、日本文学史は他に例のない空白期をもったという事実に気づいた。特に最初の三〇年間、文学活動はほぼ皆無である。そう記し、江藤は、ここに、中世から近世への移行にひそむ一つの断絶が、口を開けていると言う。そこでの例外の一つとして、この『太閤記』があげられているのである。

『太閤記』は、一六二五年自序、一六二三年頃刊。ここに言う日本文学史上の「空白期」のただなかに書かれた。著者小瀬甫庵は、一五六四年生まれの儒者で医師。しかし、もと織田信長の武将池田恒興家臣、恒興討死の後は豊臣秀次家臣。秀次自害の後は剃髪、浪々の身を経て、秀吉の譜代の臣堀尾茂助吉晴の侍医。その後、関ヶ原を経て、慶長一六年(一六一一)、茂助が死ぬと再び浪人として京都に住み、『信長記』を執筆。ついで加賀藩主前田利常に招かれ、『太閤記』を著わす、等々の経歴からわかるように、素性を正せばこの書き手は正真正銘、乱世を生きた武士である。史書としての評価は高くない。しかし後の世に調べて書いた軍記ではないのである。

この中世から近世への「断絶」については、解剖学者の養老孟司が、日本の社会は中世から近世にかけての転換期で切れていると、どこか江藤を思わせる指摘を行っている(『身体の文学史』)。養老によれば、江戸以降は現在までがひとつながりで、そこでの近世＝近代と中世の断絶とは、中世までにはあった頭＝脳に従属しないリアルな身体性が、以後、奪われることである。古代から中世への端緒として養老があげているのは、一一五六年の保元の乱における源為義の斬首処刑で、これは八一〇年の薬子の乱における藤原仲成処刑以来、三四六年ぶりの日本における公的死刑であった。養老は、この中世が今度は近世に移行する劃期として、山脇東洋の手で最初の「官許の解剖」が一七五四年に行われる事実をあげる。このことは、事実上の「解剖」がそれ以前、すでに江戸前期に始まっていることを推測させる。「それで結局どこまでさかのぼるかというと、関ヶ原のしばらく後」(同前、巻末対談)。奇しくも最初の解剖書が日本にやってくるのも、その頃だと言う。それ以前、頭と身体はつながっていた。中世の文学、社会は、こうした異質の身体性の産物だったと見るのである。

『太閤記』には、読むとわかるが、生首がたくさん出てくる。次から次へと思慮に富み、信義を重んじる上質の人士が何とも詰まらぬ人士の策謀にかかり、たとえば佐々成政のように腹をかっさばき、介錯され、生首となる。あるいは豊臣秀次とその一族の例。実に多くの無辜の人士が、たとえば京都六条河原で斬首の後、三条橋に梟首されている。

その人間の高邁さと死の無惨が、そこではひとつながりである。そしてそのことが酷いことであるとは考えられていない。人が生きることとは、生首となり、辱められ、しかも、消えないものを残すこと。人が考えることとは、変転を目の当たりにしつつ、そこになお消えぬ「正しさ」を見届けること。そんな無言の声を、読者は受けとる。

井伏が『太閤記』のうちに何を読み取ったか、私には正確なところはわからない。でも、井伏もまた、この異質な身体性の声を聞いたのではないか。『鞆ノ津茶会記』は私に、そんな問いを謎かけのように残している。

4

稗史小説の試みである『神屋宗湛の残した日記』から架空の茶会記録『鞆ノ津茶会記』への移行は、その意味から言うと、厳密な茶会記録の現代語訳（ノンフィクション）から豪放で自在な武士たちの飲食と談論の記録（フィクション）への離陸であると同時に、秀吉に愛顧された博多の豪商茶人神屋宗湛（商人）から、やはり秀吉に取りたてられた毛利氏外交僧安国寺恵瓊（武将）への移行でもある。

この架空の茶会記は、先に述べたように天正一六年、その三月二五日に開かれた鞆ノ津城内、足利義昭寓居跡での茶会の記録にはじまる。冒頭、

同好の士、二人または三人四人が代り番こに、別室に持ち込むか自宅に持ち帰るかして、思い思いの文章で書いている。要するに、茶会の事情が解る一時の記録である。

とあるように、鞆ノ津近辺での一一年に及ぶ茶会での飲食と語らいの内容が、一四回にわたり、何人かの参会者の手により「代り番こ」に記録され、秀吉の九州征伐から最後、関ヶ原の戦いの前年、慶長四年五月五日の茶会記録で終わっている。

読み進むにつれ、茶会に集う面々が、かつては安芸、備後国で「小さい山城の城主」であったり水軍の旗頭であったりしながら「敵味方に分れて戦っていた」、それが「今は毛利家に兜を脱ぎ、御屋方様の家臣として納まっている」、そのうち何人かは戦傷後の非番、また一人は国人となり、隠棲の身、また一人は一度「安国寺恵瓊殿から抜擢された」影武者でもあった現役の武人であること等々の背景が見えてくる。最後近く、朝鮮出兵から一時帰国の安国寺恵瓊が、茶会に迎えられ、「恵瓊長老」と呼ばれる。このあたりで、この集いの中心が戦国時代の異色の外交僧であり僧侶大名として知られる安国寺恵瓊であったことに、読者は気づくが、そうわかってみると、先の移行の意味が、もう一度、意味深長なものとして浮かんでくるように、小説が書かれている。

当初の雑誌連載がほぼ一年の中断をはさんでいるのに応じ、内容は大きく前から三分の二のあたりで二分される。

前半の茶会の中心をなすのは、これら壮年期の武人の「同好の士」による、頭上高く猛威をふるう乱世をめぐる、平地に座しての気のおけない自由な談論である。その上空に台風の目のように、かつては彼らの敵、いまは天下に君臨して隣国侵略を号令する秀吉がいる。

しかし、この武張らない平常心の、ほどよい疲弊と悲哀を漂わせて語られる談論の、聞いていて何と心地よいことか。そこからいまにも聞こえてくるかのような茶を点てる音、茶を喫する音、料理を給仕され、酒を汲む気配の、何と豪放、また細やかなことか。毎回、茶の席に飾られる花が変わる。白椿、クチナシ、野菊、桃の花、河骨の花、梨の花、白菊、水仙、白梅、ガクウツギ、ヨメナ、コブシの花と。

饗される料理も、「初め、かち栗に濃茶。足附膳に置いた土器の皿に、いか、のり。茶碗酒（次から次に幾らでも注ぐ）。新しい瀬戸の大皿に鯛の刺身。湯漬飯。桶に香の物、山椒」（第一、天正一六年）、また、「先に薄茶が出て、膳に載せた平皿にイリコ。串に刺した味噌田楽。濃茶。白髪昆布。茶碗酒が出る。ラッキョウ。きんざんじ味噌。青大豆に塩。青菜のおひたし。香のもの」（第六、天正一八年）、また、「初めに縁起を祝って、西条柿の吊柿《つるし》とかち栗に濃茶が出て、次に濁酒（茶碗酒）。メノハと云われる石州若芽の酸の物。チヌの刺身。ボラの水炊きにネギを刻んだ酸醤油。茶漬飯」（第十、天正二〇年）。饗応の気配りが心憎い。

話頭は、武士らしく、秀吉の動向、所業をあげつらうが、やがて、その後必ずや誤り伝えられることになるだろうすぐれた敗者、軍記にはついぞ現れないだろう武人の家族愛、遺児たちの行く末などに及び、平時の機微をとらえて終わる。

『太閤記』中、一読、忘れられない天正一〇年（一五八二）、本能寺の変に重なる高松城水攻めの講和の話は、当然ながら、それから七年、当事者たちの茶会でも語られる。

この年六月、本能寺の変が起こったとき、秀吉は毛利氏配下、清水宗治の守備する備中（現在の岡山県西部）高松城を水攻めにしていた。宗治はこれに頑強に抵抗。突然の信長の死の報に接した秀吉はこれを秘したまま、毛利方に、高松城主宗治の切腹を条件に、城中男女を助けようと講和を提案する。毛利方は宗治に死を賭して城を守るとの誓紙を入れさせていたので、その宗治にいまさら講和のために死ねとは言えない。この難しい秀吉との交渉に毛利方としてあたったのが恵瓊で、自ら赴き、この件を談判する。と、宗治は一言、「「自殺な致すべし」と返答した」。秀吉側から検使役に堀尾茂助（後、小瀬甫庵が仕える）が差し出され、小舟を出す。

水の上での検使であり、水の上での切腹である。清水宗治は型通り短冊に辞世の歌を書き残し、宗治を始め七郎次郎まで六人の介錯を高市允一人でした。それから六人の首にそれぞれ名札をつけて検使へ渡し、死骸を納め終ると自分も腹を切って死んだ。

ところで、井伏はここに架空の挿話をつけ加える。六人の介錯をした後、その生首に名札をつけ、その後、自らも切腹した高市允は、妻にも父母にも先立たれていた。その市允に「十六歳になる倅」允太がある。この子が「天涯孤独の身になった」のを、藩主が「憐れんで安国寺恵瓊に托した」。その「倅」、現在の名は允然坊が、いま、給仕の雛僧として語らいのそばに控えている、というのがそれである。「大いに食って、大いに飲めや」。安国寺の配下として当時のさまをよく知る有田蔵人介が、第四回目の茶会で、事の次第を語る。「梨田、村上、宮地の各位」がこもごも「相槌を打って話が弾む。このとき、この遺児、

允然は御用のあるほかは、雛僧らしくかしこまって神妙に耳を傾けていた。

時代が下ると、この架空の遺児も、茶席の客座を占めるようになる。「同好の士」の一員に加えられ、やがて茶会を記録するようになる。

似た話は他にも出てくる。こちらは『太閤記』には見えない小さな話。しかし、この地では名高い。尼子晴久の兵が毛利家に属する石見温泉津の城を攻めた。その折り、尼子方が、温泉津城の重臣木屋因幡守の一二歳の子次郎が神辺学校に遊学中であったのを人質に捕らえ、「早く降参すべし。然らずんば」「殺害な致す」と言って脅す。因幡守は「幼い子のことだから、御容赦を願いたい」と頼むが、敵は承知しない。因幡守は城主小笠原長雄に急場の対応として尼子方に降参させてくれと申し出るが、「戦争は、戦争だ」と、小笠原に一蹴される。「吾が子を人に殺されて、何の生き甲斐があろうか」。そう敵陣に書を送った後、因幡守は自害するが、すると因幡守の一族郎党五百騎が、城を出る。そして逆に尼子の陣に加わり、少年次郎長宗を大将に温泉津城を攻める。城中の者は、意気阻喪、城は落ちる。小笠原は、降人となった、云々。

いずれの場合も、背後を窺えば、秀吉が後ろで策謀している。

後年、その秀吉が九州征伐の途上、神辺に宿営した。そのときの見聞が茶席で語られる。曰く、

　秀吉は本陣を出立のとき、「例の神辺学校の学生は、その後どうしておるか」と見送りの代官に訊いた。この少年のことは気になっていたのだろう。

　「木屋ノ瀬の城で、戦歿致しました」と代官が答えると、秀吉は頷いた。（中略）

　神辺学校の学生のことは車夫馬丁と云えども知っているだろう。

天上の暴威を記す『太閤記』とは違う声である。「位低く」光ることをやめないぼんやりとした

「正しさ」とは、こうしたことをさす。こういう声が発せられ、「相槌を打」たれ、「話が弾む」。茶が喫され、茶碗酒となる。それを一人若い者が、傍らでじっと「神妙に耳を傾け」聴いている。

5

話の後段にいたり、一人が小田原攻めから凱旋したあたりから、秀吉の高麗出兵の話がせり上がってくる。「近頃、豊臣秀吉が高麗国に出兵すると、頻りに吹聴してまわっておるそうな」。「鉄砲を持たないと、攻めるに好都合な弱い人間と思う者がおる。大明国も高麗も鉄砲を持たないので、秀吉は高麗のことを、卵の山をつぶすようなものだと云ったそうな」。

ついで、天正一九年（一五九一）ともなると、利休切腹の噂が話にのぼる。翌年、朝鮮出兵。やがて、いよいよ談論に苦い戦国の世への慨嘆、秀吉への辛口の批評が交じるようになる。そしてようやく、この作品の心棒ともいうべき恵瓊長老、安国寺恵瓊その人が登場してくる。

先の井伏の架空要素、允然坊の創作が意味深く思われるのは、それが、安国寺恵瓊の身の上をなぞるもののようだからである。

恵瓊は、安芸武田氏の出。詳細はわからぬながら、滅亡後、武田氏の遺孤として、安国寺に逃れ、僧恵心の弟子となっている。その後、師、恵心を通じ、毛利家の外交僧。やがて秀吉の高松城水攻めにおける毛利方との講和をまとめ、力量を発揮、秀吉に引き立てられ、毛利氏外交僧でありつつ秀吉からも大名として所領を授かるという異例の位置づけを得る。

『鞆ノ津茶会記』は、むろん井伏の手によってではあるけれども、次のような恵瓊の発言で、朝鮮侵略、秀吉の愚行を深くいさめる。

慶長四年四月一七日、既に前年、秀吉は死に、恵瓊長老は「頭髪を剃っている」。

高麗出陣の兵は、喪を秘して一同帰還することと相成った。前後七年に及ぶ戦争は終った。思うだに空しい戦いであった。出陣した者はみな疲れ果てて居た。（中略）日本軍が引揚げると、入れ代りに明軍が進出し、小西行長の残して行った人質を捕虜にして、糧米、馬匹、武器弾薬をば奪い取った。明兵は狼藉を極め、日本兵も狼藉を極め、後は惨憺たるものであったに違いない。

また、

明史に「関白、東国ヲ侵シテヨリ前後七歳、中朝ト朝鮮トハ迄《つい》ニ勝算ナシ」と云ってあるそうだ。明国の財政は高麗援助の費で底を衝いてしまったのだろう。太閤秀吉が八幡船を出す代りに、若し明国を援助していたらと我等の思う日が続くのだ。

慶長の役の翌年に明史がこのように記しているとは考えられない以上、これら恵瓊の発言は、井伏の言葉と受けとるのがよいだろう。私がこのような乱暴な口をきくのは、この後、再度、お別れの四月二五日夜の茶会がもたれた「翌日、朝早く五人の武者を連れて大坂へ向け出発した」と語られる、恵瓊と五人のわが茶会会衆のその後を、一読者である私が重々、知っているからである。「五人」の説明は、こう続く。

いずれも恵瓊長老の腹心、有田蔵人介、手島市之進、浦吉勝、梨田入道斎、栗原四郎兵衛の鎧武者五騎で、同時に御屋方様のお気に入りであり、御屋方様の猶子、金吾中納言秀秋公のお気に入りである。以上の五騎を、大坂向島の御屋方様に手渡すことになっておる。即ち、千軍万馬の古つわものを金吾秀秋公に渡し、その軍勢を引立てることになっておる。

有田、手島、浦、梨田、栗原の「五騎」はすべてこの茶会の常連である。栗原にいたっては二度茶会を記録している。彼らは、この後どこに行ったか。「金吾中納言秀秋公」といえば、秀吉の縁者の出で、秀吉養子から毛利氏小早川隆景のもとに養子縁組され、隆景隠居後、家督相続した小早川秀秋にほかならない。このとき、一八歳。関ヶ原の戦いは、この秀秋の西軍裏切りにより東軍の勝ちと決する。秀秋はこの裏切りにより、関ヶ原戦後の論功行賞で加増、岡山城主となるが、二年後、二一歳で早世。小早川家は秀秋死後、無嗣断絶により途絶える。我らの五騎がどうなったか。行方は杳として知られない。

よりにもよって、井伏は茶会「同好の士」の大半をいかにも危うい小早川秀秋の手に渡して終える。なぜか。あまりに不吉ではないか。そう思えば作者がこの後の安国寺恵瓊の運命を見据え、こう終えているだろう心意が、見えてくる。

このとき、大坂では、石田三成が佐和山城に蟄居させられている。家康の権勢はいよいよ高まっている。大坂に着いて恵瓊はどうするか。彼は豊臣方遺臣をはかり、石田三成と御屋方様毛利輝元を結びつけ、輝元を関ヶ原の戦での西軍大将に据える。しかし、関ヶ原では、毛利一統の吉川藩主広家の離反を止められず、これらの動向を家康軍に通報され、捕縛。最後、石田三成、小西行長とともに「大阪・堺の町を引き廻されたうえ、同年(慶長五年)十月一日ついに京都六条河原で斬られ、三条橋に梟首されるに至った」(河合正治『安国寺恵瓊』)。

西軍敗退後、恵瓊は、毛利氏が生き延びるためのスケープゴートとなる。徳川治世下、とりわけ毛利氏を戴く長州藩のもとでは、万人に憎まれ、「悪僧(『吉川家文書』)・佞僧(『陰徳記』)・妖僧(『芸備国郡志』)と悪罵のかぎりを以て呼ばれ、また愚人と嘲哢」される(同前)。

考えてみれば、この本の主人公たる安国寺恵瓊こそ、死後、悪罵にさらされるすぐれた敗者の最たる者にほかならない。井伏は、宗湛に代え、恵瓊に軸足を移すことで、梟首に終わる物語を手にしているのである。

6

さて、『黒い雨』の最後、八月一五日の項で、日記の書き手「僕」は、広島市外古市町にある繊維工場で、玉音放送を聞くべく食堂に向かうが、途中、方向を変え、裏庭に出る。放送が「跡切れ跡切れの低い言葉」でわずかに食堂の方から聞こえてくるが、意味は取れない。ふと見ると足下の用水溝を水が流れている。

流れは浅いが、ぼさなど一つもなくて、透き徹った水だから清冽な感じである。

「こんな綺麗な流れが、ここにあったのか」

僕は気がついた。その流れのなかを鰻の子が行列をつくって、いそいそと遡っている。無数の小さな鰻の子の群である。見ていて実にめざましい。（中略）

「やあ、のぼるのぼる。水の匂がするようだ」

後から後から引きつづき、数限りなくのぼっていた。

『鞆ノ津茶会記』には二つの気層がある。上空では夥しい死と策謀と殺戮にまみれた戦乱の世の「暴威」、地上には、隠棲者たちの穏やかな「平地」の語らい。その対比が、私に、この『黒い雨』の名高い最後近くのシーンを思い出させた。

戦国の世の「同好の士」たちは、夜明け前に川下の「渡船場から遡上する高瀬船で」川上に上陸、「夕方まで昼寝をして、とぼとぼになってから喫する茶会」なども開いている。草深い地の茶席で、なかばこの世を「降りた」隠棲者たちが、「大いに食って、大いに飲」む。『鞆ノ津茶会記』を書いたとき、井伏はたぶん当時唯一の評伝であった前記河合著を読んだことだろう。その最後に、恵瓊が死の際に唱したというこんな言葉が出てくる。「清風払二明月一、明月払二清風一」。

清風は明月の光を払い、明月は清風のそよぎを払う。

これを私はこう読む。悪いものが、よいものを見えなくするのではない。別のよいものが来て、よいものを見えなくするのである、と。

二つの作品をつないで聞こえてくるのは、こういう声である。どのような世にも変わらない「正しさ」はある。ただしそれは高いところにではなく、低いところにあると。

（井伏鱒二『鞆ノ津茶会記』講談社文芸文庫、二〇一一年一二月）

安吾と戦後——「安吾巷談体」の転回

1　入り口

今日は坂口安吾（一九〇六―五五年）についてお話しする機会を与えていただき、ありがとうございます。

このところ、「戦後」について考えていました。近年の日本の政治の動向に我慢のならないものを感じたからです。ですから特に、坂口安吾について考えることがあったというのではありません。ただ、戦後の時代を区切る要素として、大きく、米国による占領の状態がいまも続いている、米国への従属がいまも続いている、と考えてみると、一番大きな図柄が描けるのではないか、と思うようになりました。そして、こういう大風呂敷の構図のなかで戦後という時代を考えると、いまさらながらに、このような戦後に棹さすスケールの大きな見方をもった知識人、書き手、思想家が、いつのまにかいなくなったことに気づくのです。

そんななかで、私に坂口安吾が、もう一度、違った文脈のなかで関心の的として浮かんでくるということがありました。私は以下に述べるような理由から、この十数年間、あるいは二〇年間ほど、安吾については語ってきていません。今回、安吾について話さないかというお話をいただいたときに、安吾と戦後、ということについてなら、お話しできるかもしれない、少しお話ししてみたい、という気になったのは、そんな事情があってのことです。

2 私の安吾論

安吾については、かつていくどか考え、書いてもきています。以前、「新潟の三角形」という論考で、田中角栄、北一輝とともに、新潟の生んだ逸脱型の精神類型として考えたことがあります(『日本風景論』一九九〇年)。そのときは、安吾の「文学のふるさと」(一九四一年)と「日本文化私観」(一九四二年)を中心に取りあげ、だいたい多くの日本の精神類型にとって、日本の外に出るということは、円があれば、その円の外側に出ることを意味するが、安吾にとっては、日本の外に出るということはむしろ「内」を壊すことだった、と書きました。「外に出る」というのは、たとえば外国の書物を読み、外国の思想に通じることです。また、日本的な見方を捨て、より広い視野に立つことです。しかし、そのようなばあい、日本的なあり方、考え方は、すでに外側にある別の考え方に乗り換えられ、とって代えられることによって、捨てられているだけです。コスモポリタンな考え方、外国文学者、国際的に通用する思想家などというのが、——少数の例外はありますが——、だいたいその例です。しかし、安吾、角栄、北一輝においては、その日本的な考え方を壊す、そこから未知のものをつくり出す、ということが行われています。日本的な考え方、あり方を壊すことで、外にあるものに乗り換えるのではなく、外には出て行かない。その内側に、これまでにない「外部」を作りだす。角栄の「裏日本という思想」、北一輝の「革新的な国体論」に見あうものが、安吾の日本観、文学観のうちにあると、述べました。

安吾でいえば、その戦争の通過の仕方のうちに現れた例外性、独自性に、着目したのでした。

3　私の安吾への疑問

しかし、ここで考えたいのは、そういう戦時期に浮上した思想というよりは、安吾がその後、戦後になって示したより広い物書き、文学者としてのあり方、思想家としてのあり方です。私は一九九〇年代のなかば、『敗戦後論』（一九九七年）というものを書くまでの数年間、戦時期と戦後の文学者たちの文章を読み続けました。安吾についても同様です。そして、一つの不審をもちました。

それをこんなふうにいってみようと思います。

（1）逆接のなさ

添付した『新潟日報』の寄稿文（後出、付録「安吾と戦後」）にも書いたことですが、私は安吾の戦争の通過の仕方の戦後とのつながりのところで、一度、つまずいています。たとえば、「日本文化私観」というのはよくいわれるように「必要なら法隆寺をとりこわして駐車場をつくるがいい」と田中角栄がいいそうなことを述べたり、刑務所のような合理的な無駄のない建築こそが美しいと書いていて、戦後に書かれたのではないか、と思われるほど「戦後的」だといわれるのですが、私は、これこそ、一九四一年の日米開戦の報を聞いて坂口が最初に書いた文章だったのではないか、とむしろ、ここに安吾の戦争との衝突の体験が刻印されている、と考えてきました。

安吾は、自分もアンリ・ベール(スタンダール)などを読むにつけ、一度、戦争を経験してみたいと思っていた、などと書いていますが、どうも安吾にはファシズムとの近縁性、というか、イカモノは駆逐せよ、という心的傾向への同調があるようだと、私は感じてきたのです。

どこがファシズム的か。桂離宮の簡素も日光東照宮の豪奢もともに「有」であり、「無一物」に如かない、などというあたりがそうです。この「日本文化私観」には何度も「真に美なる物」、「実質」が大事、「本当の物」、「真実の物」という言葉が出てきます。「健康」ともいわれる。その「本物」志向、「健康」志向というあたりもそうです。ニセ物も、不健康も、それなりに楽しいし、楽しめる。それが文化のふくらみというものなのではないか、私などにはそう思われたのです。

太宰治のばあいは、日本の社会がすべて戦争という異常事態のなかに入ると、かえって社会への反逆、自分へのうしろめたさ、というものがなくなって、安定した仕事をはじめられるようになります。それとは違うのですが、安吾のばあいも、戦争がはじまると、自分の禁欲的な非日常志向と社会の波長が重なるというか、そこに一致が生れて、戦時下、非日常の生活を、非常にカジュアルに、ヒッピー生活のように——ときには方丈記の鴨長明のようにも——過ごせるようになります。太宰や安吾のようなそもそも社会の常識からはずれた気分をもつ人たちに、戦争は、奇妙な働きかけ方をするのです。

それが安吾のばあいは、そのような共振をもともなう。

しかし、そのことの先で、戦争が終わると、今度は多くの文学者が、戦前、戦時期と戦後のあいだに、なんらかの意味での「屈折」ないし「逆接」の関係——「しかし」とか「にもかかわらず」を経由する関係——をもち、戦前のあり方からの〝転向ないし非転向のいずれか〟を余儀なくされたと見えるところ、安吾には、そのいずれもが見出されない。つまり安吾に、このような戦争との出会い、戦後との出会いに際し、なんらの「屈折」ないし「逆接」も見出されない、というところに、私は、『敗戦後論』を書いたとき、大きく躓いたのでした。

私の考えでは、もともと左翼の出身者たち、ないしリベラル派の出自をもつ文学者たちが、戦時下は、逼迫し、身をかがめ、戦後、軍国主義の終わりによって堰を切るように文学活動をはじめる、というのが「戦後文学」の基軸です。

それにうまくなじまない文学者たちが、無頼派という意味のはっきりしない流派にひとくくりにされたのですが、その「戦後文学」派との違いは、戦時下に「抵抗」ないし「抵抗」的な意思をもってすごしたか否か、ということでした。

無頼派の彼らは、軍国主義にむろん、迎合などしなかった、志賀直哉などの旧文学の主流派たちとは違う。むしろ反発しています。また、戦後に現れ、若者の圧倒的な支持に迎えられた新文学であることは間違いない。しかし、左翼性からは切り離されている、戦後文学派ではない、という点で、戦後すぐに文学シーンの最前線に現れた太宰治(一九〇九–四八年)、織田作之助(一九一三–四七年)、坂口安吾などの少数派の文学者たちが、当時、同様に分類不可だった石川淳(一八九九–一九八七年)や伊藤整(一九〇五–六九年)などとともに「無頼派」ないし「戯作派」に分類されたのですが、なかで、坂口は、一方で小林秀雄(一九〇二―八三年)が戦後、「オレは反省しない」といい、同じ無頼派の太宰ですら、占領軍忌避の気分を示すなか(「冬の花火」一九四七年)、戦前、戦時下、戦後と、いずれのばあいもさしたる「屈折」も「逆接」も経由せずに通過したと見える。その点、例外的な文学者と見える。しかし、そこがかえって私には、不審のもとで、少し物足りなかったのです。

安吾は一九〇六年に生まれています。これは、一九〇二年生まれの小林秀雄、中野重治(―七九年)と一九〇九年生まれの太宰治、大岡昇平(―八八年)、埴谷雄高(―九七年)のちょうど中間にあたります。一九〇五年生まれの伊藤整、一九〇七年生まれの中原中也(―三七年)とほぼ同年です。

このうち、小林は、右のように、戦争に迎合はしなかったが、それを自分なりに受けとめ、戦後には、「オレは反省しない、頭のよい連中は勝手に反省すればいいじゃないか」と述べました(座談会「コメディ・リテレール」『近代文学』一九四六年)。一方、中野重治は戦前、転向し、戦争中、執筆禁止に苦しみ、戦後、再び文学活動をはじめます。また、伊藤整は、戦前はジョイスの翻訳者と知られる欧米派でしたが、開戦時に突如、欧米への呪詛を吐露して右旋回し(「わが知識階級――この感動萎えざらんが為に」一九四一年)、戦後はそのことを恥じ、鳴海仙吉ものなどを書いて、戦後のある時期まで「戯作派」に分類されています。三者三様に、戦前と戦中、そして戦後はそのままにはつながらない、「屈折」と「逆接」の関係を含んでいます。

同じ無頼派の太宰も、戦争が終わったとき、先の占領軍忌避の気分の吐露のほかにも、戦時下の若い人たち――そのうちの一人は戦争で死にました、それを彼はアッツ島で玉砕した若い友人との挿話をもとに「散華」(一九四四年)という短編に書いています――、また最初の内縁の妻――太宰に捨てられた後、最後、中国に流れ、たぶん従軍慰安婦の一人として客死しています――とのコミットメントに端を発した「うしろめたさ」を抱えていました。それが敗戦直後の屈折した態度に反映しています。やがて太宰は、その負荷に耐えきれず、それが大きな引き金になって一九四八年、心中自殺をとげます。はるかに若い三島由紀夫も、二〇歳のときに召集令状を受けた際に検査を逃れたことの「うしろめたさ」に後年、せき立てられるようになり、その後、一九七〇年に自決しています。彼らにおいても戦前と戦後は多かれ少なかれ、「屈折」と「逆接」でつながっている。しかし、安吾には、その「逆接」がない。「うしろめたさ」もないのです。

というのも、前述の寄稿文章（前掲「安吾と戦後」）に書いたように、「日本文化私観」（一九四二年二月）が開戦を受けて書かれたエッセイの最初のものだったとすれば、真珠湾の特殊潜航艇の「軍神」たちに呼びかける「真珠」（一九四二年六月）が、彼の開戦のおりの感慨を記す最初の小説なのですが、そこに彼は、小田原近辺でののんだくれた行状をしるした後、――このようなこれまでと変わらない書き方をしている点で、これは当時の文学者の対応としては異例だったとはいうものの――、しかし、作中、開戦のニュースを聞き、「涙が流れた。言葉のいらない時が来た。必要ならば、僕の命も捧げねばならぬ」と書いています。

このくだりは、私には、小林秀雄が、その五年前、一九三七年に書いた「戦争について」というエッセイのなかでの、

「戦争に対する文学者としての覚悟を、或る雑誌から問はれた。僕には戦争に対する文学者の覚悟といふ様な特別な覚悟を考へることが出来ない。銃を取らねばならぬ時が来たら、喜んで国の為に死

ぬであらう」

を思い出させます。

小林のばあいは、彼とてその後、国家に対し、迎合的な態度を取ったわけではないのですが、このときの発言の場所から動かず、戦後の左翼全盛の戦後文学派の登場を前に、先にいったように、「僕は反省などしない」という対応を示しています。しかし、安吾には、なぜか前言へのこだわりがない。したがってこの種の、戦後文学派に対する反発というものもない。この小林の反発と似た対応が、太宰によっても示され、太宰は、こうした戦後的なリベラルな思想が米軍占領下の社会に迎合的であることに対し、これを新しい「サロン思想」と呼び、リベルタンはいまこそ、「天皇陛下万歳」というべきだ、などと書くのですが(『パンドラの匣』一九四六年)、安吾にはこうした戦後派への悪たれ口すらも、まったくないのです。

こういう文学者の戦争通過の例を、私はほかに知りません(同じく一時無頼派にカテゴライズされた石川淳は、安吾同様、戦後文学とニュートラルな関係を保ちます。しかし彼は、「僕の命も捧げる」とは書かない小説家でした)。

むろん、このことに対する説明は一部、可能です。というのも、戦時下にあって、安吾は、平野謙(一九〇七―七八年)などの左翼性をひめた文学者たちと同じ交遊圏にあり、しかも、小林とはフランス文学など外国文学への広い見識を共有する高度なインテリ性をも共有しているという位置にありました。

また、安吾が、「言葉のいらない時が来た。必要ならば、僕の命も捧げねばならぬ」と書きつつ、同時に、のんだくれた行状を記すという書き方をしている背景に、国家主義的な軍国主義社会日本へのさめた距離意識をもっていたことは、このとき、一九四二年の前半、日本の切支丹の反逆である島原の乱をもとに「天草四郎」について書こうとして、だいぶ深い準備をしたことのうちによく示されています。そしてそれが、同時代の日本社会の国家主義への批判、反発に立つものでもあったことは、戦後、占領下の社会のもとでは、天草四郎について書くことはむしろ迎合になってしまうと思ったので、やめた、と書いていることから明らかです。

ですから、彼は、戦時下、一方で、「僕の命も捧げる」と書きながら、他方、国家主義はいやだとも思っていたのです。戦争中もフランスのモラリストふうの反体制感覚を保持し、戦後、左翼的な戦後文学派との間に距離感を生じなかった。そのため、その戦争へのコミットの言葉も、戦後、彼になんら、「うしろめたさ」の感慨を生じさせなかったと見られるのですが、しかし人間とはそのようなものなのか。私の不審は消えないで、残ったのです。

（2）動きの早さ

また、これに重ねて、戦後の反応の素早さ、動きすぎ、ということがある。

戦後ほどなく、安吾は、一九四六年の四月に「堕落論」を発表し、一世を風靡します。そこには、「戦争は終った。特攻隊の勇士はすでに闇屋となり、未亡人はすでに新たな面影によって胸をふくらませている」、「人間は堕落する」、しかし「堕ちる道を堕ちきることによって、自分自身を発見し、救わなければならない」と書かれます。

戦争がはじまると、最初に書かれるのが「日本文化私観」「真珠」だとすると、それが終わるや、ほどなく最初に書かれるのが「堕落論」なのです。

しかし、これだけの歴史の急展開に耐える思想、精神とは、どのような作りなのか。

たとえば、吉本隆明(一九二四―二〇一二年)は、皇国少年として戦時下にあって、高村光太郎(一八八三―一九五六年)を信奉し続けます。しかし、その高村が、戦争が終わったあと、八月一六日に「一億の号泣」という詩を書き、まもなくそれが新聞に発表されたのを読んだときに、はじめて高村光太郎に「違和感」をもったというのです。

高村は、戦争開戦を知り、自分のなかに「天皇危うし」の一語を聞いて、態度が決まったと書きます。そして戦時中は、代表的な軍国主義下での国民詩人でした。しかし、終戦の玉音放送を聞くと、以下、後段のみ引用すると、

玉音の低きとどろきに五体をうたる。
五体わななきてとどめあへず。
玉音ひびき終わりて又音なし。
この時無声の号泣国土に起り、
普天の一億ひとしく
宸極に向つてひれ伏せるを知る
微臣恐惶殆ど失語す。

ただ目を凝らしてこの事実に直接し、
苟も寸毫の曖昧模糊をゆるさざらん。
鋼鉄の武器を失へる時
精神の武器おのづから強からんとす。
真と美と至らざるなき我等が未来の文化こそ
必ずこの号泣を母胎としてその形相を孕まん。

（「一億の号泣」）

と書く。

このうち、最後の四行「鋼鉄の武器を失へる時／精神の武器おのづから強からんとす。／真と美と至らざるなき我等が未来の文化こそ／必ずこの号泣を母胎としてその形相を孕まん。」の部分に、「なぜこんなに早く立ち直れるのか」という疑念をおぼえたというのです。

高村は、この後、こういう自らを恥じ、岩手県中の山間の小屋にこもり、「暗愚小伝」という反省の文章を残し、自分に鞭打つような生活のもと、七年間独居自炊の生活を送り、一九五六年、――これは安吾の死の翌年ですが――死去しています。

安吾には、何かが欠けているのではないか。私は、ためらい、口ごもり、というようなものが彼にはなさすぎる。そこがつまらない、と思ったのです。

（3）思想的類型の強さとそのオールマイティ性

また、こういうこともあります。

「堕落論」の「堕ちよ、堕ちよ」――「堕ちる道を堕ちきることによって、自分自身を発見し、救わなければならない」、つまり堕ちきったあとにこそ、再出発の足場が見つかる、というメッセージは、当時の多くの日本人の琴線にふれ、多くの若い人間を救いました。しかし、この主張にも、かすかに、吉本が高村に感じたのと似た不審の念を、私は覚えるのです。

私が、これを評して、反応が早すぎる、ということのほかに、ここには「日本人好みのもの」がある、と寄稿の文に書いたのは、これが日本人に通有の一つの精神類型となっていると感じるからです。たとえば、一九六四年に吉本隆明は、非転向組の共産主義者たちにとっては米軍が一瞬なりと、解放者に思えたということを自分は否定しようと思わないと書いて国際主義的な考えを提示した鶴見俊輔に対し、こう反駁しました（「日本のナショナリズム」一九六四年）。自分には鶴見ほど世界が見えているとは思わない。しかし、自分であれば、その国際主義とは逆に、「井の中の蛙は、井の外に虚像をもつかぎりは、井の中にあるが、井の外に虚像をもたなければ、井の中にあること自体が、井の外とつながっている」という考えに立ちたい。ところで、これも、外へという志向を捨てきってはじめて、その「井の中の孤立」の果てに外とつながる足場が見つかるという考え方で、「堕落論」の思考傾向と同型です。

また、村上春樹（一九四九－　）は、一九九六年、自分の社会へのコミットメントのあり方について説明しながら、「コミットメントというのは何かというと、人と人との関わりあいだと思うのだけれど、これまでにあるような、「あなたの言っていることはわかるわかる、じゃ、手をつなごう」というのではなくて、「井戸」を掘って掘って掘っていくと、そこでまったくつながるはずのない壁を越えてつながる、というコミットメントのありように、僕は非常に惹かれたのだと思うのです」と述べています（『村上春樹、河合隼雄に会いにいく』）。これも、「自分の中の井戸を掘って掘って掘って」どこまでもいくと、広い地下水の層にぶつかり、「そこでまったくつながるはずの壁を越えて、広く他者とつながる回路が開ける」という「堕ちよ、堕ちよ」の『堕落論』と同じタイプの考え方といえるかと思います。

これについて、一度、考えたことがありますが、こうした思考傾向を純化したものに、大正時代の医学者森田正馬が創始した森田療法というものがあります。そこでは、精神疾患をなおそうと思うな、どこまでもそれに「負けて」病いに寄り添え、その戦おうという自力が弱まっていけば、その果てに、そこからの自ずからの回復の機が訪れる、と説かれます。安吾の「堕ちろ、堕ちろ」は、この類型にぴったりと収まるのです。

これらの考え方には、私も惹かれる。そうした心的傾向を共有しているといってよいのですが、しかし、それは、このとき、オールマイティの論理すぎて、もはや論理性をもたない心的類型ともいうべきものの提示となっているのではないか、という気がしないでもない。

「日本文化私観」の必要なら、法隆寺を駐車場にせよ、にしても、この「堕落論」にしても、安吾は、ぴたりというタイミングで、オールマイティの論理を展開している。しかし、ちょっとはまりすぎではないか、無敵すぎるのではないか、という気がしたのです。

4　安吾巷談体の発明

しかし、その屈折のなさ、乗換駅のなさ、「順接」の先で、実は、誰よりもテンポを遅らせて、安吾は、一九四九年くらいから五〇年にかけて、——時期はずれに——彼自身の「屈折」ないし「逆接」の契機にぶつかっているのではないか。その戦後のプロセスにこそ、見えにくいながら、安吾の思想の行程が辿られるのではないか。今回、戦後の安吾の足取りを追っているうち、徐々に、私の前にそういう視界がひらけてきました。

今回のこのお話が、私にとっては「安吾復興」のようなきっかけとなるかもしれないと書いた所以です。

どういうことか。まず、年譜をみると、一九四八年六月、太宰が死にます。七月、彼は太宰の死について「不良少年とキリスト」と題する文章を発表しますが、年譜によれば、「八月頃から多量の覚醒剤と催眠剤を用いるようになり、一〇月頃から薬物中毒の症状が悪化」(『日本文化私観　坂口安吾エッセイ選』講談社文芸文庫、年譜)。その後、一年余にわたる激烈な危機的時期に突入していくのです。

すなわち、彼はこの年の暮れ、京都に行き、病気に倒れ、一週間ほどして帰京していますが、これに続けて、睡眠薬中毒の症状が嵩じて「幻覚と幻聴」に悩まされ、翌一九四九年二月、東大神経科に入院、四月に退院し、八月に伊東に滞在。同一二月、その伊東に移転しますが、翌五〇年一月から編集者池島信平の助言もあり『文藝春秋』で連載をはじめる、それまでの一年間、おおきく見れば、生

その指標の一つは、繰り返すと、文体です。新しいエッセイの文体の創造。それをここでは後の「昭和軽薄体」にちなみ、「安吾巷談体」と呼んでおきます。

それが同時代ばかりでなく、いまなおしっかりと受けとられていないことは、驚くべきことといってよいでしょう。ここにもってきたのは、文庫版『坂口安吾全集』の第一五巻と第一六巻です。

安吾全集の構成は、こうなっています。

第一四巻が、日本文化私観から堕落論までを含む戦前と戦後のうち一九四五年から四六年のエッセイを収めるのに続き、

第一五巻が、安吾が「戦後のオピニオン・リーダーとして活動をはじめた」一九四七年一月から五一年六月までのエッセイ九六編、

第一六巻が、安吾が「権力に対して批判を展開していった」一九五一年一月から五五年四月までの五四編、を収録しています。

右の「大きく死ぬ」文学から「ちっぽけに生きる」文学への移行の時期を、一九四九－五〇年に定め、その以前と以後を一九四五－四九年、一九五〇－五五年というように大雑把にわけ、これを戦後1、戦後2と呼んでみます。すると、この第一五巻には、戦後1の時期のエッセイが主に収められていることになりますが、内訳は、生前『欲望について』『教祖の文学』『不良少年とキリスト』ほかに収録され、刊行された主要なエッセイ五六編と、生前未刊行エッセイ四〇編とからなっており、そのエッセイの重要性が時の出版界にも認識されていたことがわかります。

しかし、第一六巻のほうには、戦後2の時期に書かれたエッセイ五四編が収録されているうち、そ

のすべてが――この時期の主要なエッセイが後に述べる連載ものを主体にするようになるということがあるにせよ、それ以外のもののすべてが――生前未刊行なのです。

このうち、第一五巻収録のエッセイと、第一六巻収録のエッセイを見ると、こんな違いがあります。たとえば、第一五巻「俗物性と作家」（一九四七年五月）と、第一六巻「安吾愛妻物語」（一九五一年一二月）。

読んでみるとわかりますが、第一五巻のエッセイはまだかなり「きまじめ」、これが第一六巻になると、だいぶ「くだけた」文体になっています。

しかし、このだいぶくだけた新しいエッセイの文体は、どこからくるのか。そう考え、その源流をたどると、安吾は、これを、あの一九四九年の危機を通過して、新しく工夫し、ようやく五〇年以後、自家薬籠中のものとし、自在に使いこなせるようになっている。そういう感想が訪れます。それについて、彼自身は、五一年六月、こうのべています。

先日も小原壮助先生に、安吾の文章は講談の弟子だというオホメのお言葉にあずかった。しかし、それは壮助先生の観察の心眼の鋭いせいではない。当たり前の話ですよ。講談というものを知っている人がよめば、一目で分る筈のものです。私自身が講談落語の話術を大そうとりいれました、ということを何度も書いているのですよ。彼らの話術は大したものです。見習うべきことがタクサンあるのですよ。

（「戦後文章論」）

ここにいう「小原壮助」というのは当時の名物匿名批評欄、東京新聞の「大波小波」欄の匿名批評家五名ほどが、すべてこの名を名乗って書いていたのを受けています。花田清輝（一九〇九－七四年）、伊藤整といった強者が、こうして書いていた、文学隆盛の時代の象徴でもありました。で、この欄がしばしば安吾を揶揄した。これもその一つなのです。

しかし、この「文体の更新」、これは、そんな簡単なものではないのだぞ、とこの「戦後文章論」のなかで、安吾はいっているのです。

実際、これは、当時、具眼の士にははっきりと見えていたことのようです。全集第一七巻の解題で、関井光男は、特に「巷談のスタイル」と題して、この発明が、フランス文学との衝突をへたもので、安吾がこれを勝海舟の「座談」と講談とから創出したものだと、安吾自身の文章（「講談先生」）をもとに述べています。また、先に河上徹太郎が「「安吾巷談」のスタイル」というエッセイで、それを安吾の「第二の脱皮」と呼んでいる、そう指摘しています。というより何より、安吾自身が自らの文章（同前）でそう、詳しく書いているのです。

しかし、その意味はどこにあったか。安吾が一見剛胆で大雑把にみえつつ、いかに純粋思考をひめた洋学派の神経質でシャイな文章家であったかは、ここにおられる人ならみなご存じでしょう。そういう文学者にとっては、「死なない」ためには「死なない」文体を手にする必要があります。安吾のように文章に心血を注いできた文学者にとって、それはある意味で死活の問題だったでしょう。

そしてここに手に入れられた文体こそ、彼が死なずにすんだ最大の理由で、「安吾巷談体」と先に名づけたものです。くだけた文、と同時に硬質でもありうる文体で、いまであれば、たとえば、生物学者の池田清彦(一九四七—)がエッセイで駆使しているのが、それに近い素材感をもっています。ソシュールだとか、現代のネオ進化論などの高度な思想、科学の話のなかに、急に、「そうだよね」「いえいえ私は別にそう考えさせたいわけではありませんよ」などという口語体がまじる。出自は巷談、そして落語。むろん偶然のことではなく、池田も、きわめて文学に造詣の深い、繊細な文章家です。

そういう文体の発見が死活に関わるという例は、文学ではよくあることで、そう珍しくはありません。少し前の例からとると、椎名誠(一九四四—)の、「昭和軽薄体」というのがそうでした。椎名ももとは純文学志向の神経質な文学青年です。そしてこれに続いたのが、南伸坊(一九四七—)、糸井重里(一九四八—)ですが、両者ともにたいへんにクレバーな知性の持ち主です。この後にやってきた最近の例でいえば、内田樹(一九五〇—)のウェブモニターで伝達されるのに合わせて調律《チューン》・調音《ナップ》した「おじさん的思考」の文体も、そうでしょう。内田のばあいには、独自のコラムニストの文体を発見することで、はじめて新しい生き方、思想、その作法が、作りだされる、ということが起こっています。文体の発見、創出、そちらが先なのです。そういう新しい思想を盛るための新しい文体の、戦後初期の創生期の先駆例が、この安吾巷談体の創造だったのだと私は思うのです。

例をあげましょう。

覚醒剤地獄からの復活のきっかけとなった『文藝春秋』への「安吾巷談」の連載、一九五〇年一月のその第一回目は、こうです。

伊豆の伊東にヒロポン屋というものが存在している。旅館の番頭にさそわれてヤキトリ屋に一パイのみに行って、元ダンサーという女中を相手にのんでいると、まッ黒いフロシキ包み（一尺四方くらい）を背負ってはいってきた二十五六の青年がある。女中とついと立って何か話していたが、二人でトントン二階へあがっていった。

三分ぐらいで降りて戻ってきたが、男が立ち去ると、

「あの人、ヒロポン売る人よ。一箱百円よ。原価六十何円かだから、そんなに高くないでしょ」

という。東京では、百二十円から、百四十円だそうである。


タイトルは「安吾巷談」第一回目、「麻薬・自殺・宗教」で、ちょうど執筆の直前に自殺した田中英光の薬物中毒の話、また自分の覚醒剤、睡眠薬中毒とそこからの回復にいたる話が、何のてらいもなく、おだやかな文体で書かれています。文体として特徴があるわけではない。しかし、書かれている話の「暗さ」「思い詰め」ぶりとそれを述べている文体の「明るさ」「おだやかさ」の対照が木漏れ日のゆらめきのように印象的です。

しかし、この一年間の連載の好評に続く、翌五一年一月にはじまる「安吾新日本地理」となると、第一回目から、新しいテーストが加わるようになります。これは冒頭、「ノースウエスト航空会社のDC四型」に試乗したという話からはじまり、内容的にも、紀行文というよりは早くもルポルタージュふうなのですが、それがこんな文体を乗り物に語られるのです。硬軟自在。よろけ足ながら、道を踏み外さない緻密さをもつ、安吾巷談体の登場、です。

さて元旦九時半に出動する。このとき呆れたことには、元旦午前というものは、大東京に殆ど人影がないのだね。時々都内電車だけが仕方がねえやというようにゴットンゴットン走っているだけだ。さすがに犬は歩いているよ。後楽園の競輪場も野球場も人がいないし、省線電車の出入口にも人の動きが見当らないという深夜のような白昼風景。ところが、ですよ。（中略）驚くべし。東京駅と二重橋の間だけは、続々とつづく黒蟻のような人間の波がゴッタ返しているのです。これを民草というのだそうだが、うまいことを云うものだ。まったく草だ。踏んでも、つかみとっても枯れることのない雑草のエネルギーを感じた。

タイトルは「安吾・伊勢神宮にゆく」。話はここから一転、伊勢に飛び、伊勢神話の猿田彦から御木本の真珠、松阪牛、和田金の牛肉に及びます。この書き手が、五年前、「堕ちよ、堕ちよ」と書き、さらに四年前、「日本文化私観」「真珠」を書いていることを、ここで思い出すことは無駄ではないでしょう。つまり、この変化をそのまま未来に延長すれば、焦点を結ぶのは開高健（一九三〇―八九年）の東京オリンピックをめぐるルポルタージュ、『ずばり東京』（一九六四年）といったところ。「真珠」から『ずばり東京』への「屈折点」が一九四九年の安吾の死の淵をさまよう覚醒剤・睡眠薬地獄の経験なのです。

一転して、翌五二年一月の「安吾史譚」第一回目は、こうなっています。タイトルは「天草四郎」。彼は島原の乱の跡地を訪れます。戦時下にも、これに取材した小説を書こうと、一度訪れたことのある土地です。

天草四郎という美少年は実在した人物には相違ないが、確実な史料から彼の人物を知ることはほとんどできない。

天草島原の乱のテンマツ自体が、パジェスの記事や、海上から原城を砲撃したオランダの船長の書いたものなどで日本の史料を補っているような有様であるが、史料の筆者たる日本人も外国人も、一般に内部のことには知識がなく、(中略)間接的な風聞を書き留めている程度にすぎない。

籠城の一揆軍は全滅したと伝えられ、生き残りは油絵師の山田右衛門作ぐらいに考えられているが、だんだんそうではないことが分ってきたようだ。

文章は落ち着いている。ふつうです。もっとも、この連載は「飛鳥の幻」と題する蘇我入鹿天皇説など異色あるものを多く含み、文体的にも、勝海舟の鉄道敷設の建白書にふれ、「卓見ですね。当時六十五のオジイサンの説である」とあるなど、巷談体は健在です。おまけに私のもっている文庫版の『安吾史譚』の付録には彼が一九四三年に書いた「講談先生」なる文章が付されていますが、それを読めば、彼が「講談」の文体、「講談の技法を小説にとりいれたら、と考えた」のは「十年ぐらい前」、つまり小説修業をはじめた一九三〇年代のことで、フランス文学、特にスタンダールの小説に、講談に似た性格を認めたことがきっかけだったといっている。それが、ここに来て、エッセイの文体として「死なない」文体へと結実し、彼を死から救っているのです。

そして一九五五年の「安吾新日本風土記」。これは彼の急逝で二回目までの連載で中断するのですが、その第一回目は、「高千穂に冬雨ふれり」。奇しくも、五年前の『安吾新日本地理』第一回目の冒頭に語られるノースウエスト航空の試験飛行搭乗記に重なる話ですが、語る文体には、えもいわれぬ幸福感が漂っています。

私たちが羽田をたつ日、東京は濃霧であった。私が東京で経験した最も深い霧。半マイルの視界がないと飛行機の離着陸ができないそうで、八時にでるはずの福岡直行便が十二時ちかくようやく飛びたった。しかし乗客一同出発をうながしたり怒ったりする者が一人もいなかったのはイノチの問題だからやむをえない。むろん私も怒らない。待合室で待っていられる私たちはむしろ幸福なのだ。（中略）私はこのＤＣ６型という飛行機で東京上空を旋回し、たった十分間で乗客全員がのびた経験があるのだ。半数以上ゲロをはいたものだった。

この幸福感をたたえた文体にいたるまで、文体の革新のためのじつに長い、起伏激しい、大きな企て、心と頭脳の運動があったことがわかります。

いま、私が編集者なら、この戦後第二期の時期のエッセイを『坂口安吾戦後未刊行エッセイ集』として、刊行してみたい誘惑にかられますね。

（2）新しいジャーナリズムの取材スタイル（ルポルタージュ）

時間が押してきたので、この後は早足で行きますが、もう一つは、先に少しだけふれた、いまならルポルタージュとでもいうべき、新しいジャーナリズム、仕事のスタイルの創始という側面です。

先に紹介したように、一九五〇年から、巷談（『文藝春秋』）、新日本地理（『文藝春秋』）、史譚（『オール讀物』）、新日本風土記（『中央公論』）とカテゴリーをずらしながら、『文藝春秋』『オール讀物』『中央公論』という当時の第一線の主要な総合雑誌で続いたエッセイは、これらの雑誌の看板企画ともなり、いまでいうなら現地取材のルポルタージュというジャンルが、この安吾のエッセイをきっかけに大きく日本のメディアに前景化、流布するようになります。それまでは、随筆であり、紀行文であったものが、現実の政治、社会、経済に相渉る硬質な批評的エッセイへと拡張されるのです。この延長に、開高健の一九六〇年代前半の『ずばり東京』（オリンピックを迎える東京の変貌を取材）、そこから続く『ベトナム戦記』（ベトナム戦争のルポ、一九六五年）、また、『オーパ！』（世界奇魚大魚の釣り紀行、一九七八年）がやってきますし、また変則的ながら、小田実（一九三二―二〇〇七年）の無銭旅行の世界見聞記である『何でも見てやろう』（一九六一年）、さらに椎名誠『哀愁の町に霧が降るのだ』（一九八一―八二年）、『インドでわしも考えた』（一九八四年）、『岳物語』（一九八五年）など多様なほぼ同時代のエッセイ、また沢木耕太郎（一九四七― ）の『深夜特急』（一九八六―九二年）など、刷新されたノンフィクション、ルポルタージュへとつながる「思考」と「文体」が、この一九五〇年代前半の安吾の「死なない」選択から生まれています。

文学者としても、その後の、開高健、小田実、椎名誠と続く系譜の戦後の源流に、安吾が位置していることに、私たちは気づかされるのです。

（3）古代史への視線

そしてもう一つ、逸することができないのが、この文体とルポルタージュという自在な新機軸のジャーナリズム的手法を駆使して追求されることになる日本の古代史の見直しがもつ意味です。

私は、一九八八年に「「日本人」の成立」という論考を書いています。これまで多くの人が「日本人」はどこから来たか、「日本人」とは何か、と問うてきたが、このそもそもの「日本人」という概念、容れ物自体は、いつ、どのように形成されてきたのか、それが「日本人」とは何か、という問いの最初の実質とならなければならないのではないか、と考え、その「日本人」概念の形成の過程を問おうとしたものです（『国際学研究』第二号、一九八八年〔『可能性としての戦後以後』岩波書店、一九九九年〕）。

その着眼のきっかけとなったのは、明治初期における「歴史」と「地理」の視覚の更新という現象の発見でした。日清戦争が起こる一八九四年、志賀重昂の『日本風景論』が刊行されるや、ベストセラーになります。そこには地図が出ていますが、わずか二七年前まで、このような日本をネーションとしてみる「視点」は日本の一般市民にはなかった。そのため、日本を、これまでとまったく違う高みから、地理的に見るという視覚が、読者をその視点の新鮮さで撲ったのでした。また、山はそれまで、信仰の対象でした。それが西欧人の目にさらされ、新たに登山の対象となります。そして、崇高という美的概念の対象となります。風景というものが、いわば新しい視覚の初産として、知的な消費の対象となってくるのです。

私は、このベストセラー現象と戦後の「ディスカバー・ジャパン」キャンペーンとを重ねて、風景論として論じたのですが（『日本風景論』）、それは、明治期、歴史にも生じていました。

すなわち、一八九一―九二年、竹越與三郎の『新日本史』、一八九六年には同じ竹越の『二千五百年史』が世に出てやはりベストセラーとなっています。二七〇〇年近く続いた徳川時代のあと、徳川氏、豊臣氏、足利氏、鎌倉、平安、奈良時代とこれを高みから客観的に辿る歴史意識は、当時の人々をめまいさせるほどの新鮮さだったはずです。江戸時代にこんな「史観」を示したら、即刻打ち首だったでしょうから。

その結果、作られるのが、いわば明治の新製品としての皇国史観であり、新しい地理意識ですが、こうした歴史と地理の「意識更新」が日清戦争とほぼ時を同じくして起こってきたということは、当然のことでした。

安吾の歴史探訪、地理探訪は、これに対応する戦後の新しい視覚の創造にむけたチャレンジです。先の「「日本人」の成立」という論考に、在日韓国・朝鮮人の金達寿の歴史研究と並んで、私は安吾の「史譚」、「新日本地理」を取りあげています。それは、他に日本人の専門的な歴史家の著作のなかに、このような問題意識を抱えたものを見つけることがなかなかできなかったからです。こうした「天皇制」に基づく明治以来の近代的歴史観を、フィクションにすぎない、と見る新しい視覚をもっとも鮮明に戦後、さしだしたのが、安吾であり、金達寿でした。

(4) 行動性・思想性・文学性

最後は、その行動性、また思想性・文学性です。

行動性についていうと、国家との対決の姿勢。たった一人の反乱といえば、これ以上の例はないでしょう。よく知られている「破天荒な行動」で、税金については、「負ケラレマセン勝ツマデハ」(一九五一年六月)、伊東競輪不正については、「光を覆うものなし」(一九五一年一一月)に詳しい。一人で、国税局と数か月にわたって闘争、その後、競輪の不正では、国に対し、告訴までしています。

思想性、文学性ということでは、安吾の選択眼がいかにも特異です。彼は、戦前、中原中也に接し、戦時期、花田清輝を評価し、戦後、いち早く安岡章太郎(一九二〇—二〇一三年)の文体の新しさに着目しています。また、一貫してフランス文学に鋭敏な嗅覚を持ち続け、戦後も翻訳が出てすぐジャン・ジュネの『泥棒日記』のすごさに気づき、激賞しています。

また、ここでは多くを述べませんが、戦後2の時期以降、特に推理小説、捕物帖などにも執筆の範囲を広めています。そして、この領域でも、安吾がいわゆる通俗小説に自分の執筆対象が広がることを、「お金儲け」「生活のため」などと考えなかったことは当然として、これを文学者としての「退行」あるいは「拡散」だとはけっして考えなかったことが、ここで重要でしょう。

戦時下、大政翼賛会に入らなかった主要文学者は、『大菩薩峠』の中里介山(一八八五—一九四四年)、永井荷風(一八七九—一九五九年)の二人です。二人の共通点は、私の見るところ、書くものが通俗小説となること、また、そう見られることの双方を、何ら恐れなかったことです。永井荷風の『濹東綺譚』には明らかにそのような通俗への特異なまなざしが認められます。中里介山の『大菩薩峠』には世の純文学の色を失わせるスケールの大きさ、メッセージの深さと晦冥さがあります。純文学者たちは、みんな国家の統制には弱く、すぐにそのネットワークに引っかかり、一網打尽になってしまう。そこから逸脱する通俗的な広がりのなかにある実存性ともいうべきものに、この戦後の安吾の動きも、連なるものでした。

このような作家が、このとき、他に戦後文学者にもいたか、と考える必要があります。先に述べたように、その一息先に、開高健、小田実、椎名誠が来ようとしていました。安吾が彼らをただちに、認めただろうことを私は疑いません。さらに、その先には、警視庁草紙など明治ものと「戦中派不戦日記」の山田風太郎（一九二二－二〇〇一年）などが連なるでしょう。

終わりに——『太宰と井伏』と坂口安吾

このように考えてきて、この講演を準備していたら、最後の最後に、不思議なことが起こりました。この安吾が、太宰治と井伏鱒二をめぐる、私の関心のなかのミッシング・リンクをつなぐ、貴重な文学者なのかもしれないという思いが浮かんできたのです。

これはいまのところ、一つの予感にすぎませんが、これを述べて、この話を終わりにします。

二〇〇七年に私は『太宰と井伏』という本を出しています。そこには、帯文に太宰に向けた言葉として、「なぜ、戦後を生きられなかったの？」とありますが、これは私が書きました。裏には、あとがきからの引用として、こうあります。

筆者は、だらしない人間として、この本を書いた。（中略）

この本が考えているのは、太宰治という大人になった小説家が、なぜその後も、戦後になり、再び死ぬところまで追いつめられなければならなかったのかということである。

『敗戦後論』というものを書いたあと、私は太宰、三島由紀夫(一九二五―七〇年)について書いてきたのですが、何度か書いているうち、太宰も、三島も死んだ。そういう小説家について、いつまでも生き続けている自分が書いているというのは、少しヘンだ、と思うようになりました。彼らは、ものを考え、書いて、死んでいったのですが、私はそうではなく、ものを考えつつ、のうのうと生きているからです。

ずうっと昔になりますが、若い小説家としての村上龍(一九五二―)が、あるインタビューに答え、最後に主人公が死ぬ小説というのは、書くのが簡単だ。でも、どんなことがあっても最後に主人公が「死なない」、そういう小説を自分は書いていきたいと思う、と述べているのを目にしました。そしてそのことばが心に残りました。そのとき、この小説家は、よくわかっている、と感じいったのです。思想というものも同じです。最後まで「死なない」、そこではじめて生き方は、思想になるのではないか。

そう思い、「のうのうと生きる」者として、なぜ真剣に生き、考え、書いた彼らが、このよごれきった戦後を「生きていけなかった」のか、と考えてみたのです。

太宰と井伏、というのは、私のなかでは、「生きていけない」思想と、「生きていく」思想という対比でもあります。

そこでの結論の一つが、この本では、太宰の生の経験には、いまのコトバでいえば、原子爆弾も従軍慰安婦も関与していた。しかし太宰の文学は、そこにふれることがなかった、という事実の発見という形をとっています。

太宰の生は、一九四五年八月の原爆投下に重なっているし、先に少しふれたように、彼の内縁の妻で最初の数年をともに生きた小山初代は、太宰の入院中、太宰の近親の信奉者の一人と不倫をし、衝撃を受けた太宰に「捨てられた」後、中国に流れ、率直にいえば、従軍慰安婦的な存在の一人として、青島で客死しています。ですから、太宰は、その人生において、いまでいえば、従軍慰安婦問題というような戦後的問題にも核心のところで、ふれているのです。

これに対し、死ぬときに、太宰に、遺書で「井伏さんは悪人です」と呪詛のコトバを浴びせられた井伏は、その後、生き続け、一九六六年に、『黒い雨』という自分の出身地に近い広島の原爆にふれた小説を書きます。太宰より年長の、まったく政治的な関心から遠いと思われた井伏が、原爆の問題を取りあげるのですが、そこに太宰への答えが書き込まれている、というのが私の考えです。『黒い雨』では名高い、主人公閑間重松が被爆直後の広島を彷徨うシーンで、こう思います。

僕は或る詩人の詩の句を思い出した。少年のころ雑誌か何かで見た詩ではないかと思う。

——おお蛆虫よ、我が友よ……

もう一つ、こんなのを思い出した。

——天よ、裂けよ。地は燃えよ。人は、死ね死ね。何という感激だ、何という壮観だ……

いまいましい言葉である。蛆虫が我が友だなんて、まるで人蠅が云うようなことを云っている。

馬鹿を云うにも程がある。八月六日の午前八時十五分、事実において天は裂け、地は燃え、人は死んだ。

「許せないぞ。何が壮観だ、何が我が友だ」（『黒い雨』）

そしてこの後に名高い次のくだりが続きます。

僕は、はっきり口に出して云った。

荷物を川のなかに放りこんでやろうかと思った。戦争はいやだ。勝敗はどちらでもいい。早く済みさえすればいい。いわゆる正義の戦争よりも不正義の平和の方がいい。（同前）

私の考えをいえば、この最初の「おお蛆虫よ、我が友よ……」は永井荷風のボードレール訳であり、次の「天よ、裂けよ。地は燃えよ。人は、死ね死ね。」は遠く、太宰の『斜陽』の「身を殺して霊魂をころし得ぬ者どもを懼るな、身と霊魂とをゲヘナにて滅し得る者をおそれよ。われ地に平和を投ぜんために来れりと思うな、平和にあらず、反って剣を投ぜん為に来れり」への反響を伴っています。これは、二〇年近くをへた遠くからの、井伏の太宰に向けられた答えなのです。

ところで、この井伏の「戦争はいやだ。勝敗はどちらでもいい。早く済みさえすればいい。いわゆる正義の戦争よりも不正義の平和の方がいい。」は、坂口の「もう軍備はいらない」（一九五二年）の次の言葉を私に連想させます。

戦争にも正義があるし、大義名分があるというようなことは大ウソである。戦争とは人を殺すだけのことでしかないのである。その人殺しは全然ムダで損だらけの手間にすぎない。

その安吾は、一九四七年一月の「戯作者文学論」ですでに「原子バクダン」に言及していますし、「戦争論」(一九四八年)にも、原子爆弾が出てきます。安吾は、無頼派といわれながら、一方で、戦争は人殺しにすぎない、という明確な戦争反対の立場を、戦後、その戦争体験の結果、自分のものとしていて、それは、自分は「生きる」思想を選ぶ、という戦後の態度決定と、無縁のものではありませんでした。

私は、『太宰と井伏』のなかで、戦後の太宰の文学と現代に生きる自分の距離、その二つをつなぐものは何なのか、という問題に出会っています。

そしてそこで、太宰における原子爆弾と従軍慰安婦という問題の存在と、それに彼の文学がふれえなかった事実——太宰が生きて、これらの問題とぶつかったら、どんな化学反応が起こっただろうか、という問いがあること——にゆきあたりました。しかし、その二つのあいだは、つながっていなかったのです。

そのミッシング・リンクを、安吾が埋めようとしている、というのが、今回、私に訪れた予感にほかなりません。

安吾は、太宰が死んだ後も、生き続けました。そして、太宰もぶつかった問題に、太宰とは違うふうに答えようとしたし、また、太宰がぶつからなかった問題にも、ぶつかり、それに太宰とは異なる答えを出したのだと思います。

彼が、出した答えは、「死なない」、そして「生きる」ということです。そのことに、理由など、いらない、と彼はいっているように思います。

亡くなるとき、実は、安吾は、新しい文学の可能性を体現していたのではないか。小田実の「難死」の思想(『難死の思想』一九六九年)が、私にとっては、今回の戦後をめぐる仕事(『戦後入門』二〇一五年)の大きな発見だったのですが、そのような戦後性の淵源をたどると、それは戦後文学に向かうと同時に、さらに深く、「実存派」の安吾に辿りつきます。

なぜ、安吾が、戦後文学者とは異なる文脈で、彼の戦争通過の先に、「もう軍備はいらない」「ちっぽけな斧」というようなエッセイを書いたのか。安吾の主張する再軍備反対の論なら、いまなお有効なのではないか、聞くに値するのではないか。ここには新しい戦後の可能性が口をあけているのではないか、などと考えさせられたのです。

本当は、このあたりをもっと踏み込んでお話しできればと思うのですが、今回は、ここまで。これくらいで、一応、とめておきたいと思います。

(二〇一五年一〇月一七日新潟国際情報大学中央キャンパスでの講演の予定稿。講演後、手を入れた。)

安吾と戦後〈付録〉

今年に入ってから少し前まで、ずうっと戦後のことを考え、一冊の本を書いてきた。それで、頭が「戦後漬け」になったということもあるが、坂口安吾にとって戦後とはどういう時代だったのだろう、彼はそれをどう意識していたのか、ということが知りたくなった。

これは単なる思いつきではない。私にとっては、安吾復興。安吾と「もう一度」向きあってみたいという気持ちになったのである。私は一度安吾を北一輝と田中角栄とともに「越」(向こう側)の国に生まれた破格の精神類型の一つとして論じたことがある(「新潟の三角形」)。そのときは安吾を高く評価した。しかしその後、『敗戦後論』というもので太宰治とともに戦時から戦後にかけての安吾を考えた際、「堕落論」で評判のよい安吾は、いかにも日本人好みではあるけれども、ちょっとどうか、という気持ちになった。

私の愛好先は「文学のふるさと」「続・戦争と一人の女」の安吾である。孤独な安吾のつぶやきが好きなのだが、彼の戦争前後の過ごし方は、部屋の外に風速四〇メートルの台風が吹くと、部屋のなかを風速五〇メートルにして「それに負けない」ようにするやり方であるように見えた。ラディカルだが同時に少しマッチョ? そこにやや二の足を踏んだのである。

たとえば日米開戦直後の「日本文化私観」。彼はそこで風速五〇メートルの「思い切った」ことをいっている。曰く、必要なら法隆寺をとりこわして駐車場をつくるがいい、曰く、真に必要なら真の美が生まれる。我々の文化は健康だ。でも、これなど、一歩間違うとファシズムと見分けがつかない。

また、たとえば真珠湾攻撃で死んだ九人の「軍神」にふれた「真珠」。彼はのんだくれて、しかし開戦のニュースを聞き、「涙が流れた。言葉のいらない時が来た。必要ならば、僕の命も捧げねばならぬ」と書く。

その彼が、戦争が終わると程なく「戦争は終った。特攻隊の勇士はすでに闇屋となり、未亡人はすでに新たな面影によって胸をふくらませている」、「人間は堕落する」、しかし「堕ちる道を堕ちきることによって、自分自身を発見し、救わなければならない」と書いて再び多くの人の心をつかむ(「堕落論」)。でもちょっと動きすぎ。かつ動きが速すぎはしないか。

とはいえ、戦後も七〇年を経過した。そしてその七〇年がほぼ対米従属のままに終始した。その果てにいまの安倍政権の暴走がある。そんな現実を前に、戦後の知識人たちの対応を調べていると、異分子が少ない。あまりに。小田実くらい。そこでもう一度、私の関心に安吾が浮上してきた。

たとえば彼は戦後、小林秀雄を批判し、かつその小林と対談し、意見を戦わせている。戦後派とも、保守派とも、自暴自棄派とも違う。これだけ硬質な批評性をもつ文学者が「無頼派」の顔をしている。そのことに、もう一度驚いてみるべきではないか、と思うようになった。

彼はたとえば日本の歴史と地理をまったく新しい視線で見ようとした。戦後の占領軍の農地改革や憲法制定についても独自の観点をもっていた。催眠薬と覚醒剤にまみれながら、国税庁と税金闘争を続けた。しかも、そのまま「玉砕」しようとはせずに、特に一子を授かったあとは、冷静に、長命を志して、さらに大きな仕事をしようとしていた。一九五五年、四九歳での脳出血での死は、そういう彼の、意に染まない死だったのだ。

アンゴはセンゴをどう見たか。歴史・地理、占領期、対米従属、国連、原爆、そして講和後の日本を。そんなことをいささか考えてみたいと思っている。

(新潟日報、二〇一五年一〇月九日)

3. いまはいない人たち

多田道太郎さんの仕事

その人が亡くなってから、その人の書いたものが、一度自分の視界から消え、そのあと、再び自分のなかでリヴァイバルしてくるということがある。

最近の私にとっては、多田道太郎さんとその著作が、そんな存在である。

多田さんとはカナダのモントリオールでお会いした。当時その地の大学の研究所にスタッフとして勤務していた私が、先にその地に来られた鶴見俊輔さんからの推薦をえて、お呼びしたのがきっかけである。多田さんはモントリオール大学で二学期にわたり、フランス語で日本の文化について講義をされた。

その後、先に帰り、日本で図書館に勤務しながら文芸評論などを書くようになっていた私を、明治学院大学の新設学部に教員として呼んで下さったのも、多田さんである。

多田さんは二〇〇七年に亡くなった。一九九四年に全六巻の著作集を出された際に、私は全巻を通して解説対談のお相手をした。その後も、書かれたうちの大半の著述に親しんできた。そんなこともあり、亡くなったあと、ひととき、私のなかで多田さんの著作を読む機会が、間遠になった。

一昨年には奥様が亡くなった。人権派の弁護士であった一人娘のお嬢さんは生前、過労で急逝している。葬儀のあと、生きていた多田さんとの関係がとだえた、と思ったら、だんだん、已れのものを見る見方、生き方、好みのうちに、この人との類似を感じる機会が多くなった。それが、類似でない。多田さんに深く影響されていたのだ、と思いあたると、久方の光が降りてくるように、そのことが、ありがたいこと、うれしいことに思われた。それは私にとって、多田さんの発見であると同時に、また自分の発見でもあった。

最近、多田道太郎研究の論考を発表している根津朝彦氏は、「意外なことに、多田を本格的に研究したものは皆無」だと、述べている。そしてその初の単行書で主著の一つとして知られる『複製芸術論』に収められた一六本の文章のうち、学術的な「注」のふされたものは三本しかないと、鋭い指摘を行っている。

私は、迂闊にもそのことに気づかなかった。多田さんの理想は、「物くさ太郎」であり、敗者の佇まいであり、零落した遊びの姿だった。敗戦直後には軍隊も脱走している。敗戦直後、というところがこの人らしい。

一言で、「反アカデミズム」、そして「リベラリズム」。その理想の追求が激しく、羞恥を含んだ「反骨」ぶりで徹底していたから、誰にもその未来性がわかりにくい。私の好きな『風俗学』も、『遊びと日本人』も、『物くさ太郎の空想力』も、目立たない形で刊行され、そしておだやかに文庫本となり、いまは絶版中である。

（『究』二〇一六年五月号）

ひとりぼっちのアメリカ——江藤淳『アメリカと私』

1

たとえば甘くておいしいトマトを得るには、水などはあまりあげずに思いっきり苛めるのがよいらしい。かんかん照り、痩せた土地のもとでトマトは周囲から多くを得られないことを知り、自ら自分に必要なものをため込もうとするからだと言う。たぶん人間でも同じだ。一九六二年、一本のトマトの木がアメリカに渡る。この本は、そんな感想を筆者に与える。

何年かぶりに本書を披いたが、やはり引き込まれた。外国滞在記の類はたくさんあるけれども、このアメリカ滞在記には、類書にない特色がある。それは、このとき著者がまだ結婚してから五年余、二九歳から三一歳にいたろうという若さ、しかも一家をなしつつある少壮の批評家であったという特殊事情とも関係している。しかし、一番の深い理由は、このトマトが、この肥沃な土地にやってくる前、十分に周囲に対する飢餓感と枯渇感を募らせていたということである。このトマトは、海を渡る前、すでに早熟な人間であるゆえの辛酸をなめた。最近目にした面白い本の名前を借りれば、アメリカに渡る前、すでに「号泣する準備はできていた」、のである。

ここにいるのは、これから自分を形成しようとする無名の留学生でもなければ、すでに内外で名声を獲得した学者でもない。彼は日本語の世界ではすでに『夏目漱石』という名著により若手批評家の第一人者としての地位を獲得し、いままた『小林秀雄』で定評ある文学賞を受賞しようとしている。その一方で、これから赴こうとしているアメリカでは、まったく無名、しかも、その地で身を置くことになる大学という場所では何の資格ももたない、一介の客員研究員という組織外の人間にすぎない。彼には、この特殊な閉鎖的社会のなかで、大学人の知友もそれほどはいない。学者としての訓練の有無と資格を重視する外国の大学人はふつう、このような人間を、自分の仲間としては受け容れてくれないものである。この年齢で、外国の大学に著者と同じステイタスで行く人間の多くは、たとえ外国の大学で教育を受けた経験がなくとも、日本では大学に籍があり、国際組織に連なる学会に属し、学者、教育者仲間としてのギルドに登録され、師友にめぐまれ、多くの場合、その師友の知己が新しい地で彼を庇護してくれるものなのだが、この本の著者は、いわば孤立したトマトの木として、徒手空拳、ひとりぼっち、ドン・キホーテさながら、この肥沃でかつ苛酷な土壌に立ち向かい、そこに根づこうとしなければならない。

プリンストン大学の敷地近くに居を定め、客員研究員としての生活をはじめてほどないころの記述で、著者は、奇しくも自分をカフカの『城』の主人公になぞらえ、こう書く。

そこには三千人余りの学生と千人余りの大学院生、それに研究職員を含めれば千三百人足らずの教職員がいて、朝の七時四十分から深夜の十二時にいたるまで、毎日忙しく何かをしている。しかし、私には、その何がどうつながっているのかが、どうしてもわからないのである。それだけではなく、そのつながりの内容をなしているらしい複雑かつ微妙な大学の階層秩序の端に、どうしても自分を結びつけられないのである。

しかし、カフカの測量師とは違い、彼は並々ならぬ努力のすえ、城の住人に自分を認めさせ、そこに場所を得、なかばその一員となることに成功する。その過程で、一連の自己発見を手にするが、それは、日本人としての自分、敗戦国の一員としての自分、また大学教師(大学人)としての自分を、異国の鏡のなかに見出すという経験である。自分にとってアメリカがどのような存在たりうるのか、というもう一つの自己の発見もそれにともなう。よくも悪くも、その戦いと経験がありのまま正直に書かれていることが、この本にいつまでも古びない、若々しく、荒々しく、原質的な輝きを与えている。

こう考えてくるとわかるけれども、ことによればこの「面白すぎる」著者の一九六二年から六四年にかけての米国滞在は、一九〇〇年から一九〇二年にかけてしるされた暗鬱な夏目漱石の英国滞在と、ある一点で共通している。夫婦での滞在と一人での滞在という違いこそあるけれども、いわば思想的に見られた「ひとりぼっち」の異国での徒手空拳の戦いが、ともに彼らを自己発見に赴かせていることがそれである。それは、大日本帝国という極東の新興国からロンドンという世界の中心地に来た留学生夏目漱石には「自己本位」というあり方を発見させるが、ほぼ六〇年後、日本という敗戦国からプリンストンという米国発祥に関わりの深い大学町に来た客員研究員の江藤淳には、日本人たる自分というアイデンティティ、つまり「自国本位」というあり方を、発見させる。それが彼にとって幸運なことであったか、戦後日本にとって幸運なことであったか、また、不幸なことであったか。筆者は答えに迷うが、しかし、この経験が江藤淳という、またとない戦後の批評家を作ることになったのは、疑えないことだろう。

2

なかでも、いくつかの件《くだり》が心に残る。

一つは、彼の発見するアメリカの面白さである。

江藤さんは、アメリカに来るとき、滞在目的としてロックフェラー財団の書類には「十八世紀英文学研究のため」と書いている。別にとりたてて、アメリカに関心はなかった。けれども、プリンストンの町を訪れ、住まいを定め、大学のキャンパスを歩き回っているうちにその研究対象が、「アメリカ文学」へと方向を変え、ついでこの大学の出身者でもある一九二〇年代の小説家、F・スコット・フィッツジェラルドへと絞られてくる。

三十余年の後、この小説家に甚大な影響を受けたことを自認する村上春樹がやはりその出身校であることを理由の一つにプリンストン大学にほぼ同じ身分で滞在するようになることを考えると、これは、興味深い符合だが、江藤さんの場合、関心はさらにフィッツジェラルドからもそれ、最後には、南北戦争の敗戦国としてのアメリカ南部にたどり着いている。

アメリカ滞在はまず何より、彼のつもりでは一個の独立した個人だったはずの自分が、そこではなにやらよるべない東洋人、日本人にすぎないことを彼に思い知らせる契機となった。この発見の圧力に彼は、自分が日本人であり、日本語の伝統を身体化した個人であることで対抗しようとするが、これは、近代の日本と同様に、いわば強いられた自己覚醒の趣きをもつ。自然とこの姿勢は彼に近代の日本、戦後の日本をわがこととして感じさせ、そこから彼に、戦後の日本に欠けているものをありと自覚させるだろう。「しかし、この国(アメリカ――引用者)で「正義」をおこなっているのは、ほかのなんであるよりも、力であった」。彼によれば、日本の戦後、日本の民主主義に欠けているのは、「力」である。基本的には似た経緯をたどり、一九三〇年代の小林秀雄が、同時代人たるフランスの小説家アンドレ・ジッドの『ドストエフスキー』を読み、ドストエフスキーにめざめ、一八六〇年代のロシアに自分のいる思想状況との相同物を見出すところ、戦後の江藤淳は、スコット・フィッツジェラルドを経由しつつ、その級友で文学上の師でもあったプリンストン大学出身の文芸評論家エドマンド・ウィルソンの著作にふれ、そこから、アメリカ南部のあり方に戦後の日本の状況との相同物を見出すようになる。

この発見には、昂奮があった。私の米国に対する視線に、はじめて焦点ができたように思われたからである。私は、ワード教授の「変化の時代」のコンファレンスも、フィッジェラルドもほうり出して、エドマンド・ウィルソンの"Patriotic Gore – Studies in the Literature of the American Civil War–"(『憂国の血糊――米国南北戦争文学の研究』一九六二)を耽読しはじめ、さらに図書館中を走りまわって、この本で言及されている一八六〇年代の文献をあさりはじめた。私は、ウィルソンの犀利な筆によって描き出された南北戦争という米国史の裂け目から、この国の奥深くにはいっていけるような充実感を感じて、身震いした。

このときの江藤さんの直観は、その後、彼の一九七〇年代以降の無条件降伏研究にひきつがれる、というか、それを導く。彼はそこから、一九四五年に日本に課されることになった無条件降伏政策の起源が一八六〇年代のアメリカにおける「無条件降伏」寓話にほかならないこと、そこにひそむ政治的傾向がそれ以来のアメリカ北部の伝統を形成するようになることを、主張するようになる。しかしこの発見は、たぶんそのような指摘にとどまらない、それ以上に長い射程をもつものであったことが、たとえば、近年現れたドイツの思想史家ヴォルフガング・シヴェルブシュの著作、"The Culture of Defeat : On National Trauma, Mourning, and Recovery"(『敗戦の文化——国民的トラウマ、哀悼、そして回復』原著ドイツ語刊、二〇〇一年、英訳二〇〇三年)などを読むと、明らかである。

本書のなかで、江藤さんもその名を冠した学生クラブの名誉会員に推挙されて喜んでいる第二八代アメリカ合衆国大統領のウッドロー・ウィルソンは、そこに記されているように、一九〇〇年代の初頭、プリンストン大学の学長だった。しかしそれだけではなく、彼はまた、南北戦争後初の南部出身の大統領でもあった。余談ながら、シヴェルブシュのこの本は、一八六一—六五年の南北戦争後のアメリカ南部、一八七〇—七一年の普仏戦争後のフランス、一九一四—一八年の第一次世界大戦後のドイツという三つの敗戦国に共通する敗戦国の戦後の思想と文化の特質を論じている。これを読むと、第二次世界大戦後の日本に見られた敗戦直後の奇妙な多幸症的現象、旧敵国へのすり寄りと数年後の反動、普遍主義への傾斜による敗戦の打撃からの補償作用など、日本に固有な「恥ずべき」現象と見なされてきたものの多くが、別に日本の特産物というのではなく、近代の敗戦国家に通有の、普遍的な「敗戦の文化」であったことがわかる。さて、その本のなかでシヴェルブシュは、一八五六年生まれのウィルソンが南北戦争敗戦後の南部で幼少年時代を過ごし、色濃く「敗戦の文化」の洗礼を受けていることを指摘する。また、彼の懐刀で、第一次世界大戦の戦後世界への関与を主導したウォルター・ハインズ・ペイジも、ウィルソンと同様、同年代の南部出身の敗戦経験者であったらしい。第一次世界大戦後の「国際連盟」設立の提唱など、彼らの道徳的「十字軍」的な指向はシヴェルブシュによれば、南北戦争終結後の北部主導のそれと相似的である。これをいわば「補償」的に拡大反復することで、かえって北部中心の政治伝統を離れ、ウィルソンの国際政治上の施策が国内の議会の承認を得られなくなったというのが、シヴェルブシュの説明なのだが、こう見てくれば、一九六〇年代初頭の江藤さんの直観は、たぶん彼の考えた以上に長い射程をもつものだったように思う。

江藤さんはまた、この滞在で、日本の戦後の作りだした「進歩的」な民主主義者とは異なるタイプの日本の「近代」というイメージをつかんでいる。それは、日本では普遍主義と国際協調主義と平和主義と同列に置かれる民主主義が、アメリカでは、アメリカン・ウェイ・オブ・ライフと自国主義と同列に置かれ、時には参戦の理由にもなることとの発見という形をとった。それは、もし日本に近代が根づくとしたら、戦後に与えられた「民主主義」のそのままの延長ということはありえない、別の形をとるはずだ、という直観を彼において育てる。この滞在において確立された江藤さんのアメリカ観と戦後日本観は、以後、彼を少数者の立場へと追いやることになるが、そのことと、これらを彼がひとり孤立する経験を通じて手に入れていることとは、やはり無関係ではなかったのではないかというのが筆者の感想である。

3

さて、その一方で、彼の大学人、大学教師としての自己発見には、ある種の幸福感が漂う。江藤さんが、きわめて優秀な英文学の学徒でありながら、学部学生のうちから『夏目漱石』によって破格に早いデビューをしたため、慶應大学文学部から大学院進学後、主任教授の西脇順三郎に疎まれ、最終的に大学院退学を余儀なくされたことはよく知られている。先に辛酸をなめたというのも、このことをさしている。その一九八五年の自筆年譜に、一九五八年「三月、ジャーナリズムに寄稿することは大学院内規に抵触するとの注意を受く。ここにおいて大学院にとどまるか執筆に専心するかの二者択一を迫られ、執筆に専念せんとし、旧知の中村光夫にそのことを相談し、激励さる」とあるのに続き、一九五九年の項に、「三月、退学届けを送付し、正式に慶應義塾大学院を退く。昭和三十三年―四年の一学年間は思う所あって一日も登校せず。徒に授業料を空費せし感あり」と書かれているのがそれである。それから四年、渡航二年目に、彼は海の向こうのプリンストン大学に――一時的なものであれ――教職のポストを得、日本文学史を講じることになるが、そのとき彼がひそかにどのような歓びを感じたかは、想像に難くない。

最初にしたのは、住まいを変えることである。

一九六三〜四年の新学期を前にして、私たちの生活環境は、微妙なかたちで、しかしかなり本質的に変った。第一に、私たちは、同じアパートの二階から三階に引移った。これは、教師を開業するにあたって、落着いて講義の下調べができる独立した書斎がほしくなって来たからである。書斎は、八角形をしている。

四つの部屋のうちで、一番小さな八角形の部屋を、私は書斎に選んだ。これは、戸外から見ると、この家のヴァンデヴェンター・アヴェニューに面した部分の、樹間にそびえている塔の内側である。南側の窓から大学の礼拝堂《チャペル》がよく見えるこの八角堂を、私は戯れに「普林亭」と名付けた。「普林」はプリンストンの中国語読みである。すなわち、私は「普林亭主人」であった。

その授業は、サー・ジョージ・サンソムの『日本文化小史』の記述を受け、「日本文化を規定している地理的条件の説明から説きおこし」、「日本はモンスーン地帯に位するという意味で、他のアジア諸国と共通しているが、同時にその北端に位置するという点で、モンスーン的性格を半ば越えている」ことを指摘することからはじまる。学生の数は一五、六人。これとはまったく深度が違うものの、現在、日本の大学で、似たような経験に手を染めている筆者の経験に照らしても、この講義は、きわめて充実した内容のものだったろうことが推測できる。

私が、これらのことを地図をたどりながら話しはじめると、学生はいっせいにペンを動かして、ノートをとっていた。それは、意外に感動的な光景であった。私は、いわば、それまでに思いも及ばなかった新しい生き甲斐のようなものが、自分のなかに芽生えはじめたのを感じた。それは、今まで私のなかで眠っていた「教師」という可能性が目覚めたというだけのことではない。私が、講義するという行為を通じて、過去から現在までの日本文化の全体に対して、自分を捧げているという感覚である。

帰国後雑誌に連載される「文学史ノート」(のちに『近代以前』)は、たぶんこのときの講義ノートをもとにしているが、ここでも江藤さんは、孤立した状況のもと、たった一人で近代以前の日本の文学の伝統、流れというものにふれている。人に教えるため、彼はそれを、英語の国で、独学するのである。

結局、ここでも頼りになるのは自分だけであった。私は、週日の夜、ほとんど毎晩のように、午後九時からはじめてナッソオ・ホールの鐘が午前二時を告げるころまで、「普林亭」の書斎に籠って、傍らに『折口信夫全集』と至文堂版の『日本文学史』をおき、前には時によって岩波版の『日本古典文学大系』になったり、『国歌大観』になったりする原典をひろげ、時の移るのを忘れて、英文の講義ノートをつくった。それを整理してタイプするのは家内の役目であった。(中略)

実際、私は、生れてからそのときまで、これほど集中して学問をしたことはなかった。しばしば、私は、それが学生に講義する目的のものであることを忘れた。午前二時をまわって、勉強に区切りをつける時間が来ると、私は、疲れた頭を癒すために、グラスに一、二杯のシェリーを飲んだ。（中略）プリンストンが、こういう充実した時間をあたえてくれたことは、感謝していいことであった。私は、ほとんど幸福でさえあった。

作中、この記録の主人公は、カフカの『城』の主人公のように、よく戦う。ロックフェラー財団に対しては、給費増額の要請の手紙を書き、財団を訪れ、その必要性を「たてつづけにまくしたて」て相手を驚かせる。まったくの白紙状態から、夫人にまず車の免許を取らせ、自分もついで運転をおぼえ、中古のフォードを三六五ドルで購入する。また、「ほとんどまる一週間をついやして「小林秀雄に関する紹介的ノート」と題する英文の草稿をつくり」、「教授たちと大学院の学生とからなる四十人ほどの聴衆の前で」、「自分の英文がよく書けていないことにいら立ちながら」、生まれてはじめて英語で「四十分ほどの話を」する。なぜ自分はこんなにムキになっているのだろう。ムキにならなければならないのだろう。さまざまな自己発見が時間をおきながら彼に訪れてくる。自分は日本では「あまりアメリカ映画を見ず、アメリカ音楽を聴か」ず、アメリカ人から語学を学ばなかった。「しかし、これらは要するに私の心理的自己防衛にすぎなかった。私は、自分のどこかしらによどんでいる米国に対する恐怖、あるいは屈辱感で、米国人や米国文化の所産をいろどり、それに自分で勝手に反発していただけであった」。そうして、彼は、自分は、ある種、アメリカに向いた人間なのかもしれない、と思うにいたるが、それが正確な自己認識であったかどうかは、筆者にはわからない。それというのも、そこにはあまりに張りつめたものがある。過剰なものがある。しかし、いずれにせよ、彼は、このように自分を作り上げ、日本に帰ってくるのである。

　別れの日が近づいていた。しかし、それは信じられないような気持であった。今までに経験したさまざまな感情の起伏にもかかわらず、私はこの静かな大学町での自分の生活が、好きになりはじめていたからである。

　それは、どうしても他人に甘えられない人間である私が、米国の社会の苛酷さのなかに、自分の感情にしっくりするものを見出していたせいかも知れなかった。日本の社会にはまりこんでいるかぎり、私は、自分に幸福に暮して行くためのなにかが決定的に欠けていることを、いつも感じつづけていなければならなかった。（中略）問題は、そういう幸福な日本の社会が私のなにかを弾きかえし、冷酷にギスギスした米国の社会に、私のある部分を受けいれるものがあるということである。

　たとえば、ここでは、いくらむきになって勉強しても、私はそれにてれる必要がなかった。孤独であることは、ここでは「悪」ではなくて、強さのしるしとされた。淋しい人間が周囲にいくらでもいる以上、淋しさは常態であって、特別な病気ではないからである。（傍点原文）

4

しかし、最後に一つだけ述べておけば、この本には読んでいて少し苦しくなるところもないわけではない。右の引用に語られる「むき」と「てれ」に関する述懐が、読んでいて過度に劇的に意味づけられているのではないか、という感想を誘うところも、その一例である。日本と米国との違いこそあれ、ここに述べられているのは、二つの国の違いというよりは、そこに常住する人間の生活感覚と、そこに新来者としてやってくる人間が感じるだろう日々の感覚との違いというべきだろう。米国が「冷酷」で「ギスギスした」社会だとしても、ある日、気づくと、そういうことを忘れている、というようにして、人は一つの社会になじみ、そこに暮らしていくものだからである。

しかし、それ以上に、この滞在記を読んでいて、気になるのは、著者江藤さんが隣人たちについて記す、その記述の態度である。彼は、あまりに自分の十分にはわからないことへの畏怖なしに、相手の社会的生活の私的な部分に深く踏み込んで書いている。たとえば、家主のイタリア移民の出自をもつパランボオ家の人々、また、逸話として語られる裕福な医師ランポーナ家の夫妻の込み入った事情、あるいはアール夫人への言及。たしかに思い返せば漱石のロンドン滞在生活への言及のうちにも、歯に衣着せぬ隣人への観察記録があったことを思い出すが、漱石の文章を読んでいる限りまったく感じない、普通の生活への畏怖の足りなさのようなものを、筆者はこの江藤さんの文から色濃く受けとる。もし、これらの人々が、日本語を解するなら、江藤さんは、ここまで書いただろうか。書けただろうか。米国人で、日本語が読めない、これが彼らの目に触れることはない、という慢心がこれを書かせているのではないか。そう思うことをつうじて、苦いものがのどをのぼってくるのをどうすることもできない。たとえ異文化の考察に好個の例となろうと、こういうことには立ち入らない、というのは、「アメリカと私」について書こうという場合の、何より、イロハなのではないだろうか。

こうしたことは、この本の著者の、執筆当時の他者意識の弱さ、あるいは人間的な弱点に数えられる。そのほかにも、いまの目から見れば、そんなに勢いこまないでも、と思われる、書き手の若さを思わせる個所も少なくない。しかし、そういうすべてを勘案したとしても、この本のすべてに、けっして古びない、若い、恥ずかしくさえある、人間の経験の原型が記されている。たった一人で未知の国に行かなければならない人間は、程度の差こそあれ、滑稽な劇を演じ、ドン・キホーテにならざるを得ないものだが、この本には、一人の青年とその妻がいて、たしかに、真摯に、その役柄を演じきっているのである。

いまなら、このような江藤さんの悪闘を笑うことはたやすい。しかし、ここには掛け値なしで、敗戦の痛恨から、その記憶をもって、そのまま戦勝の国アメリカに渡った人間の航跡がしるされている。彼はそこでいわばpHの強酸から強アルカリへの移動にも似たアメリカに対する愛憎のほぼ全段階を、移動している。筆者の考えは江藤さんとは違う。特に、ここで彼が、右にあげた、自分の隣人たちに、遠慮ない批判、嘲笑を浴びせている部分は、読んでいて、よい気持ちがしない。しかしこのとき彼は、三〇歳だった。野心満々の若い批評家でもあった。

いいよ、許す。書け。

筆者のなかの誰かが、三〇歳の白面の敗戦国の青年の、背中をたたくのを、感じる。

（江藤淳『アメリカと私』講談社文芸文庫、二〇〇七年六月）

「生の本」の手触り——三島由紀夫『三島由紀夫文学論集Ⅲ』

1

なぜ三島由紀夫にあるときからひかれるようになったのかはよくわからない。

以前は、そんなに好きではなかった。その小説にほんとうに引きこまれたことは、一九六六年だったかに、『文藝』の巻頭に載っていた短篇「仲間」を読み、余りに気に入ってその頁だけはぎ取り、いつも持って歩いた、そのときの一度くらいしかないような気がする。

それがいつのまにか、だいぶ自分に大切な存在になっていた。

きっと、この人の正直なところにひかれたのだろう。昔は、なんだか「チンケ」な人だなあと思っていたのだが、ある頃から、自分の生きている戦後の日本という空間のほうこそ、「チンケ」だと思えるようになってきた。すると、このかつての「チンケ」な人がなんだかとてもまともな人のように思えてきたのである。

戦後の日本が「チンケ」な空間だというのは、こういうことである。

先の戦争で、日本人は、アジア全域での白人欧米諸国による植民地支配はおかしい、その体制を終わらせよう、と言って米英に対して宣戦布告した。むろん、そこには多くの嘘があった。しかしその多くは戦争が終わってから国民の一人一人に知らされたことである。その戦争の意図のどこが悪かったのか。なぜ悪かったのか。それについては何も検討されないままに、日本人たちは、自分たちの考えを捨ててしまった。そして、敗戦国になり、かつての敵国であるその白人欧米諸国を主とする連合国の軍隊(実際は米国の軍隊)に占領されると、そこがよくわからないのだが、いともすんなりとそのかつての敵の考え方を自分のものとするようになった。でも、そこにはもっともっと、考えるべき問題が含まれていた。いまの九・一一、イラクにまで、それはまっすぐに続いている。

これって、恥ずかしいことではないのだろうか。

とってもおかしなことなのではないだろうか。ほんとうにそのもと敵の考え方がすばらしかったのなら、仕方がない、ということはある。でも、そうだとしたら、この考え方はもともと、教唆と教育を相手から受け、私たちのものとなったのだという、不名誉の「痣」(中野重治)をこそ、私たちは自分の出発点とすべきなのではないだろうか。

そういうことを、あるときから、私は思うようになったが、そう思って目を上げると、そんなことを言っている人は、この人くらいだった。ほかに、絶無ではないとはいえ、そういう声は、ほとんどないのだった。

そのもと敵の考え方の名前は、自由と民主主義である。と言うと、私のいいたいことも、わかってもらえるような気がする。

えっ、だってそれ、悪くないじゃん。

こうして、自由と民主主義と、欺瞞と偽善からの脱却と、いずれをとるか、という難しい選択の前に、私たちは立つ。

三島は死の直前に、こう書いている。

私の中の二十五年間を考えると、その空虚に今さらびっくりする。私はほとんど「生きた」とはいえない。鼻をつまみながら通りすぎたのだ。

二十五年前に私が憎んだものは、多少形を変えはしたが、今もあいかわらずしぶとく生き永らえている。生き永らえているどころか、おどろくべき繁殖力で日本中に完全に浸透してしまった。それは戦後民主主義とそこから生ずる偽善というおそるべきバチルスである。

こんな偽善と詐術は、アメリカの占領と共に終わるだろう、と考えていた私はずいぶん甘かった。おどろくべきことには、日本人は自ら進んで、それを自分の体質とすることを選んだのである。政治も、経済も、社会も、文化ですら。

（「私の中の二十五年」）

三島は、戦後民主主義といっているが、ここでは、自由と民主主義と言い直しておこう。そのほうが彼のいおうとすることがよくわかるから。三島は、自由とか民主主義というものは、戦後の「偽善と詐術」の産物だといっている。でも、だから、戦前の体制に戻れ、そちらのほうがよい、と主張しているのではない。そうではなく、戦後の日本人が、自由とか民主主義といった美名のもと、「偽善と詐術」になずんでいることが、イヤだ、耐えられない、といっているのである。

なぜ自由と民主主義が偽善と詐術の別名なのか。

右に仮に私が書いてみたごとくにこの戦後の現実を見てみると、この「悪くない」ものが、そう見えてくる。

実はむろん、戦後生まれで戦後の考え方になずんでいる私と三島の考え方には、ある違いがある。でもそのことについては後でふれる。私は、こういう三島の言葉を三島の死後、ずいぶんとたってから読み、自分が批評に手を染めるようになって少しずつ気づきはじめたことを、三島が、ほぼ戦後のあいだずうっと、「二十五年間」にわたって、断続的にであれ、感じてきていたのではないかと思った。やはり、こう感じ、そのことに反応した人間がいたということがわかり、ほっとした。うれしかった。

いうまでもないが、この三島の考え方は、いわゆる右翼の人々の考え方とは違っている。右翼の人々の考え方は、戦前の天皇中心の軍国主義的な国家体制をよしとするもので、それと相容れないものであるため、どちらかというと左翼的な戦後民主主義を否定する。でも、三島の力点は、ただひたすら、それが「偽善と詐術」の産物であることが耐えられない、ということにある。彼は、そこから、左翼的な戦後民主主義ばかりでなく、自由と民主主義をも否定する。そこでは、戦後体制としての保守派の右派的思想も、既成右翼の思想も当然、欺瞞と詐術の産物である限りで、同じ穴の狢である。ここではいわれていないが、そういうものも当然、彼の否定の対象なのである。

さて、これは最近、私に見えてきたことだが、こうした戦後のとらえ方にはある危うさ、ヴァルネラビリティ（攻撃誘因性）があった。

三島はそのことをよく知っていたと思う。

なぜ「自由と民主主義」がいけないのか。偽善で詐術なのか。

私はそれを、本来なら、「自由」に、「民主主義」的に、当事者である戦後の日本人自身の手で獲得されなければならないものが、「不自由」に、「非民主主義」的に(占領を通じ、原子爆弾の威光を背に、上位権力から差し出されたものを受けとる形で)、そう、いまイラクなどで行われているあり方よろしく「民主化」という形で、外から上から、強いられたこと、しかもそのことを、無意識のうちに隠蔽し、抑圧してこの「自由と民主主義」を戦後日本の基軸であるかのように標榜、信奉してきたことが、欺瞞で偽善的で、イヤだ、たまらない、というように、一〇年前に書いた(『敗戦後論』)。

ただ、私の場合には、三島とは違っていて、気がついたら、私は「自由と民主主義」の徒だった。私は、それを否定しない。そのため、私の主張は、出発点のヨゴレを認めよ、「To Make It Home(それを故郷とせよ)」、そうすることで、自分の「自由と民主主義」を少くとも欺瞞と偽善のくびきから脱させることをめざせ、というものとなった。それが起点に「他からの教育と模倣とほんの少しの自己欺瞞」とを含んでいるのなら、まず、それを認めよう。そして、「悪から善を作る」ように、この「教育と模倣とほんの少しの自己欺瞞」から、少しでもそれをまぬがれた「自由と民主主義」を作りだすよう、努力しよう。そうなった。

三島は、私と違って、表現の自由は大切に考えたにせよ、いわゆる「自由と民主主義」一般は、唾棄すべきものと考えたかもしれない。しかし、戦前の体制がよいと考えたとは思えない。そのため、彼が、右の引用でのように述べるとき、では、どうしようと考えていたのかは、私にはよくわからない。戦争に負け、占領期を迎え、一九五二年にその占領が終わったとき、彼のいう「戦後民主主義」

にある種の揺り戻しが来るだろう、という三島の予想は外れた。もとに戻ろうにも、もう戻る場所などなかったから。もとの世界を代表するはずの天皇自身が、すでに東京裁判で助けられたことを契機にアメリカ依存でアメリカびいきの存在となっており、いわばその天皇の姿勢の変化をテコに、日本の指導層、保守層はほぼ例外なく戦前の「天皇主義」から戦後の「自由と民主主義」に立ち位置を変えていた。天皇の人間宣言は、戦前のモラル的なよりどころであった教育勅語にとって代わることはできなかったにしろ、教育勅語の威力を無効化する役目は果たした。三島はそのころ『文化防衛論』といったものも発表しているけれども、本当にそれを信じていたのだとは思わない。しかし、そのような論理的展開しか彼には残されていなかっただろう。それは、苦肉の策だった。むしろ文学者である彼にとって、大事なのは、自分が、この「偽善と詐術」のなかで、どうそれから自由であるか、ということだったはずである。先の引用に続けて、彼は書いている。

　私は昭和二十年から三十二年ごろまで、大人しい芸術至上主義者だと思われていた。私はただ冷笑していたのだ。或る種のひよわな青年は、抵抗の方法として冷笑しか知らないのである。そのうちに私は、自分の冷笑・自分のシニシズムに対してこそ戦わなければならない、と感じるようになった。（同前）

もともと、戦後っておかしいじゃないか、天皇をはじめとして、みんな転向しちゃったんじゃないか、全部偽善と詐術じゃないか、という主張は、聞いた人間をドキッとはさせるが、じゃあ、どうしろっていうの、という反問が出てくる段になって、旗色が悪くなる。じゃあ、戦前に帰れっていうのか。戦後もひどいかもしれない、でも戦前よりはましだ、となることは必定だからである。

戦前の帝国日本の栄光と道理を体現するはずの昭和天皇自身が、その価値の源泉たる現人神の自分を取り下げてしまった時点で、このような論理にとって帰るべき場所はなくなってしまっている。戦後はおかしい、というこの論理をささえるのは、したがって、天皇に代わる、先の戦争で死んだ死者たちなのだが、しかしそうなると、それこそ、「偽善と詐術」を排除して死者たちに向かいあおうとする限り、誰一人、死者の代弁者にはなれない、という構造がここに出てくる。この主張は、現実的な対案をもたないばかりか、主張の起点を「戦争の死者たち」の視点といういわば架空の場所にもつほかない、致命的な弱点をもっているのである。

いったん、戦争で死んだ人々の場所に、視点を置くなら、戦後がいかにいい加減な、「偽善と詐術」にみちた空間として成立しているかがはっきりと見える。埴谷雄高は、「死滅した目」ということをいい、世界が最終的にたどり着く、もう国家などというものもない最終地点に「架空の目」を設定し、そこから現在を幻視する、そういう視点を手放さないことが大事だ、と書いた。川端康成は、「末期の眼」と言った。同様に三島は、あるときから、「戦争の死者たち」の目の位置を、自分の立ち位置に擬するようになったと言えるかも知れない。でもそれは、回転する澄んだ独楽の軸のようにしてしか、存在しない、論理的な基点としては、はなはだ危うい立ち位置だった。

『英霊の聲』を読むと、戦争の死者たちを足場にする戦後の糾弾が、どんなに危うい構造を介してしか可能でないかということがよくわかる。

この作品で、霊媒の盲目の美青年川崎君は、三島の二人目の分身である（一人目の分身は語り手の「私」）。彼は、とある帰神《かむがかり》の会で、木村先生の審神《さにわ》のもと、二・二六事件の青年将校と太平洋戦争末期の特攻隊員の霊を降霊させる。「死者たち」は、昭和天皇に戦後の偽善と詐術と退廃と堕落を訴え、なぜ天皇は、このような現状を見越しながらも、敗戦の後ほどなく、一九四六年一月一日という時期に、人間宣言をしたのか、それはあなたを神と崇めてそのあなたの名の下に死んでいった、われわれに対する裏切りではないのか、と糾弾する。「などてすめろぎは人間《ひと》となりたまいし」。しかし、その連呼もとだえがちになり、雨戸の隙間からしらしらあけの空の兆しが見え、降霊が終わったかと見ると、川崎君は息絶えている。そしてその顔は、「何者とも知れぬと云おうか、何者かのあいまいな顔に変容」している。

なぜ三島の分身たる川崎君は、降神の後、死ななければならないのか。そしてその顔が「何者とも知れぬと云おうか、何者かのあいまいな顔」に変容しなければならないのか。

『英霊の聲』の五年前、『憂国』を書いたとき、三島は自分と戦争の死者たちの関係を、蹶起青年将校の一員でありながら、（新婚だという理由で親友たちの配慮により）蹶起から除外され、ために蹶起軍討伐に加わらなければならなくなった青年将校と、二・二六事件の蹶起将校たちの関係に重ね、両者が青年将校の死（それも妻との心中死）によって融合しうるというアクロバティックな夢を描いた。その頃には、まだ、三島のなかで、彼自身と戦争の死者たちとの関係は、和解ないし連携が不可能ではないものと考えられていた。

けれども、『英霊の聲』では、この両者の関係は、死を賭すまでに切迫した「うしろめたさ」の感情に気圧されたものとなっている。三島にとって、戦後に生きている自分が、戦争の死者を代弁することは、もうできない。なぜなら、戦後まで生きのび、そこで文学者として自己実現してきた自分は、戦争の死者たちを裏切った昭和天皇と、それこそ同類の、同じ穴の狢といわなければならないからである。

この『英霊の聲』の最後について、三島は、後に友人の堂本正樹に「あれはね、ヒロヒトの顔なんだよ」ともらしている(『劇人三島由紀夫』)。けれどもその意味は、あの最後の醜く「あいまい」な死んだ川崎君の顔は昭和天皇の顔だというのと同時に、自分と昭和天皇は、同じなんだよ、ということでもある。自分も昭和天皇と同じく、戦争の死者たちを裏切った戦後の人間だという自己糾弾なしに、戦争の死者を代弁しての昭和天皇糾弾はなしえない。その自覚が『英霊の聲』をあのような作りに仕立てているのである。

死者たちの場所からでなければ、戦後のおかしさ、その欺瞞の構造は、よく見えない。でもその死者たちの場所に代弁者として立てるような戦後日本人などどこにもいない。死者たちを裏切って戦後が成り立っているというなら、生きている日本人はすべてその裏切りの共犯者だということになる。

やがて、ある悲哀のようなものが私を領するようになった。そうなるにつれ、三島は、このような戦後呪詛のディレンマを通じ、私にあるひとすじの「乏しさ」「惨めさ」「卑小さ」といってもよいものを、伝えてよこすようになった。

2

その頃、ある評論家の発言にはっとしたことがある。三島由紀夫文学館で数年前、小さなシンポジウムのようなものがあったときのこと。その評論家、大塚英志さんが、三島由紀夫が自邸を建築する際、コロニアル様式を要望にあげている、と発言した。三島の家が、実際に見ると、意外に小さな敷地に立っていること、またそこに入ると奥行きがなく、何やら舞台の書割のようであることについては、多くの証言がある。その多くはそれが少し偽物めいていることに関していくぶんかの揶揄をこめて語るものだが、しかし、そもそも、コロニアル様式とは、一七―一八世紀にイギリス、スペイン、オランダなどの植民地で行われた、本国の建築様式(古典主義様式)を簡略化しつつ「模倣したもの」だというのである。どうも何かの模倣みたいだ、人工的だ、というのが三島とその作品についての定評になってひさしいが、そもそも「模倣形態」がめざされているのだとしたら、その評だけでは足りないことになる。

カミュのコントに、ホテルの部屋で、バスタブに釣り糸を垂れている人がいて、通りかかった客が、そのことを指摘すると、「わかってるよ」と答えが返ってくる、という話がある。三島は、その奇妙なバスタブの釣り人を思わせる。書く小説は、「化粧タイル」を思わせる人工的な文体で装われている。それなのに、その一見エキゾティシズムを売りにしたかに見える軽薄にも見える小説が、たぐいまれな、えっと驚く、透徹した批評眼に裏打ちされている。

彼は、模倣の文化のなかで模倣を脱する唯一の方法は、オリジナルをめざすことではなく、模倣を基点に、それを方法化することを通じて、自乗することであることを知っていた。マイナスにマイナスをかけることでしか、そのマイナスは消えない。そのマイナスの自乗の方法を、彼は戦後になって新たに編みだしている。

この本の巻頭を飾る「古今集と新古今集」は、編者の虫明亜呂無氏に個人的に託されたものを、著者の了解のもと『三島由紀夫文学論集』(本書がその三分冊のうちの三冊目)に収録したものと編者あとがきにあるが、そこでも三島は、ちょっと読むとえっ、とすぐには頭に入らないようなことを、あっさりといっている。

古今集の序にある、紀貫之の「力をも入れずして天地《あめつち》を動かし」。これを自分は戦前、字義通りに解していた。つまり、行動の理念では、力を入れないと天地は動かないのだが、これに対して詩の理念は、力を入れないでやすやすと天地を動かすことにある、と。そのため、一七、八歳の自分のなかで、この言葉は藤原定家『明月記』の「紅旗征戎は吾事に非ず」の芸術至上主義にそのまままつながっていた。しかし、敗戦をへて自分のこの詩の理念についての考え、文学についての理解はまったく変わった。なぜなら、力を入れても天地は動かなかったからだ。戦争の末期に、「人間の至純の魂が、およそ人間として考えられるかぎりの至上の行動の精華を示したのにもかかわらず、神風は吹かなかった」からである。

それなら、行動と言葉とは、ついに同じことだったのではないか。力をつくして天地が動かせなかったのなら、天地を動かすという比喩的表現の究極的形式としては、「力をも入れずして天地を動かし」という詩の宣言のほうが、むしろその源泉をなしているのではないか。

　このときから私の心の中で、特攻隊は一篇の詩と化した。それはもっとも清冽な詩ではあるが、行動ではなくて言葉になったのだ。


（「古今集と新古今集」）


ひとあたり読むと、わかったようなわからないようなはぐらかされた気分になる。しかし、よく考えればここで三島は、「力を入れても天地は動かない」のであれば、「力は入れるが天地を動かそうとは思わない」、つまり「天地を動かす」目的を凍結したまま「力を入れる」、そういう行為が、いまや詩として成立する、というか、そういう世界では、詩は、このような形でしか、生きのびない、と自分は喝破したのだ、といっているのである。

　現実に死力を尽くせば天地が動く。これが正常な現実世界の原理である。そういう正常な基軸の存在する世界では、この現実＝行動の理念に対する反世界の原理たる非現実＝詩の理念は、正統的な芸術至上主義、「力をも入れずして天地を動かし」となる。しかし、そういう正常な世界が消えてしまった。一種の反世界が出現してしまった。その反世界では「人間の至純の魂が、およそ人間として考えられるかぎりの至上の行動の精華を示した」としても「天地は動かない」。そこでの、反・反世界の詩の理念は、「力を入れる、死力を尽くす」、しかしそれは「天地を動かすためではない」となる。

　かつてゲーテは、自分は極の極まであなたを愛した、しかしそれがあなたとどんな関わりをもとう、と書いたことがある。自分は極の極まであなたを愛したが、それは、あなたとは、何の関係もないことだ。そういう愛の極限の形。それとほぼ同じく、死力をつくす、しかし、結果はゼロで一向にかまわない、それがこの敗戦後の日本という逆さまになった世界では、唯一可能な詩の理念の形なのだと、自分は思うようになったと、この「古今集と新古今集」の論のなかで、三島は言っている。

彼は、一九七〇年一一月二五日に、自分の行動で何ほどかの変化が日本の社会に起こるとは思っていなかっただろうし、そういうものを起こそうとすら、思ってはいなかっただろう。それではなぜそんな馬鹿げたことをするのか。変な言い方をさせてもらえば、戦後というこの世界が逆さまだから、こうなる。三島はそういうのである。

私は、同じようなあり方をたとえば、ドイツの美術家アンゼルム・キーファーにも見出せるのではないかと漠然と考えているが、第二次世界大戦の無条件降伏国であるドイツと日本では、そもそも人々の投げ込まれた世界が正常ではない以上、そこでは一見正常な芸術作品は、鈍感さの証しでしかなく、一見異常で歪んだ作品のなかに、かろうじて正常な理性と認識とが生きのびている。先に述べたように私は長いこと三島のよい読者ではなかった。三島の小説は、余りに人工的で、薄っぺらい感じがしたからだ。しかし、いま私は、その薄っぺらい感じを、違ったふうに受けとっている。

三島があれほど戦争の死者たちに時間のたつにつれ、「後ろめたさ」の感じを募らせた原因も、簡単にいえば、戦争中には、彼が、日本の軍国主義に冷淡な、高踏的な、芸術至上主義の青年だったからである。具体的には、『仮面の告白』や『わが思春期』に記されているように、彼は、兵役をある偶然から免れたのだが、そのことを奇貨として、これをよろこび、そこから逃避した。しかし、このような彼の内心の傷、良心の呵責の根源についても、そこに卑小さがあることは認めるが、私はそれを、けっして否定しようとは思わない。

おかげで、戦争の死者たちが、自分たちとどういう関係に置かれているか、ほとんど死を賭して苦しむ人間が、戦後へもたらされた。

卑小さと偉大さと、その両方が私たちには等価に大切なのである。

3

だいぶ前置きが長くなったけれども、この文章を私は三島の文学論集第三分冊の解説のつもりで書いている。この文章を解説として、書き終えるため、一つのことを書き添えておきたい。

この解説を書くため、三島の書いたもの、三島について書かれたものをいくつか、読んだ。数週間にまたがる期間だった。そのうち、一つの問いが私をとらえた。一九六九年、死の一年前という時期に、三島が、自分の文学論集を企画し、しかもその編集を、虫明亜呂無氏に依頼したのはなぜだったのか。その依頼者が、旧知の文芸評論家の奥野健男氏でも、友人の村松剛氏にでもなく、いわゆる純文学の世界から遠い虫明氏だったのはなぜか、というのがその疑問の内容である。

いまその問いに、私なりの答えを記せば、こうなるだろう。

三島の死後、編集され、刊行されたもう一冊の批評とエッセイを主体とする単行本に『蘭陵王 三島由紀夫1967.1〜1970.11』と題するものがある。一九七〇年一一月二五日の死から、その死への歩みを逆照するかのように編集され、一九六七年から一九七〇年のその死までのあいだに発表

された エッセイ、批評文、解説、短い小説を、書かれた順に並べた、瀟洒な本である。その読後感は、読んだ人のなかに長くとどまる。

私は、数年前、この本を古本屋に見つけて買った。それからしばしばこれを、この文庫のもとになった『三島由紀夫文学論集』と書架に並べ、ともに、読んできた。『文学論集』のほうは、三島の死後、一九七〇年一二月に、買った。私が自分の金で購入した、たぶんはじめての三島の単行書である。ところで、今回この二冊を続けて読み、この二冊が書架に並ぶのを見ているうち、三島が、自分の死後、この『蘭陵王』のような、死から逆照して編まれる一冊が作られるだろうことを、予期していたのではないか、という気がしてきた。三島のことだ、そのようなことは十分にありえる。『三島由紀夫文学論集』は、そのような「死の本」の危機的な夕映えの輝きの傍らに置かれることを先取りし、これと一対の形で、三島のいわば都会的で、明晰で、平明で、おだやかな午前の光めいた精神を、死後に遺贈すべく企画された、「生の本」だったのではないだろうか。

死の本である『蘭陵王』に収録された文に、その頃亡くなった文芸批評家日沼倫太郎にふれた文章がある(「日沼氏と死」)。三島は、この理知的な評論家とはそれほど親しい仲ではなかったが、三度顔を合わせた、そのたびに、日沼氏は、三島に、「即刻自殺することをすすめ」たという。三島はその追悼めいた短文に、日沼氏が、ある雑誌の「私のなりたい職業」という問いに、「隠亡《おんぼう》」と答えたというエピソードを伝えている。たぶん虫明氏は、三島の目に、こうした「純文学」の徒日沼氏の対極に位置する、非凡な「生の批評家」だったのである。

一九六九年から七〇年にかけて、三島が多くの文学的な知友から遠ざかるようになったことについては多くの証言がある。はっきりと死に向かいはじめてみれば、文学的な知友のもつ文学的な生と死の野合の気配が、たまらなかったのだろう。虫明氏は、そのような世界の外に立っていた。東京都湯島生れ。開成中学をへて早稲田大学仏文科卒。副手をへてフリーライター。当然、虫明氏の編集になるこの『文学論集』に、三島の倦厭するいわゆる文学の臭いは、厳しく排除されている。

虫明氏と三島の交遊がどのようなものだったのか、寡聞にして私は知らないのだが、その背景として思い浮かぶのは、たとえば銀座あたりの落ち着いたバーの一隅である。『文学論集』の第三分冊にあたるこの本にも、古典論、歌舞伎から、日本文学、新劇、外国文学にいたるまで、三島の批評家としての達成が、ほどよく選別され、配置されている。たとえば、「古今集と新古今集」、たとえば、「魔的なものの力」、たとえば、「コリン・ウィルソン」。この選択と配列のほどよさは、たとえようもない。

（虫明亜呂無編『三島由紀夫文学論集Ⅲ』講談社文芸文庫、二〇〇六年六月）

くわいの味――佐藤真監督の「阿賀に生きる」

先月、はじめて韓国を訪れて、その旅行が日本の韓国統治の跡をたどるという性質のものだったこともあり、従軍慰安婦の問題を通りがかりの人から問いつめられるなど、一種新鮮な気持ちを味わった。

思ったのは、日本では日本が韓国、朝鮮でやった悪いことというのが、なるほど、よく知らされていないということだ。ここからは教科書問題など、さまざまな問題が出てきうるが、私は、こういう種類のことがらをクールに、着実に、過不足なく伝える文体が、まだ日本にないということを、強く感じた。

この種のことがらを伝える文章が、過度に「内面」的、自責的になったり、社会告発的になったり、またそうでない場合、そうなることを避ける身ぶりを示す、あの重い主題を軽く語る、といったていのものになってしまうのは、なぜなのだろうか。

私はそこに、自己本位の視点の弱さが、顔を出しているのではないかと思う。

日本がいかに悪いことをしたかを知っておくことは、私たちにとって、よいことだ。私たちは、そのよいことをもっと追い求めればよいのだが、それがよいことであるということが、余り身についていない。そのため、「良薬は口に苦し」とばかり、その苦さを苦さのまま呑みこんでしまう。つまり私たちは、どんなに苦いものでも必要とあれば口に入れるのに、一方苦さを甘さに変える努力となると、そもそも、そういう努力があるということすら、念頭に浮かべようとはしないのである。

最近「阿賀に生きる」という新人監督のドキュメンタリー映画を見る機会があって、私はここに、苦さを甘さにする努力が払われているという印象を受けた。

この映画は、実をいうと新潟水俣病を扱っている。けれどもこの映画製作者側の意図はすぐには観客に知らされない。見る人は、映画の途中で、少しずつそのことに気づく。しかし、ここが大事なところだが、見る人はそのことから、いわば主題が隠されていた、という感じを受けない。糖衣にくるまれていた苦い良薬の、その糖衣がとけて苦さに触れるという感じは、少なくともここにはないのだ。見る人は、この映画がそのような意図に立つものであることに、ではなく、この映画が当初そのような意図に立つものだったことに、映画の途中で、うすうすと、気づくことになる。

それは、口に含まれている甘味のある顆粒が、実は苦さの変じたものだと気づくというのに似ている。この映画は、新潟阿賀野川のほとりで川とともに生きる人々を描いたものだが、これが糖衣で、そのなかに「新潟水俣病」という苦く重い主題が隠されているというのではない。また、といって、「新潟水俣病」という重い問題が、つい人々の暮らしを生き生きと描くほうに映画の重心が移ってしまったため、後景に退いた、ということでもないのだ。

この映画をつくった佐藤真監督は、いま三五歳。学生時代から「水俣」とかかわり、水俣病の記録映画「無辜なる海」製作にもスタッフとして参加している。たしかに今度の映画は「新潟水俣病」の被害の全容を広く世に知らせるというようなスタンスに立つものではない。しかし、外見はどうあれ、「新潟水俣病」を主題に、映画作りを学び直すことから始め、三年がかり、阿賀野川のほとりに総勢七人起居することをつうじて作りあげたこの映画に、学生時代以来の彼のモチーフが貫かれていないということは、考えにくい。

ここに示されているのは、「水俣病」という主題に対する一つの態度変更なのである。つまり、ここではこれまでのように「水俣病」を「水俣病」として描くことがめざされているのではない。彼は、意図してかしないでか、とにかくこの映画で、むしろ「水俣病」を病気の無名性の場所、「ただの病気」の場所に返そうとしている。

こういう言い方が適当かどうかは別として、これまでの「水俣病」をめぐる映画がこの病気を特権化する結果になってきたことは否めない。しかし、一人の人間にとって、自分のかかった病気に勝つこと、負けることとは何だろう。スーザン・ソンタグに自分の癌体験に立った『隠喩としての病い』という著作があるが、それによるなら、彼あるいは彼女が病気に勝つとは、その病気が社会的に付着させている隠喩性・属性から、その病気を「ただの病気」として自分の手に取り戻すことである。病気からの患者の自由とは、特権化された病気から特権性を剝ぎとることにほかならないのだ。

ところで、ここで「水俣病」を例外視することは可能だろうか。「水俣病」は他の病気と全く違うが、それでもこれを特別視することには無理が伴う。というのも、ここで問題になっているのはこのような「特権性」それ自体だからである。

このような意味では、「水俣病」における「阿賀に生きる」は、「原爆」における『黒い雨』(井伏鱒二)に似ているといえるかも知れない。問われているのは「水俣病」の扱われ方そのことだ。主題の核心、その苦さが、ここで問われようとしているのである。

この映画を見た人はみんな知っているが、この映画に出てくる主要な登場人物は、けっして「水俣病」というコトバを口にしていない。しかしそれは、話題として避けられているというのではない。そこにあるのは話題の回避ではなく、いわば話題の沈黙なのである。

なぜなら、そこにはあの「水俣病」というものは存在していないからだ。「水俣病」が人を「患者」にするものなら、この阿賀野川のほとりに住む文字通り未認定患者である老人たちの世界にそれはない。彼らは「ただの人」であり、その彼らのなかで、「水俣病」もまた彼ら同様、「ただの病気」に差しもどされている。

この映画を私は東京・六本木の映画館で見た。いろんなことを言うことができると思う。私はこのドキュメンタリーにさまざまなズレを感じて快かったし、時にカメラが老人の家の壁にかけられた天皇の写真にズームしていきたいのを懸命にこらえている、その踏みとどまりに力感を感じた。この映画を見るのに六本木というのはきっと適切な場所だと思う。この映画が私たちにさしだしているのは、「水俣病」という病気の「ただの病気」としての感触である。それは甘い。ほんの少しくわいの味がする。

(産経新聞、一九九二年一〇月一九日)

そこにフローしているもの——河合隼雄『こころの読書教室』

私事になるけれども、私はいま、この一年ほど続いた雑誌連載を終えたところである。すこしほっとして、この河合さんの本を手にとり、読み、解説を書こうとしている。

連載の趣旨は地球と同様に、人類もまた、もう有限の存在であると考えてみたほうがよいのではないか、というもの。最後は、人類が永遠に続くのではないとしたら、人間は今後、自分を人類の一員として考えるだけではなくて生命種の一つ、生命体のなかの一員としても考えてみることが必要なのではないか、という提言になった。

それで、この本を読むと、旧知の人にあったような気がして、うれしい。そこで考えたことと、この本に語られていることの多くが、響きあうようだからである。

連載の終わり近くで私は解剖学者の三木成夫《しげお》さんの説を取りあげている。三木さんは、人間をものを感じる(そして考える)随意的な体壁系(皮膚、神経、筋肉)と、ものを感じない(そして思う)不随意的な内臓系(内臓、消化器、呼吸器、血管)とに分け、体壁系は動物の部分、内臓系は植物の部分に対応しているという。「考えること」と「思うこと」がそこでは向かいあっている。

前者は脳(頭)、後者は心である。

西欧にも、体壁系＝動物的、内臓系＝植物(有機)的という考え方はあるのだが、そこでは外部から隔てられた内臓系の生は「閉ざされて」いて、半分死んだ存在のようにみなされている。大脳機能を失った人を植物状態(vegetable state)と呼ぶのも、このような考え方である。でも三木さんは、ほんとうは逆で、「体壁系(脳)」よりも「内臓系(心)」のほうが宇宙とそのままつながっていて、広くて深い、という。人間を手袋みたいに裏返してみると、その姿は樹木になる。子宮が月齢に呼応しているのが、何よりの証拠。頭は宇宙の成り立ちまで考えるけれど、それは目や手で身近のものを「さわってみる」ことの延長を無限にのばしていった結果で、地続きの無限にすぎない、ともいっている。

私が特に三木さんと河合さんは似ていると思うのは、次の点だ。

三木さんは、動物は溜め込む、ストックするが、植物の生の基本は、「溜め込みをおこなわない」こと、フローだという。

人間の本質、生き物の本質、そして心の本質は、「ストック」ではなくて、「フロー」にある、というのだ。

『こころの読書教室』と題されたこの本の原題は『心の扉を開く』である。どちらにも「こころ」という言葉が出てくる。

最初の話題は、「私と〝それ〟」。そこに、このフローの話が出てくる。

フロイトが人の心を考えたのは、医者として患者とつきあっているなか――つまり、他との関わり・流れ、フローのなか――でである。なぜ心の病いが生まれるのかと考えて、人間の生きる経験の底に、何か〝それ〟としかいいようのないものがあって、それを勘定に入れないと、この病気は治せないという結論にいたった。で、〝それ〟としかいいようのないものを「それ」と呼んだのだが、「それ」がいつのまにかドイツ語のまま「Es(エス)」と読まれ、「無意識」という概念を意味するようになった。でも、無意識とは何か。それは学問用語とは少し違う。フローのなかでつかまれたものだ。だとしたら、乾し昆布を水に戻すように、「エス(無意識)」もいったん、〃それ〃に戻してみようではないか。河合さんはそういう。

ほんとうは、無意識というのは、「ストック」されたものではなく「フロー」しているものなのだ。それが河合さんのいおうとしていることなのだと、私は受けとった。「フロー」しているから、それは、私の内部、奥底にあると同時に、外ともつながっている。ユングの集合的無意識というものがそもそも、無意識はフローだということである。だからそれは、物語につながる。また絵本に親しむことにもつながる。

本を読む人が少なくなった、それがとても残念、がこの本の河合さんの最初の言葉である。そのために、「読まな、損やでぇ」といいたくてこの本を書いた、と河合さんはいっている。ところどころに関西弁がまじるのは、関西弁が河合さんにとってハナシ言葉、フローの言葉だからだ。話す、放す、離す。きっともとは同じ意味、フローさせる、ということなのだ。

河合さんがいっているのは、本を「ストック」(知識とか情報とか)を手に入れるために読む人がふえたけれど、読書というのは、ほんらい、本に流れているもの——「フロー」——にふれることなんだ、ということである。

別のところではそのことを、河合さんは、〃それ〃は「魂」とも呼ばれることがある、ともいっている。

見ようによっては、とても難しい、達人でないとわからないようなことなのだが、そういうことが平易に、あっさりといわれているのも、この本の特徴だ。

でも、考えてみれば当然のことだろう。河合さんがいうのは、そもそも、語ろうとするととても難しいことが、絵本、童話、物語には、平易に、あっさり、流れるように――フローの状態で――描かれているヨ、ということだからだ。

でも、なぜここでは、絵本でも童話でもないのに、そういうことがあっさりと簡単にいわれているのか。

それは河合さんが、プロフェッショナルな臨床家(人にたちあう人)だからだろう。書く人である以前に、人の話を聴く人、人に向かいあう人、苦しんでいる人とともに苦しむ人だからだろう。生きること、考えること、感じることが、この人のもとでは、人とのあいだで起こること――フロー――として受けとられているのだ。

相手の話を聴くとき、意識の水準をさげる、と河合さんはいっている。意識の水準を上げると、頭が働き、自我が活躍するのだが、反対に、これを下げると、意識の明度が曇る代わりにいわば無意識がむずむずと動くようになる。部屋の明かりを暗くすると、机の上に昼行灯《あんどん》のように灯っていた蠟燭の灯が浮かびあがる。お互いにボケーっとすると、クライアントの暗がりに灯っている蠟燭と、話を聴く河合さんの内部の暗がりに灯っている蠟燭とだけが闇のなかに残り、ほかのことは消えて、二本の蠟燭の炎が同じかすかな風に揺らぐ。共振する。

そこでは、語ることと語らないことは、ともに同じくらい大事なことである。

アルコール依存症の人がくると、

僕は「酒は飲むほうが悪い」なんて絶対に言わないです。飲もうと、飲むまいと、何をしようと、「ともかく、それはどういうンやろなぁ」と思って聞いているときは、僕はボヤーっと聞いているのです。つまり、僕の心の扉をできるだけ開くように聞くんですね。

不登校の子がきても「君、いつから行ってないの」などとは聞かない。「学校に行ってへんです」と言うと、

「あ、そう」と言っているだけですよ。黙ってたら、こっちもほとんど黙っているぐらいです。その子が「先生、よう降りますねえ」と言ったら、「ああ、降るなあ」と雨の話をするんです。

意識の水準を下げても、明察力を保つという修行が、たとえば仏教の座禅なのだが、河合さんがいうのは、意識の水準を下げて「心の扉を開」き、〝それ〟に耳を澄ませるという、それとは違う、もう一つの心の働きである。

〝それ〟は私の心の底にもあるし、相手の人の心の〝底〟にもあって、つながっているのかどうかはわからないが、その〝底〟のほうで、私から外にフローしていっている。そこのどこかに水門のように、「心の扉」がある。

フィリパ・ピアスの『トムは真夜中の庭で』では、主人公トムが秘密のドアを抜けて真夜中、入り込む異世界の庭が、じつは、同じアパートの上の階に住む家主のバーソロミューのおばあさんの夢の世界だったとわかる。最後、二人は偶然出会って、そのことを知り、心を通わせる。でもなぜピアスはそんなふうにこの物語を終えているのだろう。

こういうのを読んでいると、僕はよく思うのですが、おばあさんが一人でずっと寝ているときに、あのおばあさんは何もしていないというのは大間違いであって、おばあさんが寝ていることで、一人の少年が成長することに役立っているということがあるんじゃないかと、僕はこのごろ思っています。（中略）言うならば、おばあちゃんが寝ていて、ときどき孫が行って、「おばあちゃん、どうしてる？」と言うだけで、「おばあちゃんは何もせずにいる」と思うけれども、その子の成長の心の深いところで役に立っているのではないかなと、僕は思うのです。

孫が遊ぶ。おばあさんが寝ている。この二つのあいだには、何の因果関係もないのだが、それとは違う別の仕方で、二つはつながっている。そのつながりは〝それ〟としかいえない。でも、〝それ〟があるため、おばあさんがずっと一人で臥せていることは、孫が心を成長させていくことに、大きな役割を果たす。孫が成長するのに、おばあさんが寝ていることは、大きな恵みなのだ。

別の本、ルーマー・ゴッデンの『ねずみ女房』では、こういわれている。家ねずみの夫婦の女房ねずみはなぜか、自分にないものが気になる。「自分の知らない何か。けれども、大事なことがあるのだ」。そしてハトと知り合い、ハトは飛ぶのだといわれると、飛ぶということがわからず、思い悩んだあげく、最後、ハトの入っているカゴの扉をあける。

ここのところ、ほんとうに素晴らしいと思うのは「あれが飛ぶことなんだ！　わかった！」というのと、「ハトがいなくなる」というのとが一緒なんですね。

続けて、

人間ていうのは、ほんとうに大事なことがわかるときは、絶対に大事なものを失わないと獲得できないのではないかなと僕は思います。

この本は、河合さんの最晩年、最後の年の一年前に作られた本である。この本を出してから数か月後に、河合さんは脳梗塞に倒れ、ずいぶん長く臥せられた後、亡くなられた。世の人々に薦めたい本が、四つの「話し」を通じて、五冊ずつで、二〇冊、さらにもう少し読みたい人のために、やはり二〇冊で、計四〇冊。

なんというギフトか。

載っているのは、本の紹介ではなく、どんなふうにこれらの本が自分に面白かったか、自分はこう読んだ、という河合さんの「お話」である。

本を読むというのは、何か。

それは、「自分の心の扉を開いて」、自分のなかから、「自分の心の深いところ」に出ていくことである。私たちは、本を読むことで、相手の話を聞くだけではない。じつは本を読みながら、自分の思い、ひとりごとに、誰かが耳を傾けてくれていたことにも、後になって、気づくのだ。

（河合隼雄『こころの読書教室』新潮文庫、二〇一四年二月）

歯車と小道——松元寛さんのことなど

はじめて松元寛さんの書かれるものに立ち止まるようになったのは、もう一五年ほども前、送っていただいた広島の同人誌『歯車』所収の大岡昇平論を読んで、その指摘の鋭さ、面白さにびっくりしたからだ。『歯車』は知る人ぞ知る同人誌で、私は、『わが隣人中原中也』の著者深草獅子郎氏の参加されている文芸冊子として、以前からその名を知っていた。

その深草氏は、広島で開業医をされており、中原中也の研究者として知られている。深草名のほかに、本名の松坂義孝の名で書かれた大江健三郎氏宛の手紙が、先に大江氏の一九六五年刊の『ヒロシマ・ノート』のプロローグに引用されており、忘れがたい印象を残す。大江氏は、松坂氏を、負傷して医大生の子息の背に負われながら原爆被災直後の広島で救護活動にあたった医師松坂義正氏の、その子息自身であると断り、氏自身にあてて届けられた手紙を引いた。そこに松坂氏は、書く。「広島の人間は、死に直面するまで沈黙したがるのです。自分の生と死とを自分のものにしたい。原水爆反対とか、そういった政治闘争のための参考資料に、自分の悲惨をさらしたくない感情（中略）がありま す。（中略）沈黙することの不可をほとんどあらゆる思想家、文学者が口にして、被爆者に口をわることをすすめました。わたくしはわたくしたちの沈黙の感情をくめないこれらのひとびとを憎悪していました」。

『ヒロシマ・ノート』には、手紙にふれた深草氏(松坂氏)の『歯車』に載った別の一文も引かれている。再録されたものを典拠に再引用すると、氏は、大江氏の「威厳にみちた」被爆者や医師への注目に被爆者の一人として感謝しながら、しかし、「原爆の文学とよばれるもの」は「恢復不能な悲惨なひとたちの物語」でしかありえないものなのか、「たとえば、被爆して、ひととおりの悲惨な目にあった家族が、健康を恢復し、人間として再生できたという物語はないものだろうか。被爆者はすべて原爆の後遺症で、悲劇的な死をとげねばならぬものであろうか」と、記した。その文面はいま読んでも読むものの居ずまいを正す、鋭さと、声音の明澄さをもっている。

数年前、この文章を、あるアンソロジーに再録させていただきたいとお願いした際、氏は、快諾されたうえ、題名を「『ヒロシマ・ノート』ののちに」と改め、一九六五年に執筆された一文に短い付記を加えて下さった。

後記――父義正は一九七九(昭和五十四)年十一月十三日、九十一歳にて死去。母コウは一九八七(昭和六十二)年一月三日、九十一歳にて死去。

氏のご両親は被爆者でありつつ、ご長寿であった。この文章はいま、『日本の名随筆別巻98 昭和Ⅱ』で読める。

あるときから送っていただくようになった『歯車』だが、きっと送って下さったのは、松元さんだったろう。この冊子を読んで、私は、その松元さんの大岡昇平論にたちまち惹かれた。松元さんはそこに、こんなことを書いていた。『俘虜記』に事物の尺度として尺貫法を用いた個所とメートル法を用いた個所とがある。たとえば「我々を取り巻く柵の最も印象的な眺めが得られるのはここである。高さ一丈さし渡し一尺ほどの椰子の幹材が（後略）」というくだりなど、そして「レイテ島タクロバン南方四キロパロの新収容所は、方二百メートルの有刺鉄線の柵に囲まれた正方形の地面で（後略）」というくだりなど。しかし、この「長さの単位」の混用は、仔細にこれを検討すると、「決していい加減にされているのではな」いことがわかる。尺貫法は「「私」から見て、物みながいわば「私」の方を向いている」「私」の領域、メートル法は「行為主体が米軍とか」「「私」から見て、いわば「私」の方に背を向けている世界」。長さの単位の二つの目盛りが、この作品の世界を、二重化している（『小説家 大岡昇平』）。

これまでどれだけ多くの専門家が『俘虜記』に言及してきたか知れないのだが、いったい誰が、このように繊細で、鋭く、硬質な着眼を、示しただろうか。松元さんは、ほかにも、大岡の旧かな使用が異様な徹底ぶりで実は一九六二年一月の『逆杉』を最後に停止されていることを発見し——それまで旧かなで発表したものも以後、再録する際はすべて現代かな遣いに変更されている——、そこから、独特な大岡の敗戦観を取りだすなど、数多くの独創的というほかない指摘を、行う。大岡論とともに心血を注いだ漱石論もあるが、こちらも例外ではない。『三四郎』まで、漱石は「作中人物をその名前に「君」とか「さん」或いは「先生」というような敬称を付して呼ぶ呼び方」を「ほぼ一貫して用い、それ以後それをやめ」ている。そのことが語っているのは、どのような「漱石の転換」か。こんな指摘だって、このようにポイントを押さえた形のものを、わたしは松元さんの指摘以前には知らない。なかでも息を呑むのは、次の『こころ』解釈。

『こころ』を読むと、最後、先生が乃木大将の殉死に刺激を受け、自分も死ぬことにすると語られる、その自死の理由が、とってつけたように感じられる。その理由は、実は、先生の死が、若い「私」の無邪気なといってもよい、「真実探求」の意欲と問いかけに押されて生じているからではないだろうか。先生は「私」にかつて他人を信頼していた時期の若年の自分を重ねた。そういう若者が、なぜ先生は世を捨てているのですか、としつこく「真面目に」尋ねるものだから、自分の誰にも明かさなかった秘密を明かした。それは、先生にとっては、死を引き替えにした告白だった。若者がその真摯な態度で、先生に問いを発した。それに答えるべく先生は告白したが、それは先生を死なしめる問いでもあった。やがて若者は成長し、先生を死に追いやったのが、自分の無思慮で無邪気な「真実探求」の問いだったことに気づく。あるいは先生はなぜ死んだのかと考え、何年か先、このことに気づく。その折りには、彼は、ひどく己れを責めることになるだろう。先生は、そう思い、あらかじめ先回りして、自分の死は、「明治の精神」に殉じたのだと、いわばダミーの答えを、用意した(『増補改訂 漱石の実験』)。

私は、こうした松元さんの指摘に刺激を受け、これまで『ゆるやかな速度』(一九九〇年)、『敗戦後論』(一九九七年)、『小説の未来』(二〇〇四年)と三度まで、松元さんの論を引用させていただく形で、それを足がかりに、自分の論を展開した。高橋源一郎が『日本文学盛衰史』を執筆中、胃潰瘍で倒れ、重篤に陥った際、小説がたまたま漱石にさしかかっているのを知り、陣中見舞いにこの発見の宝庫ともいうべき漱石論をもっていった。それを勘のよい高橋が、どのように自家薬籠中のものとし、膨らまし、傑作の執筆に役立てたかは、作中に詳しく書かれている通りである。『ゆるやかな速度』にその大岡昇平論を大きく引かせていただいて以来、松元さんとはかなり頻繁に手紙のやりとりをさせていただいた。しかし、お目にかかったのは、数年前、広島を訪問したときの数時間だけ。その折りは、広島の先の山口県湯田で用事があり、その帰り、広島で降りて、一人松元さんの広島と長崎の修学旅行案内(『新版 広島長崎修学旅行案内』)を手に、広島の街を歩き、平和記念公園、平和記念資料館等を訪れた。松元さんとは、先にお便りを出して、夕刻、市内のホテルで、落ち合うことにしていた。

松元さんは、一九二四年生まれ。戦中派である。当時の朝鮮京城生まれで、旧制一高に進み、戦時下だったが、東京大学で敵国の文学である英文学を学ばれている。四四年に応召、復員後、再び英文科に戻られ、以後、出版社勤務をへて、郷里の広島に帰省し、中学教師、ついで広島大学に移られ、定年一年前に同大を退職されてからは、広島修道大学でと四十余年にわたり、英文学の教鞭を執られた。

お仕事は、多岐にわたる。英文学の分野ではシェイクスピアを論じた『シェイクスピア――全体像の試み』(一九七九年)、『シェイクスピアの全体像――仮面と素顔のあいだ』(一九八六年)が、英文学と国文学のはざまの関心からはぐくまれた独自の漱石論としては、『漱石の実験』(一九九三年、増補改訂版一九九七年)が、さらに自らの戦争体験をふまえられた文学論としては、『小説家 大岡昇平――敗戦という十字架を背負って』(一九九四年)が、また広島に育った人間としての論では、『ヒロシマという思想――「死なないために」ではなく「生きるために」』(一九九五年)、既出の『広島長崎修学旅行案内――原爆の跡をたずねる』（一九八二年、新版一九九八年）が、書かれている。

松元さんはお母上を、原爆で亡くされている。

お目にかかってしばらくして、松元さんからお電話があり、近年は体調の不安もあり、呼んでくれたのでご子息夫妻のおられる兵庫県宝塚市に移られる、とのことだった。ご自分の場所である広島を離れるのは忍びないが、今後は、この先の仕事を準備したい。文章を書くのに時間がかかるので、今度から時々電話するとおっしゃった。そして事実、何かの文章をこちらが発表した折りとか、ご自分で考えられていることがすこしまとまってきたと思われた折りなど、お電話を下さり、ずいぶん色んなことを話した。

松元さんの自伝的なことがらのおおよそは、『英語青年』に一九九九年から二〇〇〇年にかけて連載されたコラム「はぐれ英語教師――戦中派」全一二回に詳しい。その最終回に、ご自分の「これまでの人生を振り返っていちばん大きな出来事は、英語教師になる前、学生時代に体験した日本の敗戦と、ようやく一人前の教師になった四十代に体験した大学紛争との二つでした」と、記されている。

こうして書いていて、改めて気づく。よく考えれば、松元さんは私が学生の頃の先生にあたる年齢の方だった。松元さんは、私のよく知る人々で言うなら、たとえば旧知の多田道太郎さん、愛読する吉本隆明さんなどと同年生まれの、戦争世代の人である。私とは二まわり離れた同じエトのネズミ年。ここにあげたお二人が、年長の方に対して若輩の人間としておつきあい願ってきた方だとすると、松元さんとのおつきあいには、まず互いの書いたものを通じてのつきあいだったせいかわからないが、そういう年齢の差を、忘れさせるものがあった。

松元さんの書かれるものは、異様なほどにブリリアントで、その行文も、よく動く名人ピアニストの指のようにしなやかだった。しかしなおその話しぶりには、自ら渋滞ぶりを楽しむような、訥々としたところがあった。去年の春先、電話でお話しし、その後、お電話がないままだったので、こちらからお電話でもしようかと思っていた。その矢先、ある出版社のPR誌の編集後記に、この夏物故された方として数名の名があがり、そこに「松本寛」の名があった。専攻が英文学とあり、気になって、同じ出版社の編集者の友人に、誤植ではないだろうね、と確認したところ、それが誤植で、松元さんだった。

松元さんは、肺のご病気で、春先、私がお電話を受けてほどない頃に、入院され、そのまま、あっというまに亡くなられたのだった(二〇〇三年六月五日、行年七八)。新聞各社の報道があったが、たまたま私の取っている朝日新聞だけが、松元さんの死亡記事を載せなかった。それで私は松元さんの死を知らずに、その後も何か月かを、うかうかと過ごしたのである。

秋になり、時間を作り、京都に行った際、そこのホテルから、松元さんのお宅にお電話した。幸い、ご家族の方が、名前を覚えていて下さり、次の日、暑い日射しのなか、宝塚市のお宅に伺った。私の著書をも棺に入れて下さった、しかし連絡することはご遠慮された、と聞いた。

松元さんは、誰も気づかないことに気づく独自の眼力を備えた、非凡な人だった。漱石が好きで、小説家になろうと、英文学に進み、出版社に入り、それをあきらめた後は、学生時代にふれた中野好夫の目の覚めるような「オセロ論」に動かされて自らもシェイクスピアを講じ、自分の戦争体験の意味に言葉を与えようと、大岡昇平を論じ、広島について書いたが、その眼力は、創作者のものだったと思う。私は、これほど才気に溢れ、深みを備えて刺激的な漱石論を、ほかに知らない。

松元さんが亡くなった際の中国新聞のコラム「天風録」が、そういう松元さんの残した小さな発見の一つにふれている（二〇〇三年六月一四日朝刊）。平和記念公園を、ゆっくりとカーブした小道が横断している。松元さんは、「三十数年前」のあるとき、「戦前の地図と航空写真を重ね合わせた図を見て」いて、その「緩やかなカーブ」が「ただ一つ被爆前のまま残っている道」であることに気づいた。広島に原爆が落ち、すべてが変わった。でも、小道の「緩やかなカーブ」だけが、そのままに残った。

（『群像』二〇〇四年四月号）

水野先生、さようなら。——水野忠夫さんのこと

水野忠夫さんは、二〇〇五年、私が早稲田大学に移ってきたときにそのことを一番喜んで下さった。それまでお会いしたことはなかったが、文学部で水野さんと同僚の鶴見太郎君が紹介してくれた。それから毎学期の終わり頃に、西早稲田の居酒屋「かわうち」で定期的にお会いすることになった。マッギル大学から一年間、太田雄三さんがこられたときには、太田さんが合流した。堀江敏幸さんが早稲田にくると、堀江さんが、メンバーに加わった。四年間のおつきあいだったが、私のなかでは数少ない幸福な思い出である。

以下は、ゼミで出していた発行部数一〇〇部に足りない電子版小冊子に載せた、短い追悼の言葉である。

今学期のゼミの目玉は、ミハイル・ブルガーコフの『巨匠とマルガリータ』講読で、訳者の水野忠夫さん(文学部名誉教授、ロシア文学、去年本学を定年でやめられた)には、この七月に、鶴見太郎、堀江敏幸のお二人と一緒に、浅草で会い、すき焼きをおいしく食べ、わいわいがやがや、会食した際、一二月なら来ていただけるというので、楽しみにしていました。ですが、水野さんは、九月二〇日、突然、お亡くなりになりました。

お通夜に行きました。ご長男が宇宙物理学をやっていて、イギリスで研究者生活をしているため、その帰国を待っての執り行いでしたが、教え子、ロシア文学関係者数百人が訪れ、葬儀場のまわりに八人ずつ並んだ列が長く、長く続きました。

突然、気管支から出血されてのご逝去でした。

残念です。

もう会えないのが寂しい。

早稲田に来てはじめてできた、いまのところ、最初から早稲田におられた先生のうちで、唯一人の、親しい友人にあたる方でした。なんと素敵な人だったか。お酒をおいしそうに飲まれる。いまは先生の『マヤコフスキイ・ノート』を読んでいます。

＊

冒頭の水野先生の写真、ウェブ上でよいのが見つからず。（同窓である）安部讓二のところに出ている中一の写真を載せています。水野さんは、ご自分からは安部讓二との麻布中学の話をされなかった。こちらも存じ上げなかった。お聞きしていませんでした。マヤコフスキーの詩にあるように、「美男子」。ただ、こちらはおだやかな人柄で、かつ、アヴァンギャルド好き。ラディカルなものへの好奇心深く、ご自分は、ほんとうのリベラルという感じをもった人。水野先生、さようなら。

（『加藤ゼミノート』六巻一号、通号七一号、二〇〇九年一〇月二日。収録に際して手を加え、前文を付した。）

上野延代という人——『蒲公英　一〇一歳——叛骨の生涯』によせて

この本は上野延代さんが生涯に書いた文章のうち、没後に見つけることのできた文章を編んだものです。ほかにもこれから出てくるかもしれません。上野さんはそういうことを、あまり話さない人でしたので。つねに寡黙に後方に座し、しかもその位置にその人がいることが心強く感じられる人でした。

そういう意味ではこの本は上野さんの海に浮かぶ一つのブイと似ています。この本で私ははじめて、上野さんが二〇一二年に一〇一歳でお亡くなりになるまで、この一世紀のあいだ、どんな生涯を送ってこられたかの一端にふれることができました。

上野さんは大逆事件の翌年、一九一一年に兵庫県但馬に生れています。一五か一六の年に黒板に書かれた「働かざるもの食うべからず」というサン・シモンの言葉が印象深かったようです。ルソーのように散歩の好きな少女で、村はずれの山や丘を散歩をしていたら、学校騒動のさなかであったため、スパイと呼ばれたと書いてありますが、このあたりも、ルソーと似ているのが面白い。

この本の最後につけられた年譜で知るのですが、その後、一九三一年、二〇歳のときに大阪市の「アナキスト青年連盟」に参加。相棒と書かれるご主人の上野克己さんもアナーキストで、この頃、結婚されています。克己氏は戦前に数年、監獄に入れられています。戦後、「アナキスト連盟」に参加。お二人で、自由と独立を好むアナーキストとして戦前から戦後へと変わることなく生き通されました。一九五四年に克己氏が亡くなられた後は、お一人で、四男二女、六人のそれぞれ個性強いお子さんを育て上げられ、しかも、その間、アナーキストであることを家の外でも内でも、一刻も、おやめになりませんでした。

ここに収められた文章を読むと、辻潤、辻まこと、武林夢想庵、ギロチン社のメンバーから、戦後の斎藤和、益永利明、鎌田俊彦といった人々まで、さまざまなアナーキスト、逮捕された活動家、運動家、運動の渦中に亡くなった人々と、同席し、相知り、話し、また恐るべき広がりをもって獄中の人々を個人の資格で救援してきたことがわかります。

この本に、ジャーナリストとしての上野さんのすばらしい文章の数々が、後年のエッセイ、随想、短歌、俳句とともに収録されていることも、私などにはありがたいことです。これらの文は、この本の価値をたとえようもなく高めるものです。自由な精神が躍動している。誰に何の遠慮会釈もなく生きたジャーナリストの文が、いまの新聞にはすっかり消えてしまった元気と笑いと痛烈な批判のうちに、朝の日の光のように、そのなかに浮かぶ朝露のように、輝いています。

一つ、例。出典は上野さん発行「民友新報」のコラム。

徒らに馬齢を重ねてこの三十日に五十四歳の誕生を迎えた。顧みて生涯の大半、四十年の内面生活の痛恨事は先輩や友人に恵まれなかったこと。若年のころは狷介に閉じこもり観念だけで世間を眺めてきた観があった。結婚ののちはずい分波のある生活も送ってきたが、対人的な交渉は殆どなく、もっぱら主人公というかくれ蓑のなかで一喜一憂しながら不惑をこえてしまったが、主人公を失ってさて身軽になってくるとどこからか同類が集まってきて時間も仕事も無視した気安さのなかでお喋りに花を咲かすようになる。

どういうものか私の知人関係には自意識の強い女の人が多くその人々のすさまじさにつくづく女こそ度し難きものである、と観念するようになった。今お前の嫌いなものは何かと問われれば即座に「女」と言い切れる程女の人の人間としての欠陥の深さをながめて排他意識が湧いてくる。

（「小人のたわごと」）

以下続く。タイトルは「「女」の本性」。これを上野さんの知り合いの女の人が読んだだろうと考えると、また、それを承知で上野さんがこれを書いていると思うと、痛快、を通り越して、これこそジャーナリストの心根の原点だ、とつぶやきたくなります。痛烈、肺腑をえぐりかつ、心地よい。何と気持ちのよい文章でしょうか。

私は一九八〇年代のなかばくらいから、およそ足かけ二五年間くらい、上野さんの交友のほんのはしっこあたりでつきあわせていただきました。Kさんの救援の集いで、メンバーは、四人、時に五人でした。お会いする度、お顔にかすかな微笑みが浮かんでいる。戦前から、変わらないアナーキストであることとは、生きていて、どのような気持ちのすることだったか。上野さんに、この日本の社会と世界の現状は、どう見えていたか。この本にも、大杉栄と一緒に殺害された橘宗一少年の墓碑のことが出てきます。そして、そこに記された少年の父である人の、うちふるえる激しい言葉に対する上野さんの思いが、短く記されています。深い川は静かに流れ、不屈のたぎる激しい怒りは、おだやかな笑いを浮かべる。上野さん、ありがとうございました。

今後も、どうぞ、よろしく。

（上野延代『蒲公英　一〇一歳――叛骨の生涯』上野延代遺稿集刊行会、二〇一三年一二月）

まだ終わらないもの――小高賢さんのこと

ここでは歌人を鷲尾賢也さんと呼ばせていただく。理由は簡単で、私は歌人を、歌人のお名前で呼んだことが一度もないのである。ことによれば、その人にお会いしたことすらないかもしれない。いつも会うとき私の前にいるのは、鷲尾賢也という人なので。

その鷲尾さんとは、当初、編集者と書き手という関係でお会いした。

自分よりも年少の人として会ったら、さぞかし好青年ぶりの鮮やかな人だったろう。しかし、残念ながら、現実には、鷲尾さんのほうが四歳ばかり年上で、しかも役職つきの編集者。実際におつきあいしてみると、その温厚な身のこなしにも似ず、これほど頑固で、「言うことをきかない」、編集者氏は、はじめてだった。

いつもは穏やかなのだが、一か八か、丁か半か、というときに、――原稿で言うなら、締め切りの最終段階でのギリギリのやりとりの場で、――そこだけ、頑として、譲らない。寛仁大度でなくなる。ご本人にはその自覚はないのかもしれないのだが、当方としては、ええい、とばかり、嚙み砕こうとして、歯が欠けそうになり、思いとどまった記憶がある。それが何に関してのことだったかもすっかり忘れているにもかかわらず、そのときの「ガリッ」という感触が、腔内に残っている。たしか、鷲尾さんが講談社の学術局長として、叢書「メチエ」を企画され、第一回配本の一冊として、書き下ろしの缶詰めになっている頃のことだったろう。

その鷲尾さんが、するすると出世したと思うとまもなく、あっさりと退職された。その少し前あたりから、編集者と書き手というよりは、友人仲間の一人となっていて、よく、鷲尾さん、鷲尾さんの先輩にあたる元『群像』編集長で短歌研究社に転出していた天野敬子さん、共同通信記者の小山鉄郎さん、書き手仲間の竹田青嗣などと、温泉に行ったりした。一番楽しい時期だったような気がする。職業人である以上、いろんなことがあったのだろうが、そういう話を交わした記憶は一度もない。

いつも、政治だとか、思想だとか、戦後だとか。あと、ときどき文学だとか。人で言うと、安岡章太郎、丸山眞男というような名前が、敬愛の心持ちを乗せてこの人の話頭にのぼった。

短歌の話も、時にする。

誰かが話題を持ちだせば、答える。ただ、そんなにはしない。この人のどこかに短歌の度量衡があって、たとえば、合計が、いつも、一を越えない、というように秤が働いているという印象を私は受けた。

そういう私も、歌人が歌を詠む人であることは知っているから、ときどき、いただいた歌集をひらく。記憶に残っているのは、武骨な歌である。どこか、「ガリッ」という音が聞こえるような。

わが手足規矩に余ればもぐべしと裁かれたりし夕べの会議
居直りをきみは厭えど組織では居直る覚悟なければ負ける

職業ということばは、英語にすると、プロフェッションで、形容詞はプロフェッショナル。そこから洩れおちる、英語にならないもの、サマにならないもの、職業という日本語にだけ残存する、ものの悲しい語感。そういう小癪でない、貧しく武骨な固さが、私にとって元職業人鷲尾賢也の歌のふるさとのようである。

二年前、半年デンマークのコペンハーゲンに妻と二人で暮らしたとき、誘った友人みなに振られたなかで、鷲尾さんが同じく歌を詠まれる奥様と二人で、スウェーデンに住む友人を訪れる途上、寄ってくださったことがある。

数日間、四人でお会いした。それがきっかけになり、ときどきいまも、四人で、浅草近辺、川越市中、互いの居住する近辺をふらふら歩く。そうするうち、意外な一面というのではむろんないが、奥様とのやりとりから、この人が歌を大事にしているようであることを、察知することがあった。

鷲尾さんが、きわめて強度の飛行機恐怖症であることは友人のあいだではよく知られている。最初の頃は、見知らぬ反対側の隣席の女性に、奥様から事情を話し、奥様とその女性、それぞれに手を握ってもらって離陸したそうである。それでも最近は、よく奥様と二人、飛行機に乗る。歌人は変わった。

そこにどういう心境の変化があったのか。心の底の底で何が起こったのか。そういうことを、鷲尾さんは、語らない。それは単に、聞かれないので、語らないということなのだが、本所両国生まれの人は、そういうことが起こらない交友を、いつのまにか周到に設え終えているのである。非武装地帯があるのだが、そこにネギや茄子を植えているので、誰にもわからない。それで、私のような者は、ときどき、怖いもの見たさに、歌集を手に取り、その先を覗く。

雲払う風のコスモス街道に母の手をひく母はわが母

多分おそらく老いのはてには完熟の恋のあるらん降りないぞまだ

（小高賢著・伊藤一彦監修『小高賢』青磁社、二〇一四年三月）

弔辞——鷲尾賢也さんへ

鷲尾さん、

ここでこんなふうに、鷲尾さんに向かって呼びかけることはとても不本意です。何か狐にでもバカされた芝居のなかで、わたし自身が共犯者に仕立てられているような気がします。しかし、これが芝居などではなく、冷徹な現実であることも、知らないわけではありません。

一昨日、墨田区菊川のお宅にお邪魔し、おだやかなあなたのご尊顔を拝し、さわると冷たい髪にふれ、夜、埼玉の自宅に帰り着いたら、あなたからのハガキが届いていました。いつもの勢いのある筆致で、「久しぶりの大雪。家の前を雪かきするだけで腰がいたくなり、やれやれです。」と書いてありました。二月一〇日午後の神田郵便局の消印です。たぶんあなたが亡くなった日、一〇日に書かれ、昼過ぎに投函されたのでしょう。「都知事もひどい事態。」と続き、関連して「多くの友人」とのメールのやりとりがあったことにふれ、近いうちに会おう、「一献しましょうよ」と丁寧な言葉で誘って下さっています。

最後にお会いしたのも、ついこのあいだのことです。鷲尾さんに倣い、もうだいぶ遅れての決心ですが、私も勤めをやめることにした、その大学での最後の授業となるゼミに、私の文筆上の友人としてはただ一人、顔を出してくださいました。その後のコンパにも夜遅くまでつきあってくださり、多大なカンパを置いてゆかれたことを、後で学生から知らされました。

どんなにあなたに、支えられてきたか。

人間のつきあいというものは、わからないものです。

最初は、偉大な編集者と、親しくさせてもらっているやや年少の書き手という関係から、何人かの友とともに、私たちの交遊ははじまりました。一九九〇年の頃のことです。鷲尾さんがお勤めの講談社で「本」というPR誌の編集をしていた頃から、やがて辣腕をふるう学術局の責任者となったあたりまでが、編集者と書き手としてのつきあいだったでしょう。でも、突然、五十代の半ばにして、退職する。いま考えても、この転身には、驚くべき決断の冴えを感じます。

四年前、大学の特別休暇の年、当時デンマークに滞在していた私たち夫婦を、鷲尾さんご夫婦が、スウェーデンの友人夫妻のもとを訪問するついで立ち寄って下さいました。その地で、家族ぐるみで数日を過ごしてから、気持のゆきかいが一段と深まったと思います。帰国してからは、よく浅草や深川界隈、隅田川の観光など鷲尾さんが生まれ育った下町を夫婦同士四人で歩き、案内していただき、震災の被害と原発事故に揺れる日々のなかで、いろんな話をしてきました。

しかし、なかで、どうしてもお礼をいわなければならないことは、去年の一月、私の息子が不慮の事故で死んでから、私たち家族を、ほんとうに親身になって支えてくださったことです。私は、一年前、突然深い穴ぼこに落ちてしまい、この世で一人っきりになったのですが、そのとき、私と家族のことを気にかけてくれ、私の書くものを読んでくれ、私がこの世の網からずり落ちないように、蕎麦屋に連れていってくれたり、町歩きに誘ってくれたり、話を聞いてくれたりしたのが、あなたでした。

でも、鷲尾さんがこんなふうに突然、いなくなってしまい、死んでしまい、私はまたしても、この世にひとりぼっちになってしまった。寂しいこと、このうえなしです。

われわれは、好き嫌いがはっきりしており、それを隠すこともあまりないため、世間にあまり評判がよろしくない。私があなたの世間での評を念頭にそういうと、あなたは、僕はあなたとは違うよ、しっかりした職業人だよ、一緒にしないでほしいね、と言ったものです。編集者としても、歌人としても、批評家としても、剛胆で堅固なところのある人として知られたあなたは、人とのつきあいを、楽しみながら、また大切にする人でした。「集まり」を大事に考え、「町」を大切にしたあなたは、人をよく見る人、人をよく知る人でした。

元群像編集長の天野敬子さんなどもまじえ、何人かの友と、あなたと温泉に行ったりしたあたりが、私の生涯にとっても一番楽しい時期だったでしょう。それは、あなたが、するすると出世したあげく、私などにはみじんもそのそぶりもみせず、突然、会社を辞める頃のことです。日々、職場での葛藤もあったでしょう。でも、そういう話を交わしたことは、一度もありません。その代わり、よく安岡章太郎さん、丸山眞男さんなど、あなたは好きな人の話をしました。そういう名前を口にするときのあなたには、いつも生きることへの肯定感が漂っていました。

あなたは、私の知っているなかでは一番、容赦するところのない、厳しく、激しい、――そう、きかない、編集者でした。一度短歌の雑誌にあなたについて小さなエッセイを書かせてもらったときに、そんなやりとりのなかで、腹が立ち、「ええい、とばかり、嚙み砕こうとして、歯が欠けそうになり、思いとどまった記憶がある」、と書いたことがあります。そこには、あなたの歌から、「わが手足規矩に余ればもぐべしと裁かれたりし夕べの会議」を引いています。

あなたは、私にとって、少しずつ、徐々に、大切な、かけがえのない人間になっていきました。その過程で、私にはその理由もわかってきました。それは、あなたがとても正直な人間だったからです。立場の弱い人間への熱いまなざしをもった、強い正義感の持ち主だったからです。しっかりと人間の苦労を心に刻んだ、歌人だったし、またおのれの文学に負けない、生活人だったからです。

この一年、私と私の家族の生活はほぼ、暗色でした。なかで、ときどき、暖色系の光が落ちてきて、気持ちがよかったのですが、その暖かい、明るい光をもってきてくれたのが、鷲尾さん、あなたでした。

そのことで私は、あなたにお礼を申します。編集者としての仕事、歌人としての仕事は、多くの人の知っている通りであり、私の専門ではありません。でも、私たちは、とくにこの数年、もっとも身近で、大事な友でした。私たちは、年をへて、また人生の痛恨事をへて、老境にいたり、友となったのです。これも人間の、一つの達成だったと思います。

昨日も、一昨日も、私は仕事をしながら、ああ、あなたがもういないのだ、と思い、仕事の手をとめました。寂しい限りですが、私もやがては、そちらにいきます。それまでは、あなたのご家族と、少しでも、おつきあいを続けていきたいと、希望しています。

一緒に神保町界隈を歩けない。蕎麦屋に行けない。おいしいものを食べられない。本の話ができない。書いたものを読んでもらえない。褒めてもらえず、ここはダメだよ、といってもらえない。それらすべてが、残念です。でも、これまで、多く、そうしてもらいました。ありがとう。お元気に、とはいえない、それがつらい。でも、どうか、安らかに、お休み下さい。そして、遅れてくる者を、しばらくのあいだ、そこで、待っていてください。

二〇一四年二月一四日

友人　加藤典洋

（弔辞再録、『加藤ゼミノート』一五巻八号、通号二〇二号、二〇一四年二月一五日）

4. 言葉の降る日

死に臨んで彼が考えたこと——三年後のソクラテス考

はじめに

いまから三年前。二〇一三年の春、その頃教えていた大学の一年生向けのゼミで、『ソクラテスの弁明』（以下、『弁明』）『クリトン』『パイドン』を読んだ。古典中の古典だが、扱うのははじめてである。私として似合わない選択をしたのは、これがソクラテスという一人の人間の「死」をめぐる本だったからである。私事に亘るが、その年の一月に息子の死に遭い、「死」の近くに身をおいていたいという希望があったのである。

「死」をめぐる一番大きな物語として、私たちはイエス・キリストの受難の物語をもっている。ソクラテスの受難の物語は、四〇〇年、それに先立つ。私は心の片隅で、ソクラテスの死は、キリストの死とよく似ていると、長いこと感じてきた。キリストは衆人環視のもと、磔刑に処せられる。一方、ソクラテスは死刑の判決を受け、獄内で友人に囲まれ、毒杯によって刑死する。両者の「死」の物語のあいだにどのような連関があるのか、ないのか、私は知らないが、この二つの死は、それを身近で味わった者にただならぬ衝撃をもたらし、その後の彼らの生き方に決定的な影響を与えた。彼らの死は、ともに「死」が遺された者にとってどのような経験でありうるかを、それぞれの仕方で語っている。

その年の春から夏にかけて、毎週一回、学生に発表をさせ、読み進めた。そうするうち、心の中に一つの問いが浮かびあがってきた。関係する本を読んでも誰もそのことに注意を払っている形跡がない。なぜだろうと疑問が膨らみ、最後、そのことをもとに、設問に作り、学生に尋ねた。そして、その後、プラトン学者の納富信留の新訳とその解説と著作、またこのとき出てまもない柄谷行人の著作『哲学の起源』などを取りあげ、自分の考えを述べた。

二〇一一年三月、東日本大震災と原発事故があり、翌二〇一二年三月に吉本隆明さんが死んでいる。二〇一三年一月に息子の死があり、二〇一四年一月、その後を支えてくれた親しい友人の鷲尾賢也(歌人の小高賢)さんの死が続き、去年、二〇一五年七月には、鶴見俊輔さんが死んだ。いずれも、私にとって大切な人たちである。

あれから三年。時は歩むことをやめない。そうしたなか、記憶の向こうから、そうか、そうだったのか、という一つのささやかな発見の声が浮かび上がってきたのは、何気なく右のプラトンの一部を再読した、ごく最近のことである。その発見を手がかりに、三年前の考察に立ち返り、そこに試みられた思考のあとをもう一度、たどり直してみたい。

問いは、こうである。

1　問い――クリトン、ソクラテスA、ソクラテスB

ソクラテスは、裁判で死刑の判決を受ける。しかし、デロス島への祭使派遣の行事と重なり、聖船が帰るまで、処刑はおよそ一か月のあいだ、延期される。

とうとう、処刑が一両日後に迫った日、「夜明け少し前」、友人のクリトンが獄中のソクラテスのもとを訪れる。クリトンは「裕福廉直な農民」。ソクラテスと同じ「アテナイのアローペケー区の出身」で、「同い齢の竹馬の友」。クリトンは、誼を通じた牢番に見逃してもらい、牢獄へ忍び込む。ソクラテスは眠っている。

プラトンの『クリトン』は、こうソクラテスが眼をさます場面からはじまる。

ソクラテス　どうしてなのだ、いま時分、やって来たりして、クリトン、それとも、もう早いことはないのかね。

クリトン　いや、早いことは、早いのだよ。

ソクラテス　いったい何どきだね。

クリトン　夜明け少し前だ。(中略)

ソクラテス　それで、君がやって来たのは、たった今なのかね、それとも、さっきからなのかね。

クリトン　かなりさっきからだ。

ソクラテス　それでいて、どうして僕をすぐに起こさなかったのだ。黙ってそばに坐っていたりして。

(田中美知太郎訳「クリトーン」『ソークラテースの弁明・クリトーン・パイドーン』)

クリトンは、この一か月間で周到に準備したことを伝え、ソクラテスに脱獄を勧める。これに対し、ソクラテスは、二つの理由をあげて、クリトンの提案を拒む。

そこにしめされている考えを、クリトン、ソクラテスA、ソクラテスBと呼んでみよう。

クリトンは、こうである。――ソクラテスよ、逃げた方がよい。用意はすべて、できている。相手は不正を働いているのだ。こんなことで、みすみす命をなくすのはばかげている。君にはもっとすることがあるだろう。また、子供のことも考えよ。

ソクラテスは、これに、二つの言い方で答える。

まず、ソクラテスA。これは、ソクラテスがクリトンと対話しながら示す言い方で、話の前半に出てくる。

――しかし、クリトンよ、一、真理が何というかが問題だ。二、大切にしなければならないのはただ生きるのではなく、よく生きるということだ。三、出て行くことは正しくない。たとえ不正にあったとしても、不正で返してはいけない。四、だから自分はよく生きるため、正しいことに従うために、ここに残るよ。

しかし、この後、ソクラテスは、「次の話」に進み、クリトンに向け、架空の国法を呼び出すかたちで自分との想定問答を話して聞かせ、第二の考えを示す。ソクラテスBである。

ソクラテスは、いう。――さて、もしここに、国法と国家公共体がやってきて、自分たちを生み育てたものに、おまえは害をなすのか、というなら、どうだろう。クリトン、そういわれたら、僕も、それには歯向かえないのではないだろうか。

そこでの論理は、こうである。

一、まずそこには、正しさの平等はない。父と子の論理に対等がないように。二、また、国家と祖国に従わないと考えるのであれば、まず国家と祖国を間違っているゾと、相手を説得すべきだ、見捨てるのではなく。三、さらに、それ以前に、国家と祖国と関係をもちたくない（約束を破棄したい）というのであれば、成人に達したときに、この国を離れることができたはずだ。それなのに、とどまり続けたということは、国家と関係をもつことにしたということではないか、約束をし直したということではないか、といわれる。そういわれても僕としては、反論できないだろう。

だから、クリトンの提案に従って脱獄すれば、三重の不正を行うことになる。整理していえば、一、生みの親に服従しない（昔からの国の神々と祖先の権威を尊重しない）不正。二、育ての親に服従しない（現在の国家への忠誠に反する）不正。三、いったん服属すると約束した対等の相手を、説得もせず、またこれに服従もしないで、無断でその約束を破る（国家との契約的な関係においても義務を履行しない）不正の三つである。この「国」に対する不正は、前者のクリトンのいう「世間の人々」の不正に比べて、はるかに大きい。

このばあい、国法と国家共同体は僕にいうだろう。――ソクラテスよ、おまえは「世間の人々」から不正を加えられたからといって、これに（脱獄という）不正で答えるのか。そうなら、おまえの犯す不正は「国法と祖国」への不正となり、「世間の人々」がおまえに犯す不正とは比べものにならないくらい大きい。それは、受けた不正を差し引いてもなお大きな不正を犯すことではないか。この大きな不正を犯すことは、それまでおまえのいってきた正義への言葉を裏切ることになる。このあと、アテナイ以外のどこにいっても、誰ももはやお前の言葉を信用しないだろう。

これを受けて、私は学生に、こう設問した。

問い。「あなたは、クリトン派になるか、ソクラテスA派になるか、ソクラテスB派になるか、それともそれのどれにもならず、別の考えを示すか。問いに答え、簡潔にその理由を述べよ。」

答えは、大多数がクリトン派、少数がソクラテスA派で、ソクラテスB派は皆無であった。

さて、これへの私の考えは、以下のようである。

2 ソクラテスA

「クリトンの提案にも理はあるが、クリトンの側から、ソクラテスを説得しても、ソクラテスAの理屈には、逆らえない。論理的にはソクラテスAの考え方のほうが、正しい。また、その答えには過不足がない。それなので、わざわざソクラテスBの考えをもってくるには及ばない。

したがって私は、ソクラテスA派です。

しかし、クリトンの提案にソクラテスがAとBという二つの考えを並べ、答えとしているのはなぜか。そのことの理由は、このことからはわからない。

それを考えると、ソクラテスの答えは、この先の別の考えだったのではないかとも思えてくる。

それをここで、ソクラテスCと呼んでみよう。そしてなぜクリトンの提案に対し、ソクラテスが、この二つの答えをあげ、従わないと述べているのか、その理由を考えてみよう」。

これを、詳しく、具体的にいうと、こうなる。

まず、ソクラテスAが、正しい理由。

これまで、ソクラテスは、さんざんにアテナイの市民たちに揶揄され、批判を受けてきた。まずアテナイの市民に、不用・無益なことをもちだし、天上地下のことを論じ、悪を善にいいくるめ、弁論を教授する(金を取る)と非難された(「古い告発」)。そのあげくにこのたびは、五年前の敗戦を受け、アテナイの古い神をないがしろにし、怪しげな神霊(ダイモニア)をあげつらい、青年を腐敗させた罪で訴えられる(「新しい告発」)。

これに対し、彼は、今回だけは、どんなにいやがられようと、人間にとって一番大切なことは「よく生きること」なのだ、といおうとして、意を決して裁判に臨んでいる。だから、裁判の勝ち負けからいえば有利なはずの、自分への三人の告発者による「新しい告発」だけを相手に裁判闘争をすることはしていない。アテナイ市民全体による「古い告発」にまで遡り、自分に対するこれまでのすべての批判に反論するというやり方を採用する。そして、五〇一票中の六一票という小差で有罪となる。

裁判は有罪の決定後、量刑の裁決にすすむ。そこでソクラテスは、法の精神からいえば、ほんとうなら自分はアテナイによいことをしたのだから、食事を饗応されたいところだ。しかしそれは法の規定にないので、譲歩して、友人からのカンパでまかなえる金額である三〇ムナの罰金刑を請求する、と述べる。これは皮肉でも何でもないのだが、この言い方が裁判員を怒らせる結果となり、今度は二二一票という大差で、死刑と決せられる。しかし、それを受け入れる。

ソクラテスAの主張は、この考え方の延長にある。「よりよく生きること」が一番なのだ、という主張に従い、自分が正当であると判断して望んだ裁判の、所定の手続きを踏んだ判決を受け入れる。判決は死刑。「では、死のう。」これは逆らえない。この考えのまっとうさを、否定できない。

3 ソクラテスB

では、なぜ、私はソクラテスBの答えをとらないか。

ここには、クリトンへの答えとして、ソクラテスAとソクラテスBと二つの答えが示されている。このことを受け、この二つを比べ、いずれが正しいか、と問えば、ソクラテスAが正しいからである。

理由は二つある。まず、この第一の正しさに不足があるというなら話は別だが、次に述べるように、そうはいわれていない。そのばあい、不足のない第一の正しさに第二の正しさが加われば、たとえ正しくともそれは、屋上屋を重ねる正しさである。正しさとしては、第二のものは、第一のもののようには、機能していない。

次に、こちらが本体だが、この後見るように、第一の正しさは、正しさといわれるが、第二の正しさは、これに自分は反論できない、といわれるだけである。しかも、だから従う、ともいわれていない。ソクラテスは、これを別に自分の正しさとは、明言していないのだ。

では、何といっているのか。

ここでいわれているソクラテスBの考えは、約めていえば、このアテナイの国法の「正論」の正しさには、反論できない、というものである。しかし、だから、これが正しい、ということにはならない。ソクラテスも、そうはいっていない。

では、なぜ、ソクラテスは、真理のために生きるので、脱獄しない、という理由のほかに、この「国法」の批判には、反論できない、という理由を、屋上屋を重ねて、ここにおくのか。

一つより二つのほうが強力になるから？　そういう「虚偽の論理」にソクラテスはソフィストを相手に戦ってきた。一つより二つ、二つより三つ。理由が多ければ、一見、より強くなるように見える。しかしそのたび、その人にとっての最初の理由の「強さ」は相対化され、弱くなっていく。ではなぜソクラテスAに重ねての、このソクラテスBなのか。

私の、さしあたっての答えは、こうである。

その二つが、彼にとって、違う理由をなすからである。

だから、Aだけでなく、Bをも彼は掲げているのだ。そうとしか考えようがない。

その違いとは何か、といえば、後者の答えは「正論」である。そして前者は、そうではない。

産経新聞社から出ている雑誌に、『正論』というものがある。また、この新聞には、「正論」という欄があって、そこでは保守派の論客、政治家のような人々が、「正しくてなかなか反論できないような主張」を行っている。基本はソクラテスBにおける国法の主張と同じである。

ここから出てくるのが、このソクラテスの法の受け入れについていわれる、「悪法も法なり」という主張にほかならない。ふつう、これには、「反論できない」。

だから、このソクラテスAとソクラテスBの並立が語るのは、ソクラテスBの理由は、立派で、反論できない。一方、ソクラテスAの理由は、少なくともソクラテスの理解では、単独では不十分だと感じられている、ということである。Aだけで十分なのであれば、ソクラテスは、これにBを付け足そうとは思わなかったはずだからである。

ソクラテスBの「正論」についていえば、学生からの答えに、この国法の理屈にふれ、何か「こういうのってイヤだ」というのがあった。これは正しい。権利のある、重要な反対理由になっていると思う。

そのわけは、ここでソクラテスと国法のあいだに交わされている「約束」が、内容的には平等と対等をうたっていても、ほんとうには平等でも対等でもない、という問題があるからである。第一に不服従の不正、第二に不忠誠の不正、第三に不契約墨守の不正。この一から三に向かって、契約者同士の対等性、それと同時に「約束」の拘束性は強まっている。いまなら、このうち、第一と第二への反論はたやすいだろう。対等ではないからだ。しかし、対等をうたう第三への反論は難しい。とはいえ、この第三の「対等」のルールを作っているのも、第一、第二のばあいと同じく、つねに「国法」の側である。ここには初原的な非・対等性、非・平等性がある。オレ達って、平等だよな、さあ、対等の契約をしよう、と先からいたほう、国法が後から来た人間であるソクラテスにもちかけている。両者のあいだの「約束」は、第三の「約束」のばあいでも、非対称なのだ。ポストコロニアルな観点をここにもってくれば、このことはもっと理解しやすくなるだろう。自由・平等・博愛の原理も、それが力ある近代国から問題を多く抱える後発国に持ち込まれるばあいには、いくらでも抑圧の道具になりうる。それと同じ、対等をうたうこと、それを押しつけることの非対称性が、ここにはある。だからこの、後から来たものが感じる、この対等・平等な呼びかけへの「どこかヘンだ」という感じには、権利があるのである。

ところで、このソクラテスAとソクラテスBの一対性の関係を、ソクラテスは自らの『弁明』のなかで、面白い言い方で、表現している。

実際、可笑しな言い方かもしれませんが、私は神によってポリスにくっ付けられた存在なのです。大きくて血統はよいが、その大きさ故にちょっとノロマで、アブのような存在に目を覚まさせてもらう必要がある馬、そんなこのポリスに、神は私をくっ付けられたのだと思うのです。その私とは、あなた方一人ひとりを目覚めさせ、説得し、非難しながら、一日中どこでもつきまとうのをやめない存在なのです。ですから、皆さん、こんな者はもうあなた方の前には簡単に現れないことでしょう。むしろ、私の言うことを聞いて、私を取っておくのが得策です。

（納富信留訳『弁明』一八）

彼は、自分は、アテナイという立派な馬に、うるさくつきまとうアブのような存在だという。ソクラテスAはその「アブ」の正しさであり、それゆえに、単独では存在しえない。「馬」の正しさであるソクラテスBを、呼び込まざるをえないのである。

4 「悪法も法なり」？

しかし、そもそも、プラトンは、なぜ、ソクラテスにこの「二つ」をいわせているのだろうか。まずいえるのは、この二つを合わせて「悪法も法なり」とだけ受けとるのは、この『クリトン』のソクラテスの言明の解釈として、不正確もはなはだしい、ということである。

これについてはプラトン学者の納富信留が、「ソクラテスに帰される「悪法も法なり」も、こういった不精確な理解の一つである」と述べている。彼は、いう。

プラトン『クリトン』において、アテナイの法律を守って脱獄の提案を拒絶するソクラテスは、そのような表現（「悪法も法なり」――引用者）を語らない。彼が友人クリトンに向ける論理は、より複雑で精妙である。

この標語は、日本では、ローマの法学者ウルピアヌスに由来する法格言"Dura lex, sed lex"（厳しい法でも、法である）と混淆され、流布したようである。無論、両者は含意も起原も異なる。だが、この誤った表現ゆえに、ソクラテスは「法実証主義」の起原と解されてしまっている。

（納富信留『哲学者の誕生――ソクラテスをめぐる人々』）

これに続けて、納富は、日本でのこの「悪法も法なり」と「無知の知」とが、そのまま戦前には韓国に伝えられ、間違った浅い考え方を広めた事実がある、この「悪法も法なり」は、戦後の韓国で、「軍事政権が政治的抑圧を行うときのいい分けに用いられていた」と述べている。

納富が指摘するように、ソクラテスの主張は、先に示した三重の不正という論法であって、それを私たちはソクラテスBと呼んでいるが、そこに「悪法も法なり」という言明は入っていない。国法がそのように自分にいってきたら、反論できるかい、できないよ、とソクラテスはいうが、それは、自分の考えは、国法の考えと一緒だ、ということではない。そこに「複雑で精妙」な論理の展開がある、というのはそのことである。

しかし、ここでの弁論の「複雑」さと「精妙」さは、これにつきない。

三重の不正の論理は、論理として「複雑で精妙」である。しかし、その論理（ソクラテスB）が最初のソクラテスの「正しさ」の論理（ソクラテスA）の上に重ねられ、二つで一つとして、ソクラテスの答えをなしているところには、論理のあり方として、それより、よりずっと「複雑で精妙」なものが現れている。

残念ながら、こうしたいわば「文学的な問題」（？）に、ソクラテス学者たちの観察は届いていない。目につくソクラテスに関する本を読んでも、なぜここで彼が脱獄をしない理由として、「一つ」ではなく「二つ」をあげているのか、という問いにはついぞ、お目にかからないからである。そこに顔を見せているのが、論理よりもずっと高次の、どのような「複雑で精妙」な論理のあり方かは、彼らの視界の外にある。

そこが一番、大事だろうに。

なぜソクラテスはこんな答え方をしているのか。ソクラテスはすでに『弁明』で、これに答えている。右に引用した「アブ」と「立派な馬」のくだりが、そうである。

しかし、『クリトン』では、このことについて、ソクラテスは何もいわない。プラトンが、彼にそういう場面を用意していないからだ。だから、なぜこんな書き方をしているのかと、私たちは、ソクラテスの頭ごしに、書き手プラトンに、質問をしなければならないのである。

私はその言い落とし《レティセンス》について、こう考えている。

ソクラテスBで国法の名で展開されているのは、つねに力ある、先行する、共同的なもの、公共的なものが、それよりは弱く、後から来る、私的で弱い立場の存在(多くのばあい個人)に対して主張する、いわば上から目線の「正しさ」である。こういう正しさの論はふつう、「正論」といわれる。また、この立地の非対称性に注目すれば、ここからポストコロニアリズムの立論の地点までは、そう遠くない。

ひとまずこれを、次のようにいっておこう。

ここでソクラテスは、前半で、個人として、自分の良心に照らして、脱獄は不正なので、できない、という理由を述べ(ソクラテスA)、後半で、公民として、自分の属する共同的・公共的な精神に立つと、脱獄は不正なので、すべきではない、といわれたら反論できない、と述べ(ソクラテスB)、この二つの理由から、クリトンの「常識」的な提案に反対しているのであると、と。

そのうえで、ここで「照らして」という言葉に、改めて、注意してみよう。自分の良心に照らして、というのは、光源が自分のなかにあって、その光源を基準に判断する、という言い方である。その自分のなかにある正しさの基準を、ここでは「良心」と呼んでいるのである。これに対し、「国法」の正しさは、権威とともに、以前からある。また、上にあり、力あるものとして、外からくる基準である。つまり、この二つは、仮にいまふうにいっておくなら、「良心」と「正論」の違い、内からくる正しさと外からくる正しさの違いなのである。

5 「良心」と「アブ」

でも、そうだとしたら、なぜプラトンは、クリトンに、次のように、質問させなかったのだろうか。私が『クリトン』を書くなら、この国法の呼び出し(B)について語るソクラテスに対し、ここでクリトンは、こう質問するはずである。

——でもね、ソクラテス、君のいう第一の反対理由と第二の反対理由は、一緒にいえるんだろうか。私にはそうじゃないように聞こえる。私には君の第一の理由は、君の良心からやってくるもののように思われるし、君の第二の理由は君の公民としてのアテナイへの忠誠心からやってくるもののように思えるのだ。だとしたら、この二つは対立することもあるのじゃないかね。そのばあい、君はどうするのだろう？　もし、君の良心が君の忠誠心に反対して、私は脱獄しないが、それは国法の主張に反対できないからではなくて、自分の法である良心に従いたいからなのだ、万が一、国法の主張と自分の良心のいう「正しさ」が違うなら、私は、国法の主張には従わない、といったら？ そのばあい君はどうするんだろう？

そうしたら、私のソクラテスは、がはは、と笑って、こういうだろう。

——いや、クリトン、君はよいところに気がついたよ。それが、私が、後のほうの主張を自分の考えとしてはいわなかった理由だからだ。最初、私は、自分の考えからこうする、といった。次に、私は、人から——この場合は国法だがね——こういわれたら、反対できないだろう、といった。それは、君がこの二つの裂け目に気づいて、いまのように質問したら、そのときだけ、答えようと思うことがあったからなのだ。君が何もいわなかったら、私もいわなかっただろう。でも君がその裂け目に気づいたので、いうことにするよ。

そうだ。その通りなのだ。ここには二つの「正しさ」がある。一つは「アブ」の正しさだ。もう一つは、「ノロマ」だけれども立派な馬の正しさなのだ。さあ、私が弁明の場でいったことを思い出しておくれ。私は、こういったのだ。私は、自分が公的な正しさの場に出そうになると、そのたびに、ダイモンがやってきて、やめよ、と声が制止するので、それをやめた、と。それで私は、市民達が国のことを論議する民会にも、義務で出なければならないとき以外は出席しなかったし、政治家にもならなかったし、人の上にも立とうとは思わなかったのだ。そして、アゴラ（広場）で、市民のほか、老人、奴隷、外国人、女子どものいるところで、いつも一対一で、うるさく相手につきまとい、対話をする仕方でだけ、私の考える「正しさ」を追求してきたのだよ。

私には、そんなふうにして追求される正しさのほうが、いわば公的な立場からいわれる大文字の正しさよりも、いつも、自分に似つかわしいと思われるのだ。それは、ダイモンの声からくる。つまり、古い世界、神に属している。（しかし古さを盾に何かをいったりはしない。それは新しさに抗う形でだけ、私を動かす、低い神の力なのだ）。一方、公的な正しさは、新しい世界、国(アテナイ)に属している。私は神託に見られるような、神に属した、ささえない、一対一で手にされる正しさのほうが、国に属した、集団で手にされる正しさよりも、大切だと思うのだ。そうだろう、きみも知っての通り、こちらが一人の人間が、いつどこでも、どんな場面でも、「よりよく生きる」ことに、より適うことだからね。

でも、それなら、なぜ、第一の「正しさ」だけにしなかったのかと、君はいうだろうか。なぜわざわざ、ほんとうには信じていないかもしれない、第二の「正しさ」を、第一の次に呼び出すのか、とね。

それには二つ、理由がある。第一には私には、君のいう「良心」というものはない。「良心」は「知ること」の先にくる。私のことを「無知の知」なんていう人がいるが、そうじゃないのだ。私はただ単に「無知」なだけなのさ。私は足場をもたないアブなのだ。「知」のまわりを、それは本当の「知」なのかとうるさく嗅ぎまわし、「正しさ」とされるもののまわりを、それは「ほんとうに正しいのか」とぶんぶんと飛び回る。それが私の「正しさ」だ。私の「正しさ」は、アブの「正しさ」だから、それは単独では存在しないのだ。

そして第二に、私には、国法からの呼びかけが耳をついて離れないからだ。「正しさ」はつねに私には外からやってくる。そしてそれを私は拒むことができない。私にできることは、それに揺り動かされること、そしてそれを、疑うことだけなのだ。

だからね、クリトン、私の「よりよく生きたい」真理への道と、私の国法との約束と、この二つは対立していない。二つは、一対の存在なんだ。君はよいところに目を向けたが、少し違う。

ここにあるのは「良心」と「国法」というよりは、「アブ」と「大きくて血統はよいが、その大きさ故にちょっとノロマで、アブのような存在に目を覚まさせてもらう必要がある馬」の関係なのだ。君のいうように、この二つの正しさがぶつかるなら、私は、国法にいわなければならない。「私はあなたに反論できない。敵わない。しかし、あなたには従わない。いままで、そうだったように、今回もあなたをちくっと刺す。私は、誰からもささえられずに、私のダイモンが命じるままに、この不届き(=不正規)な「正しさ」の行使の仕方を続けるだけなのだ、いま私が法に服するのも、ちっぽけなアブの一刺しとしてなのだ」、とね。

ではなぜ、最初から、こう語らなかったのだと、君はいうだろうか。でもこうしたことは、クリトン、君のように、自分の頭で考えて、疑問を持つ人が、一対一で反問してくれるのでなければ、いえないことなのだ。そうでないだろうか。私は「アブ」だ。問いのないまま、いおうとすると、多くの人が相手になる。するとダイモンが出てくる。黙れ、というのだ。

やはりプラトン、あなたには、ここまでを、両者のやりとりとして、書いてもらいたかった。そういうと、プラトンは、いや読者に「自分のリスクで」ここまで考えさせるために、こういう書き方をしているのさ、というかもしれない。うそぶくかもしれない。しかしここは、論理的に(?)、説明できる個所である。

なぜ、ソクラテスは、最初の考えに続き、屋上屋を重ねるように第二に「正論」を呼び出しているのか。ここを考えてみよ。そうプラトンが読者に尋ねているのであれば、読者としては、こう答えたい。

それは、ソクラテスが、自分の考えを、それだけで立つものとしては設置しなかったからである。彼が対話を自分の哲学の基軸においたのは、「知ること」にではなく「知らないこと」にささえられる哲学をめざしたからである。それは、どのような確かなものにもささえられないという行き方にほかならない。それゆえに、彼はまた、誘惑される者でもある。つねに動揺する者でもあった。外から来る「呼びかけ」に動かされる「低さ」をもっていた。それが、彼が「国法」を重視したことの哲学的な理由である。「法には反論できない、しかし、自分の考えと違うときには、従わない、しかし、従わない、とはいう」というのが、ソクラテスの行動が、総体として語る、彼の社会へのコミットの仕方なのだ。

さて、ここで大事なことは、ソクラテスを動かしているものが、ささえのない力だ、ということだ。それが彼の答えを一対のものにしている。「二つ」にしている。そしてそれが、彼の対話術、産婆術、弁証法の秘密なのだ。

それが、ソクラテスが自分を「馬の正しさ」のまわりをどこまでもうるさくつきまとい、一対一でのみ相手に働きかける——チクッと刺す——「アブ」になぞらえる理由なのである。

したがって、このプラトンの書き方では、やはり、不十分だ。なぜプラトンは、ソクラテスが、ほかに聞きたいことはないか、と尋ねるのに、クリトンに、右のように質問させなかったのか（ソクラテスは最後、さらに何かあるだろうか、見込みのある弁論があるなら「言ってくれたまえ」という。クリトンは「いや、ないよ」と答える）。プラトンは、ソクラテスのこの考えが、後に『国家篇』へといいたる自分の考えとは違っていることを知っていた。先生であるソクラテスの考えが、生徒である自分の考えを否定するものであることを知っていた。だから、この二つの違いを示し、しかしここから導き出される答えについては、明言を避けた。ここを空白に残した。

これが『クリトン』における、プラトンの書き方がこうなっていることに対する、私の答えである。

6　ソクラテスC——柄谷行人『哲学の起源』

では、この先のソクラテスの考えとは、何か。『弁明』で、ソクラテスは、こう述べている。

私は私自身に関わるさまざまな物事については一切配慮してきませんでしたし、家のこともすでに長い年月放っておいて構わずにいました。他方で、いつも皆さんのお世話をし、それぞれの人に個人的に——父や兄のように——近づいては、徳に配慮するようにと説得してきたのです。

（前掲『弁明』一八）

また、

さて、私が、個人的に歩き回ってこういったことを勧告し余分なことをしているのに、公には民衆の前に進み出て皆さんのためになることをあえてポリスに勧告しようとしないのは、もしかしたら奇妙に思われるかもしれません。

その理由は、私があちこちで語っていることを皆さんもしばしば耳にされていること、つまり、私になにか神に由来するもの、神霊のようなもの（ダイモニア――引用者）が生じていることにあります。メレトスはそれをからかって、告訴状にかいたわけです。

これは私には子供の頃から起こっているもので――なにか声が生じるのですが――それが生じる時には、私がやろうとしていることを、その都度、しないように妨げ、やるように勧めるということはけっしてありません。

この声が、私がポリスの政治に関することを為すのに反対しているのです。

（同前、一九、傍点原文、傍マル引用者）

「正しさ」を追求することは公的なことだが、それを私は、変則的に行ってきた。なぜそれを公共的に行わなかったかというと、それを、「声」（私のダイモンの声）が禁じたからだ、というのがソクラテスの語ることである。私は集団的な演説の形で語られる「正しさ」をいわば一対一に対話として追求してきた。ポリスの場で人がふつう大人（＝家の長）として追求することを、私のダイモンが禁じたからだ、と彼はいっている。
ここで「公共的」と「ダイモン的」との二つの正しさの違いをめぐって語られていることは、何なのか。
これについて、柄谷行人が、『哲学の起源』で、こう書いている。少し長いが、理解の一助になる。引いておこう。

ソクラテスが人々の目に、アテネの社会規範に対して最も挑戦的な存在として映ったのは、告訴にあったような理由からではない。根本的な理由は、彼がアテネにおいて、公人として生きることの価値を否定したことである。ソクラテスによれば、ダイモンは彼が「国事をなすこと」に反対した。《むしろほんとうに正義のために戦おうとする者は、そして少しの間でも、身を全うしていようとするならば、私人としてあることが必要なことでして、公人として行動すべきではないのです》。

（『哲学の起源』第5章の3、《　》内の引用個所は田中美知太郎訳）

また、

しかし、それは「公的な」事柄あるいは正義にかんして無関心となる、ということではない。また、ソクラテスが私人にとどまったのは、公人として活動すれば「身を全う」しえない、からではない。ソクラテスは戦場での活躍や最後の自死が示すように、死を恐れる人ではなかった。

その上、ダイモンの合図は彼に何かを禁じるが、その理由を説明することはしない。しかも、ダイモンはソクラテスが正義のために戦うことを禁じたのではない。ただ、それを公人として戦うことを禁じたのである。この禁止は、ほんとうに正義のために戦うことは、公人としてではできない、ということを含意するのである。（同前）

また、

ソクラテスがもたらしたのは、公人であることと私人であることの価値転倒である。それは先ず、私人であることを公的＝政治的なものに優越させることである。（ディオゲネスに代表される——引用者）キュニコス派と呼ばれたソクラテスの弟子たちは、このような価値転倒を遂行した。ディオゲネスのような外国人は、公人として生きることをわざわざ断念する必要はなかった。（中略）ディオゲネスは、どこの市民かと問われて、「おれは世界市民（コスモポリスの市民）だ」と答えた、といわれる。

一方、プラトンやクセノフォンは公人としての活動を自明とみなすアテネ市民であった。（中略）

だが、ソクラテスの立場は、ディオゲネスとプラトンの立場のいずれとも違っていた。ソクラテスがいうのは、煎じつめれば、私人でありつつ公的であれ、ということにある。別の観点からいえば、それは、ポリスの中にありつつコスモポリタンであれ、ということである。この点で、ソクラテスはキュニコス派にくらべてポリス的であり、プラトンに比べてコスモポリス的であった。

（同前、第5章の4）

ふつう、「正義のために戦う」ことは公的なことである。したがって、ソクラテスの謎は、公人となることなく私人として「正義のために戦う」という、彼の逆説的な姿勢からくる。それが、彼だけがこのときに示した、ポリス的あり方からそれる「正しさ」をめぐる姿勢だった、「ソクラテスはこの背理を生きた。それが彼の生き方あるいは死に方を謎めいたものにした」、というのが、柄谷の見解である。

これは、なかなかの炯眼で、『クリトン』において、なぜソクラテスがソクラテスB（公人の立場）の主張を行うか、なぜ「反論できない」国法の主張をもちだして、自分はこれに反論できない、と述べているのか、という問いに、逆の方向から、答えている。ソクラテスは、プラトンのようにはアテナイ国民としての立場に、自足できなかった。またポリス的な政治的態度に立脚しなかった。それに回収されきれない余剰が彼のうちにはあった。それが彼にいわば私人としての「正義」の第一の理由（ソクラテスA）をあげさせる。しかしまた、彼はディオゲネスなどの外国人のようには、自分をコスモポリタンであるとはみなさなかった。その束縛からの自由への抵抗がポリスに彼をとどめた。そのアテナイ人性（公人性）ともいうべきものが、彼にいわば公人としての「正義」の第二の理由（ソクラテスB）をあげさせる。ソクラテスの「二つの答え」は、この「公人であることと私人であることの価値転倒」からくる、と柄谷はいっている。そしてこれが、さしあたり、柄谷から得られる、ソクラテスCの立場である。

議論を屋上屋に重ね、自分はB(公民の立場)に反論できないと述べることで、彼は自分の立場をA(個人の立場)から引きはがす。一方、反論はできないが、「それに従う、それが正しい」とは述べないことで、彼は、さらにB(公民の立場)からも自分を引きはがしている。その最後に残る立場を、ソクラテスCと呼べば、それは、「正義のために戦う」、しかし、「私人の立場」でそうする、ということである。

ソクラテスAが、「真理」のために生きる、よりよく生きる、ソクラテスBが、いわば公的な「正義」のために生きる、であるとすれば、柄谷の見解から出てくるソクラテスCは、「ほんとうに正義のために戦うことは、公人としてではできない」、人は私人としてこそほんとうに「正義のために戦う」、となるはずである。

しかし、この柄谷の観点からは、なぜソクラテスが、「反論できない」国法の主張をもちだして、自分はこれに反論できない、と述べているのか、ということまでは、説明できない。また、柄谷の「私人でありつつ公的であれ」、「ポリスの中にありつつコスモポリタンであれ」という命題からは、当然、「公人でありつつ私的であれ」、「コスモポリタンでありつつポリスの中にとどまれ」という逆命題が、引き出されてくるが、正義のために戦うことが、なぜ「私人」としてでなければなされえないのかということは、ダイモンの声が禁止するから、というだけで、ソクラテスの言明にそって説明がなされるわけではない。私人(私的)であること、公的(公人)であること、ポリスの中にあること、コスモポリタンであることの四者の関係は、明らかにされないまま、ただ、公人であることと私人であることの価値転倒が、背理として示される。そしてその背理を生きたところに、ソクラテスの謎があると語られるのである。

しかし、このソクラテスの第一の理由（A）と、第二の理由（B）の関係は、柄谷がいうような私人と公人の逆接・背理の一対性の関係というよりは、「アブ」と「立派な馬」の非対称の一対性の関係なのではないだろうか。察するに、ソクラテスの謎の核心をなすのは、柄谷のいう「私人」と「公人」の背理の関係をもってしてもいいつくせない、その先にある、「アブ」と「立派な馬」という、非対称性の関係のダイナミズムなのではあるまいか。

プラトンよりもさらに若かったディオゲネスは、外からアテナイにやってきて、ソクラテスに学んだアンティステネスの弟子になった。住まいをもたず、奇行で知られ、アレクサンドロスが会いに来て「何か希望がないか」といったときには、「日射しがさえぎられるからよけてくれ」といったと伝えられる。また、プラトンがイデア説を唱えると、オレには「机」は見えるが、「机そのもの」なんて見えないゾ、といって反駁している。

ソクラテスからはプラトンと同時にディオゲネスが生まれでてくる。それは、ポリスの中にあることと、コスモポリタンであることが、ソクラテスの「正義」のなかに含有されていたということである。しかしソクラテス自身はそのプラトンとも、ディオゲネスとも違う。その違いが、ここではそれぞれ、「私人であること」、「ポリスの中にいること（公的であること）」として語られている。では、この公人性に対する私人性、私人として公的な「正義のために戦う」という、このソクラテスの特異性は、どこからくるのか。それについてソクラテス自身は、何といっているのか。

7 「知ること」からの遠さ

一部についてなら、それをソクラテスの置かれた時代背景から説明することも、不可能ではない。そのことの背景に、ソクラテスの生きた時代的な転変も大きく作用しているからだ。ソクラテスは紀元前の四六九年頃に生まれ、プラトンは四二七年に生まれ、ディオゲネスは四一二年前後に生まれている。プラトンはソクラテスよりも四二歳若く、ディオゲネスはプラトンよりも一五歳若い。

○紀元前四九九—四四九年　ペルシャ戦争
紀元前四七九年　プラタイアの戦いでギリシャ勝利
紀元前四七八年　デロス同盟
　＊ソクラテス生まれる
紀元前四六一—四三〇年　ペリクレスの民主政の治世
紀元前四五四年　アテナイが全盛期を迎える
○紀元前四三一—四〇四年　ペロポネソス戦争
紀元前四三一—四二一年　ペロポネソス戦争（第一次）
紀元前四二九年　ペリクレス疫病死
　＊プラトン生まれる

紀元前四一五年　アルキビアデスのシケリア遠征で再開戦（第二次）
　＊ディオゲネス生まれる
紀元前四〇四年　アテナイ降伏、ペロポネソス戦争終わる。
紀元前三九九年　ソクラテスの裁判と刑死

紀元前五世紀後半、このとき、古代ギリシャは、大きくアテナイの全盛期からペリクレスの死、ペロポネソス戦争の敗戦をへて長い衰退期に移り、混乱期を迎えようとしている。アテナイは古代ギリシャのポリスとして古来保守的な土地柄として知られていた。ペルシャ戦争を機に、そのアテナイに進取の精神に富む植民市から多くの住民、知識人（ソフィスト）らが流入してくる。アテナイはデロス同盟の盟主として、都市国家内で民主政のしくみを確立する最初のポリスとなる。しかし、その専横ぶりにほかのポリスが反撥し、やがてペロポネソス戦争がはじまる。その激動のなか、アテナイでは古い時代の神と新しい時代の神がせめぎあう。

紀元前四一五年、第二次ペロポネソス戦争敗戦のきっかけとなったシケリア遠征を強行したアルキビアデスはソクラテスの教え子の一人でもあった。古い神々からの声と新しい民主政の声とが、ソクラテスの周りには入り交じりあっていた。つまり、この時期、ソクラテスに、若いポリス市民・プラトンたちに聞こえないダイモンの声が、一人聞こえ、一方、コスモポリタンを自称したさらに若いディオゲネスらには一向に聞こえない国法からの声が、やはり一人聞こえていたとしても、不思議ではない。

ダイモンの声はソクラテスに公人たることを禁じ、一方、国法からの声は、ソクラテスにポリスの中にとどまり、「正義のために戦う」ことを命じる。柄谷のいうソクラテスの特異性は、ソクラテスの置かれた時代性によって、一応の説明が可能なのである。

しかし、それなら、彼を彼の同時代人から隔てたものは何だったのか。彼の裁判は、ペロポネソス戦争の敗戦後五年目に起こっている。彼と同様、過渡期を新旧の価値のせめぎあいのうちに生きた人間は、むろん、この時代、ソクラテス一人ではなかった。もし、この過渡期性がソクラテスを生んだというなら、ソクラテスは彼一人にとどまらなかったはずである。

そう考えてくれば、彼を同時代人から隔てたものとして私たちに与えられているソクラテスの言明が、あの、よく知られた、「知」に関する彼の独得な言及以外にはないことがわかる。それは、彼の『弁明』での言葉に従うならデルフォイの神託からもたらされた。これが現実にあったことなのかどうかには疑義があるのだが、あるとき、弟子の一人がデルフォイの神殿に赴き、アポロンの神に尋ねると、「ソクラテスより智恵ある者は、だれもいない」という神託があった。それを聞いたソクラテスは、「神は、一体何をおっしゃっているのだろう。何の謎かけをしておられるのだろう。私は、智恵あるものであるとは、自分で少しも意識していないのだから」と、これを受けとめたという。

ところで、この受けとめについて、納富信留は、ここに「意識する」と訳した「～と共に知る」というギリシャ語の動詞(“synoida”)がラテン語の“conscientia”をへて、近代語の「意識、良心」(“consciousness, conscience”)に発展すると、指摘している(『弁明』解説)。ソクラテスは「意識しない」＝「わからない」。その「わからなさ(無知)」が、彼を「知る者」(ソフィスト)たちから隔てている。彼は、知識を否定しないが、「知ること」に関しては彼らとまったく異なる態度を持していた。ソフィストたちと違い、一度も「金銭をとって人々に教育をほどこす」ことをしなかったのは、彼が自分の「無知」性に徹していたからである。彼を一対一の対話へと促したのは、自分は「知らない」という、いまでいうなら「良心」(=知をともにすること)のなさ、つまりあの「アブ」の自覚なのだ。ダイモンという古い時代の「低位の神」の声が、彼にだけ聞こえたのも、ひとえにその「知ること」(=良心)からの遠さのためだといってよい。彼をほかの同時代人から隔てたのは、この彼の低さ、小ささの自覚なのである。

8　音と声

つまり、ソクラテスをディオゲネスからも、プラトンからも隔てた、柄谷いうところの「私性」の底にあるのは、彼のいう「アブ」の低さ、小ささの自覚なのである。そしてこの低さ、小ささの自覚、「知ること」(=良心)からの遠さこそ、プラトンにも、ディオゲネスにもない、彼の偉大さの独特なところなのだ。

いまなら、それを、こういってみたい気がする。ダイモンの声が、ソクラテスの同時代人のなかにあって、彼一人にだけ聞こえたのは、彼が子供のときからの「小ささ」を、手放さなかったからだと。彼はいっている。自分には「なにか神に由来するもの、神霊のようなもの(ダイモニア——引用者)が生じている」。訴追者の「メレトスはそれをからかって、告訴状にかいた」。でも、「これは私には子供の頃から起こっているもの」で、「私がやろうとしていることを、その都度、しないように妨げ」るだけで「やるように勧めるということはけっして」ないのだ、と。

子どものころ、古い神々の時代からの零落した生き残りであるダイモンの声を聞いたのが、この時期、ソクラテスだけだったとは考えにくい。それがある程度、知られたもの、しかも劣ったものとして知られたものでなかったなら、そもそも、メレトスの「からかい」が、成り立たないだろう。ソクラテスは、その子どもの「小ささ」を大人になっても失わない。冒頭に記した、クリトンとの対話のはじまりを思い起こそう。「竹馬の友」クリトンとのつきあいが七〇歳まで続くのも、そのためだ。その子どものころから生き続けているものを、「知」を愛し求める——哲学(philo・sophy)する——原動力にまで育てた点で、彼は、ほかの子ども、ほかの大人、ほかの「知者」(ソフィスト)たちと、違っていたのである。

「この声が、私がポリスの政治に関することを為すのに反対しているのです」

この声、ダイモンの声は、理由をいわない。しかし有無をいわさずに彼を従わせる。そこにあるのは理性(＝良心)ではない。この声が、プラトンだけではなく、ディオゲネスにも聞こえなかったことを、私たちは忘れるべきではないのである。

そして、同じことが、もう一つの力、彼を公的なものに促す、逆の力についてもいえる。これがこのたび再読して、私にやってきた発見だ。『クリトン』で、国法のいうことには「反論できない」と述べた後、ソクラテスは、こう語る。

と、こう(国法に——引用者)言われるのが、親しい仲間のクリトーンよ、いいかね、僕には聞こえるように思うのだ。それはちょうど、祭式におどり狂うコリュバンテスの耳に、笛の音が聞こえているように思えるのと同じことだ。僕の耳のなかでも、いま言ったような議論が、ぽんぽんとこだましていて、それ以外のことは聞こえないようにするのだ。

(前掲「クリトーン」傍点引用者)

自分に国法がやってきて、公的であれ、参加せよ、という。その促しが自分には祭式の「笛の音」のように「耳に残って離れな」いのだと、ソクラテスはいっている。『クリトン』のほぼ最後の個所である。

彼に、国法との想定問答を持ち出させたものは何だろう。ソクラテスBの理由を、押したて、彼を公的であるように急きたてていたのは、プラトンにおけるようなポリス市民としての自覚などではなかった。彼自身の言葉によれば、彼の耳をついてはなれない、この「祭式におどり狂う」笛の「音」にも似た促しだったのである。

この促しは、外国人であるディオゲネスにはむろん聞こえない。しかし、終始冷静沈着なアテナイ市民だっただろう「哲学の徒」プラトンにも、それはついぞ聞こえない、怪しげなノイズだったに違いない。

「コリュバンテスの耳」の注釈として、訳者田中美知太郎は、こう書いている。

　コリュバンテスは、プリュギアの女神キュベレーを祭る信者たちのこと。彼らは新たに秘儀を受ける者のまわりを、けたたましい笛の音とともに乱舞してまわり、中にとりまかれた者をその喧噪によって入魂状態に誘いこんだと言われている。そのコリュバンテスの喧噪のように、ソークラテースには国法の語る言葉が耳に残ってはなれなかったわけである。

（前掲『ソークラテースの弁明・クリトーン・パイドーン』注釈）


　この「笛の音」は、政治への促しとしては、終始衆愚を脱する哲学王の思想の対極にある、狂騒めいたノイズに近い。執拗な急きたてを伴う、無償のもの、ささえのない、集団的なものである。このことが語っているのは、ソクラテスが、この公的なもの、政治的な熱情に、冷静に対したのではなかったということである。彼は、アテナイのために何度も戦場に赴いている。生死の境に身を置くことがどういうことであるかを知っていた。むろん彼は群衆の興奮、公的な高揚に同じない。しかし、同じることなく、しかしそれから遠ざかりもせず、つねにそれと向かいあう。それに彼は、心穏やかにではなく接するのである。ここでも彼は、あくまで「良心」によってではなく、手ぶらでこの公的な熱狂の喧噪と向き合っている。一対一で自分と同等な者に語るときと同じ「小ささ」と「乏しさ」を保持している。それゆえに彼はアテナイの「国法」に、「反論できない」。

　「反論できない」のは、その理屈が完全だからではない。そもそもすべて、この想定問答においてはソクラテスが国法の代わりに考えているのだから、国法が完全なのは当然なのだが、そうではなくて、彼を叱正するものが、そもそも、理屈ではないからである。

それは、彼以前に存在し、彼を領有していると主張するものからの急きたてにほかならない。それは彼にいう。公人たれ、と。それは理屈ではない力で彼を動かす。しかし、だからといって公的に動こうとすれば、今度は、ダイモンの「声」がやってきて、動くな、という。とはいえ、そのダイモンの声も、彼にその制止の理由を明かすのではない。そこに理屈はない。音と声、「笛の音」と「ダイモンの声」に共通しているのは、それらが、ささえなく、足場をもたない、理不尽な外からの働きかけだということなのだ。

ソクラテスの最後の謎は、このダイモンからの声、国からの公的な熱情めいた促しの笛の音を、ソクラテスが、二つながら拒まなかったこと、それを彼が、彼もまた、ささえのないものとして、受けとめたことなのである。

それは、いま私たちの考える賢人、賢者が想像させる冷静さからはほど遠い。しかし、それこそが、先に述べた「良心」と「アブ」の距離である。そしてそのようなことが起こるためには、彼は、「私人」であるだけでは足りない。「小さいひと」、「乏しい人」でなければならない。「謎」というなら、これ以上の謎があるだろうか。

9　明治と戦後

ソクラテスの最後の謎は、ここにいう、彼を揺さぶる力のささえのなさにある。そのような力に動かされる「小ささ」をもっていることが、彼の最後の秘密なのである。

そう考えると、私に一つ、思い浮かんでくることがある。

先に示された「公人であることと私人であることの価値転倒」、つまり公的であることと私的であることの価値転倒の話は、じつは、私にはだいぶ親しい主題である。かつて、やはり江戸から明治へという激動の時期を生きた福沢諭吉は、江戸無血開城を実現した後、自らは新政府の高位に入った勝海舟を論難する「瘠我慢の説」と題する論を、「立国は私なり、公にあらざるなり」という一文からはじめている。

国ができてしまえば、それを支える力は「公的なもの」となる。しかし、その「公的なもの」を作りだす力は、当然、「公的」ではありえない。それはつねに「私的なもの」である。その私的なものがもつ、公的なものより深い、公的でありうることの力の種子を、否定してはいけない、と福沢はいう。その福沢の「公的なことと私的なことの価値転倒」について、私は一度、「私利私欲」という低い力の権利をめぐり、考えたことがあった（「「瘠我慢の説」考」）。

その福沢の主張は、ソクラテスのばあいと同様、「一身にして二生を経るが如く、一人にして両身あるが如」き大動乱期を生きた経験から生まれている。そしてそれは、再三政府に参加することを請われながらも自分は一貫して在野にとどまり続けた福沢の姿勢に貫かれている。これは福沢の旧幕臣（敗者）という出自からくるものだが、そこにもひとすじ、出自から独立した、「むしろほんとうに正義のために戦おうとする者は、そして少しの間でも、身を全うしていようとするならば、私人としてあることが必要なことなのであって、公人として行動すべきではないのです」と述べた、ソクラテスに通じる「行動」の規範が、認められる。

ところで、そこで福沢にはないが、ソクラテスにあるものが、ささえのないもの、乏しいもの、あるいはときに、過剰であったりするものへの、あの「低位」の感受性なのではないだろうか。ソクラテスを動かすのは、「良心」ではない。「信念」ではない。彼はまず、「外からくるもの」に、動かされる。

しかし、こう考えてくると、もう一つ、私の頭にやってくる思いがある。

明治と、戦後。

これが、明治の「敗北」の経験にたいし、戦後の「転向」の経験が新しくつけ加えている、かけがえのない果実ではないだろうか。

そして、この「小ささ」と「低さ」に、戦後の日本の思想がぶつかった問題の核心もまた、顔を覗かせているのではないだろうか。

たとえば、吉本隆明の「転向論」(一九五八年)が評価する、中野重治の転向小説「村の家」(一九三五年)。そこに示されている考え方は、ソクラテスの「小ささ」に通じる。そこで主人公勉次の父孫蔵は、息子に対し、いう。おまえは、共産主義革命をめざし、人を組織に引き入れ、働きかけた。それは自分の思想信条に従ったことで、「正しさ」の行使として認めうる。けれども、その後、警察の弾圧にあって転向し、その「正しさ」を捨てておめおめ生きて刑務所から出てきたからには、息子よ、今後はしばらく筆を折れ、謹慎することが、より原初的な「正しさ」に戻る道となるだろう——。

息子の良心(ソクラテスA)に対し、誰もが反論できない「正論」(ソクラテスB)の正しさをもって、父は息子の非を諭す。これに対し、息子は、しばらく黙った後、「おっしゃることはよくわかりますが、やはり書いていきたいと思います」と答える。自分は、その原初的な「正しさ」に戻らないことを告げて、父をがっかりさせる。そのとき、息子は、なぜそう思うか、理由をいえそうに思ったが、それは口に出せない、と感じる。中野は、そう書いている。そしてその中野の指摘に、吉本は立ちどまる。これは、息子の態度としては、破廉恥漢になること、AでもBでもないところ、ソクラテスCに落ちることである。

息子は、自分は破廉恥漢になったと感じる。父の「正しさ」に「反論はできない」。心の底からそれは「正論」だと思う。しかし、「従えない」。そう彼は答える。

ソクラテスCとは、だから、ささえのない「小ささ」にとどまること、「良心」にたどりつけないこと、そこの低所から「良心」、「国法」とむきあうことである。ここにあるのは、公人と私人の対立というよりは、古代ギリシャの定義でいえば、大人(家父長)と子ども(権利ないもの)の対立なのである。

それはささえのないままに、従わない、と言明することである。この抵抗をつうじて、素朴な良心に立つ個人の「正しさ」は、はじめて足場がない、という問題にぶつかる。そこではじめて、何のささえもなく、公的な領域でなお「正しさ」をめざそうとするとき、何が自分の足場になるのか、という問いが、日本の思想の前に、現れてくる。

ところで、そこから日本の戦後思想は、はじまるのではないか。

明治と戦後の違いをもたらしているのは、この「小ささ」であり、「低さ」なのではないか。

思えばこれが、この数年のあいだに消えた戦後思想の担い手、吉本隆明と鶴見俊輔の共通点だったのではないか。

終わりに――死に臨んで彼が考えたこと

ソクラテスの処刑後、ほどなく、ペロポネソス半島北東部の小都市プレイウースにその死に立ち会ったパイドンが、姿を現す。パイドンは、求められ、エケクラテスらに、あの日のことを話す。このような設定のもと、その死のさまが、プラトンの手で後に書かれる『パイドン』には、こう記されている。

沐浴がすむと、三人の子供が妻に連れてこられる。別れの言葉が交わされ、ソクラテスがやがて別室から待っている弟子たちの前に姿を現す。「もうすでに日の暮れ近く」だった。

刑務官がやってきて、いう。ソクラテス、あなたはこれまで監獄に収監された人のなかで「最も高貴な、最も親切な、最もすぐれた人」でした。私たちが何をしにきたかはおわかりでしょう。ご機嫌よろしゅう。できるだけ、心静かに耐えるようにして下さい。係の者が「涙を流し、向こうを向いて出て」いくと、ソクラテスがいう。「君も元気でいるように。僕たちも君の言ったようにするからね」。

さあ、毒杯をもってきてくれ、とソクラテスが促すと、クリトンが、「太陽はまだ山の端にかかって、すっかり沈んでいないと思う」、そんなに早まらないでも、という。いや、そういうことはやめにしよう、「僕の言うことを聞いて、その通りにしてくれないか」。

彼は毒杯を飲む。

僕たちの多くは、それまではどうやら涙をこらえていることができましたが、あの方が飲まれるのを、すっかり飲んで仕舞われたのを見ると、どうにも我慢ができなくなってしまいました。僕自身も、抑えても、抑えても涙が溢れてきて、顔を覆って泣きました。あの方のためにというよりは、このような友を奪われるわが身の運命を嘆いてです。クリトーンが僕より先に涙を抑えきれなくなって、立ってゆかれました。アポロドーロスはといえば、さっきからずっと涙を流しつづけていましたが、とうとうそのとき、あまりの悲嘆に、わっと大声をあげて泣き出し、そこにいあわせた人々の心を引裂きました。ソークラテースご自身を除いてね。

「何ということをするのだ。あきれた人たちだね」とあの方は言われました。

(池田美恵訳「パイドーン」、前掲『ソークラテースの弁明・クリトーン・パイドーン』)

ほどなく、ソクラテスは、係の者の助言にしたがい、室内を歩く。足が重くなったといって、横になる。少しずつ、足のほうから感覚がなくなってくる。係の者が、それが心臓まできたらおしまいです、という。

もうほとんどお腹のあたりまで冷たくなっていましたが、そのとき、あの方は顔の覆いをとって——覆ってあったのですが——言われました。これが最後のお言葉になったわけです。

「クリトーン、アスクレーピオスに鶏をお供えしなければならない。忘れないで供えてくれ」

「承知した」とクリトーンが言われました、「まだほかに言うことはないか」

クリトーンがこうたずねられたとき、もう答えはありませんでした。

ほんのしばらくして、お身体がぴくりと動き、あの男が覆いをとると、あの方の目はじっとすわっていました。それを見てクリトーンが口と目を閉じてあげました。

これが、エケクラテース、僕たちの友、僕たちが知る限りでは、同時代の人々の中で、最もすぐれた、しかも最も賢い、最も正しいというべき人のご最期でした。（同前）

ソクラテスは、最後、死に臨み、「アスクレーピオスへの鶏のお供え」のことをクリトンに頼む。これがどんなものなのかを私は知らない。しかし、日常の瑣事、きっと大事で、また小さなことだったのだろう。その言葉にソクラテスの「小ささ」と「乏しさ」が、際立っている。

ソクラテスは自分が「知らない」ことを知っていたのではない、と納富信留はいっている（『弁明』解説）。もし知っていたら、その後の彼の「知者」たちへの吟味の旅は起こっていない、と。

彼は、最後の最後まで、この「自分は知らない」の低さのうちにとどまった。それで、彼の耳には最後まで、ダイモンの声とアテナイの祭りの笛の音が、ささえのないまま、彼にとっての謎のように、聞こえ続けていた。

プラトーン、田中美知太郎・池田美恵訳『ソークラテースの弁明・クリトーン・パイドーン』新潮文庫、一九六八年
プラトン、納富信留訳『ソクラテスの弁明』光文社古典新訳文庫、二〇一二年
加藤典洋「「瘠我慢の説」考」『可能性としての戦後以後』岩波書店、一九九九年
柄谷行人『哲学の起源』岩波書店、二〇一二年
中野重治「村の家」『村の家・おじさんの話・歌のわかれ』講談社文芸文庫、一九九四年
納富信留『哲学者の誕生――ソクラテスをめぐる人々』筑摩書房、二〇〇五年
吉本隆明「転向論」『マチウ書試論・転向論』講談社文芸文庫、一九九〇年

（『新潮』二〇一六年七月号）

（なお、古代ギリシャの人名は出典ごとの異なる表記を訂正し、本文内で統一した。）

私の秘密——「10・8　山崎博昭プロジェクト」に

一九六七年の一〇月七日の夕方のことがいまでも鮮明に記憶に残っています。私は大学の二年目の学生でした。この日、大学の校門の脇で、ビラ配りをしていた活動家のクラスメートが、私に話しかけてきて、翌日のデモへの参加をしつこく誘いました。また、いつもの政治党派の枠内のデモなのだろうと思い、いいよ、オレは、といなすと、友人は、いや、明日は違う、これまでと全然違うんだ！来いよ、と強く言いました。そんなことがあったからでしょう、翌日の夕刊だったか、ラジオのニュースに急いで買った新聞の一面トップに装甲車が炎をあげる弁天橋を空から撮った写真が大きく載り、一人の学生がそこで死んだと記されているのを見て、動けませんでした。

そのとき、私の世界が変わったと思います。私は、それから一か月後、はじめてデモに参加し、デモ隊の一員として、羽田の大鳥居駅の向こうまで行きました。機動隊員とぶつかり、追われ、住宅のなかを突っ切って逃げました。線路の上をどこまで逃げても、どこまでも機動隊員が追ってきたことを覚えています。第二次羽田事件と呼ばれる一一月一二日のことです。前日、学園祭のさなかに大学新聞の編集室で麻雀をしている友人たちを壁によりかかって見下ろしていると、あるエスペランティストの老人が佐藤訪米に抗議して焼身自殺をはかったというニュースが入ってきました。その後、翌日に亡くなった由比忠之進さんの抗議自殺の第一報です。このとき、部室内が動揺し、ざわつきました。私は山崎くんと同年の生まれで、このとき、一九歳でした。由比さんは、このとき、七三歳でしたが、いま私の年齢も、由比さんの亡くなった年に近づきました。この年で行う抗議自殺というものが、どういう心根を必要とするか、以前より、ほんの少しなら、わかります（山崎くんを一八歳でこのような形で亡くされたご家族の無念も、ほんの少しなら、わかります）。

そのとき、私はほとんど政治についても思想についても無知でした。小林秀雄を読み、ドストエフスキー、ランボーを読み、大江健三郎のオッカケをし、さらにフランスの新文学、新思想にかぶれた、新しいもの好きな、文学少年でした。そういう無知な若い人間から、その種の「文学」を引きはがし、その人生をまったく変えたのが、山崎博昭くんと由比忠之進さんという世間的には「何者でもない」二人の人の「激しい」死でした。

しかし、こう書いてきて、気づきます。ことによれば、学年こそ私のほうが一年上ですが同年生れだった山崎君にとっても、一九六七年一〇月八日のデモは、この種のデモへの参加としては、はじめての経験ではなかったのか、と。山崎君も文学好きだった模様。一九六七年の一〇月八日の新聞一面が目に突き刺さってきたときの衝撃。何かがそこで凝固し、あのときから、何一つ変わっていない。私の秘密の、原風景です。

（10・8 山崎博昭プロジェクト http://yamazakiproject.com/、二〇一六年三月二九日の寄稿に手を加えた。）

宮澤賢治のことば

こんなしづかない、とこで僕はどうしてもっと愉快になれないだらう。どうしてこんなにひとりさびしいのだらう。

（「銀河鉄道の夜」）

このジョバンニのひとりごとは、僕が見つけてきたのではなく＊＊君がその卒業論文の冒頭に引用していたものです。その卒業論文というのは、「いやだなあ、キャラウェイ」というのがタイトルで、高橋源一郎さんの『さようなら、ギャングたち』論です。

この言葉について、書くことはありません。何も必要ないよね。最近読んだ言葉では、ジョニー・デップが『デッドマン』（ジム・ジャームッシュ監督）について語った、「ジムの演出は、死を、怖いものではなくて、また人間が戦わなくてはいけないものでもなくて、自分自身しか味わうことの出来ない、極めて私的な、美しい体験だととらえている」、という言葉が心に残っています。

（『文藝』一九九六年春号）

あとがき

この本は、二〇一六年の夏から秋にかけて岩波書店から出してもらう三冊の本の三冊目にあたる。一冊目の『日の沈む国から』が政治・社会論集、二冊目の『世界をわからないものに育てること』が文学・思想論集であるのに対し、そうは断られていないが、近年亡くなった大切な人々について書いた文章を中心に、太宰治、井伏鱒二、坂口安吾という、これも私のなかで動かない位置を占める小説家たちにふれた文章を加えて、一冊としている。

当初は、最後に、二〇一三年一月に死去した息子に関する文章を載せる予定で、そのような心組みで、この本を編んだが、果たさなかった。代わりに、このあとがきを書く。

二〇一一年の震災のあと、私の日々は親しい、大切な人々との死別で飛び石伝いに過ぎた観がある。吉本隆明さんが二〇一二年三月一六日に亡くなり、息子の加藤良が二〇一三年の一月一四日に事故で死に、その後をささえてくれた友人の鷲尾賢也(歌人の小高賢)さんが二〇一四年の二月一〇日に急逝し、そして鶴見俊輔さんが二〇一五年の七月二〇日に亡くなった。

ほかにも大事な人が、それに先立ち、その間、それに引き続き、亡くなっている。

右のうち、太宰治に関する論は二〇一三年の一月に息子の死の直後という時期に準備し、二月はじめ、講演の形で話した。また、「死に臨んで彼が考えたこと——三年後のソクラテス考」は、やはりその時期に準備し、四月から六月にかけて当時勤めていた大学で若い学生とプラトンの本を読んでぶつかった問いをもとに、三年後、吉本さん、鶴見さんの死のあとに、改めて考えたことをめぐり、記している。

これらの人々について、その死に際して書いた文章を集めて一冊の本にすることを提案してくれたのは、岩波書店編集部の坂本政謙さんである。そのことを、ここに記して、感謝する。

死んだ息子については、いつか、何らかの形で、言葉をさし向けたいと思っている。いまは、できない。代わりに、この本を、彼のいるだろう場所に向けて、開き、置きたい。

加藤典洋

二〇一六年九月

加藤典洋

1948年山形県生まれ．東京大学文学部仏文科卒．現在，文芸評論家，早稲田大学名誉教授．『言語表現法講義』(岩波書店，1996年)で第10回新潮学芸賞．『敗戦後論』(ちくま学芸文庫)で第9回伊藤整文学賞．『小説の未来』『テクストから遠く離れて』(朝日新聞社／講談社，2004年)の両著で第7回桑原武夫学芸賞．ほかに，『僕が批評家になったわけ』(岩波書店，2005年)，『さようなら，ゴジラたち』(岩波書店，2010年)，『3.11 死に神に突き飛ばされる』(岩波書店，2011年)，『ふたつの講演 戦後思想の射程について』(岩波書店，2013年)，『吉本隆明がぼくたちに遺したもの』(共著，岩波書店，2013年)，『人類が永遠に続くのではないとしたら』(新潮社，2014年)，『戦後入門』(ちくま新書，2015年)，『村上春樹は，むずかしい』(岩波新書，2015年)，『日の沈む国から──政治・社会論集』(岩波書店，2016年)，『世界をわからないものに育てること──文学・思想論集』(岩波書店，2016年)など，多数．

言葉の降る日

2016年10月25日　第1刷発行

著　者　加《か》藤《とう》典《のり》洋《ひろ》

発行者　岡 本　厚

発行所　株式会社 岩波書店
〒101-8002 東京都千代田区一ツ橋2-5-5
電話案内 03-5210-4000
http://www.iwanami.co.jp/

印刷・法令印刷　カバー・半七印刷　製本・松岳社

ISBN 978-4-00-022953-1　Printed in Japan